O Anônimo Célebre

IGNÁCIO DE LOYOLA BRANDÃO

O Anônimo Célebre

Reality romance

Global
2002

© Ignácio de Loyola Brandão, 2002

Diretor Editorial
JEFFERSON L. ALVES

Gerente de Produção
FLÁVIO SAMUEL

Assistente Editorial
RODNEI WILLIAM EUGÊNIO

Preparação de texto
ROSALINA SIQUEIRA

Revisão
RODNEI WILLIAM EUGÊNIO
REGINA ELISABETE BARBOSA

Capa
VICTOR BURTON

Projeto Gráfico (miolo)
EDUARDO OKUNO

Dados Internacionais de Catalogação na Publicação (CIP)
(Câmara Brasileira do Livro, SP, Brasil)

Brandão, Ignácio de Loyola
 O anônimo célebre : romance : reality romance /
Ignácio de Loyola Brandão. – São Paulo : Global, 2002.

ISBN 85-260-0757-2

1. Romance brasileiro I. Título.

02-2278   CDD–869.935

Índices para catálogo sistemático:

1. Romances : Século 20 : Literatura brasileira   869.935
2. Século 20 : Romances : Literatura brasileira   869.935

Direitos Reservados

 GLOBAL EDITORA E DISTRIBUIDORA LTDA.

Rua Pirapitingüi, 111 – Liberdade
CEP 01508-020 – São Paulo – SP
Tel.: (11) 3277-7999 – Fax: (11) 3277-8141
E-mail: global@globaleditora.com.br

 Colabore com a produção científica e cultural.
Proibida a reprodução total ou parcial desta obra
sem a autorização do editor.

Nº DE CATÁLOGO: **2321**

*Para
Antonio Fernando De Franceschi,
Marilda e Zezé Brandão,
Marly e Oscar Colucci,
Pedro Herz,
Remo Pangela.*

Não sou dono dessa imagem que sou eu.
Não sou dono dessa imagem: – ele.
Ele não sou eu.
Conversamos nos desvãos das frases.
Intervalamos pronomes pessoais.
Eu sou meu
Imagem, Affonso Romano de Sant'Anna

Porque a mais nobre aspiração
é não sermos nós mesmos,
ou melhor, é sê-lo sendo outros,
viver de modo plural
como plural é o universo.
O Senhor Pirandello É Chamado ao Telefone,
Antonio Tabucchi

Eu briguei com um cabra-macho
mas não sei o que se deu:
eu entrei pru dentro dele,
ele entrou pru dentro deu,
e num zuadão daquele
não sei se eu era ele
nem sei se ele era eu
O Poeta do Absurdo, cordel,
Orlando Tejo/Zé Limeira

A última chance que tenho na vida é a de me transformar em mito. Sem isso, vou sofrer a permanente angústia dos anônimos.

É delicioso não ser normal. Não ser homem comum.
Não ter bom-senso.
Não ser equilibrado, cheio de decoro,
fiel às posturas.
Portanto, estúpido. Néscio.
Não ser sensato (existe palavra pior?),* portanto patola.
Beócio.
Não ser igual. Destacar-me da gentalha (rima com merdalha) que vive o cotidiano prosaico, doentio. Vocês lêem que os não normais, os famosos, os célebres, os mitos sofrem. São angustiados. Pagam um preço alto! Não vale a pena! Ressentimentos.
Vontade de rir. Gargalhar.
Sofremos diferente. Sofremos com prazer. As pessoas seguem pela mídia nossas angústias, depressões, melancolias, enxaquecas, dores-de-corno, tristezas, infelicidades, doenças e dores.
Lêem os jornais e ficam solidárias, é bonito.

Ao mesmo tempo, existe satisfação ao ver que o célebre, o famoso, o ídolo está sofrendo, deprimido, arruinado, falido, fodido, decadente. Uns querem que a gente morra, saia do caminho. Eu mesmo tenho essas intenções quando leio sobre competidores que fazem sucesso.

O que interessa se me procuram pela minha fama, celebridade? Não tenho complexo, não me neurotizo. Nem vou ao terapeuta. Importa que me procurem e me idolatrem. Não peço que gostem de mim, nem que me amem. Não precisa. Apenas que me olhem como celebridade, me reconheçam, admirem.

Invejem, respeitem, fiquem com ciúme, putos porque sou o que sou e vocês são ninguém. Nada. Pó. Partícula. Corpúsculo. Borrifo.

Quantos milhões não têm ninguém, absolutamente ninguém que as procurem? Conceitos de solidão e felicidade devem ser transformados, reciclados.

Sofre-se mais sendo anônimo.

Pode ser impossível ao célebre sair à rua, ir ao bar, comer tranqüilo no restaurante, entrar na loja, passear no shopping (qual é mesmo o shopping que me paga para passear nele?), ir ao cinema, ao show, ao teatro.

Pior é sair à rua e ninguém te conhecer, saber quem você é.

Ninguém olhar com curiosidade, pedir autógrafo, o número do telefone, não receber nenhuma cantada, nenhum beijo, não ser apontado, observado com inveja e admiração, com curiosidade. Não ser seguido, nem fotografado com essas câmeras de R$ 1,99 feitas para turistas.

Sair à rua incógnito? Melhor não ter nascido, é a mesma coisa!

O olhar dos outros é que me confere a identidade, me dá a certeza: sou, existo, estou.

É agradável ser visto, reconhecido, é a mola mestra de minha vida.
Ser amado e odiado, porque há os que me detestam, me odeiam, os que gostariam de cuspir em mim.
Algum ídolo já recebeu uma cusparada em cheio, de uma boca repleta de catarro?
Como é isso?
Perceber que naquela escarrada está toda a raiva pelo seu sucesso, fama.
Quem cospe é verme, larva, microorganismo.
Inseto que pode ser esmagado.

* Sei o que você diria, Letícia. Aquele riso de sarcasmo, uma de suas marcas, quando queria me machucar um pouco se estamparia no rosto: sensato? Quem está falando em sensatez?

Estar em todas, ser ninguém

Há um momento em que você se destaca do mundo dos anônimos. É quando tem o nome nas legendas. Muitos têm nome, no entanto ficam numa posição incômoda, perigosa. É quando o leitor pergunta: esse quem é? O que é? O que faz? Se não existe a resposta, depois de algum tempo você entra para a catalogação perigosa de quem está em todas e não é nada. Torna-se uma daquelas pessoas simpáticas, sorridentes, animadas, divertidas, conversadoras, bem vestidas, que descolam convites para todos os acontecimentos, tornam-se amigas de todo o mundo, freqüentam, mas não têm ofício, profissão, carreira, ocupação, função específica. Freqüentam, são colunáveis.

Outro dia, ouvi uma definição que me enregelou: "Toda corte tem seus bobos, os reis tinham, os poderosos hoje têm."

Palhaços modernos, fazem gracinhas, alegram o ambiente, distraem, sabem beber, servir a uma mulher, acender um cigarro, rir de uma piada, dançam todos os ritmos, do bolero ao techno, cheiram, sabem as letras do *Furacão 2000,* estão informados de tudo, navegam na internet, assinam revistas econômicas, compram *Wallpaper, Arena, Spruce,* lêem todas as colunas, sociais e políticas (ainda que não tenham nenhuma ideologia), discorrem sobre as tendências atuais, conhecem palavras recém-criadas.

Bem vestidos, bem-apessoados, talvez gays, talvez comedores, mulheres sempre na moda, modelitos, fashions, provavelmente mulheres de programas, talvez putas, talvez lésbicas, talvez assexuadas, talvez gozem quando aparecem nas fotos e se vêem nas revistas, em geral um tanto bregas, cafonas, gente que se considera imprescindível nos eventos, interessante, bem-humorada, aceita em todos os círculos, circulante de todas as rodas. Gente que cita amigos importantes, convive com financistas e diretores de empresas, diretores e produtores de teatro, promoters, executivos, políticos, cafajestes, corruptos, presidentes de bancos, secretários de Estado, ministros, chefes de gabinete (poucos calculam o poder de um chefe de gabinete). Uma pessoa realmente famosa tem de tomar cuidado para não se misturar, não se confundir. Deve aceitar os bobos da corte, mas se puder evitar a convivência, melhor. Eles dirão que são seus amigos.

Todavia, os que participam do jogo possuem um acordo, um gentlemen's agreement em que a fraude é aceita e compreendida e como tal elogiam a audácia, admiram a artimanha.

Os que participam dessas manobras sabem distinguir, separar o que é real do que é sucesso/paranóia de mídia, síndrome de aparecer.

Nessa vida é que pretendo penetrar. Nesse cipoal ou labirinto. Nesse covil, como li um dia.

Para me debater contra as intrigas e também fazê-las. Para armar ciladas para os meus inimigos, porque dentro dessa profissão há muitos, todos se pegam, se enganam, se sacaneiam, se fodem, montam armadilhas.

É uma batalha que não permite acomodação, passividade, conformismo, conforto, a menos que você seja autodestruidor e se condene ao fracasso.

Deve-se acordar planejando o dia, dormir programando o day after, porque o tempo inteiro é um day after, and after, after.

O que mata, o suicídio lento, o envenenar gradual é a vida que levo agora. Quando (ainda) não sou nada, sendo. Passo o dia a imaginar, a planejar, a montar estratégias que me permitam ser o que pretendo.

Sofro o que poucos seres humanos sofreram, recolhido a este camarim 101, indigno, ainda que bastante espaçoso (um pouco velho, verdade, as paredes se descascam), quase uma

suíte, rodeado de livros e cadernos que abrigam o organograma perfeito para o vir a ser.
Como adoraria ver a imprensa falando mal de mim. As fofocas correndo, as discussões, o tema das mesas.
Podem dizer que sou saloio, chavasqueiro, bestial, pervertido, pedófilo, salafrário,
sádico, rústico, grosseiro, fodedor,
pulha, torvo, casca-grossa, demônio, anticristo,
gay, filho-da-puta, sacaneador, tarasco,
intratável, vândalo, bárbaro.
Não me incomodo.
O que me estraçalha o coração, me deixa insone é a minha celebridade ser tão adiada.

ANÃO-CÃO É UM ANIMAL?

O grande sucesso da televisão é o anão que, em um programa de auditório, representa um cachorro e passa o tempo de quatro, amarrado a uma coleira. Tem uma casinha para ele, de dentro da qual sai para latir contra cantores amadores que disputam prêmios. O latido é o gongo, equivale à antiga buzina desclassificadora do Chacrinha. Se você canta bem, o anão-cão fica quieto, ainda que, para provocar suspense, rosne para a câmera. O público adora o animal, leva salsichas, roupinhas de lã no inverno, remédios contra pulgas, coleiras coloridas, almofadas bordadas para ele dormir. O apresentador, às vezes, chama o cachorro, pede que pare de latir. Ele provoca, late, o apresentador passa a chutá-lo, a mandá-lo de volta para a casinha. O público ri e grita: Passa cachorro, passa.

Uma mulher levou uma cadelinha para cruzar, queria filhotes do anão-cão, para ter exemplares exclusivos de uma nova raça. O apresentador obrigou o anão-cão a sair da casinha, a cheirar o rabo da cadela e a tentar cruzar com ela, no palco mesmo. A platéia gritava, cruza, cruza, transa, transa, e o anão tentou, não conseguiu. O público, histérico e indignado, passou a gritar fode com a cadela, mete nela, trepe com a cachorra, faça amor, benzinho. Cortaram a cena, chamaram os comerciais.

O anão, desesperado, correu para a casinha. O apresentador chamava e nada. Até que, fora de si, pegou o chicote e bateu com força, o homenzinho-cão saiu, tremia e foi chicoteado tão violentamente que sangrou. Gente reclamou na Sociedade Protetora dos Animais, mas disseram: Nada podemos fazer, anão não é animal. Os jornais abriram páginas, revistas deram capa. Famoso, está fazendo comerciais de rações. Vai ganhar dinheiro. Tem fila de mulher na sua porta, querendo dar, anões têm pau grande.

Que inveja quando alguém recebe tal consagração!

MONSTRO

Bete Davis entrevistada num canal a cabo:
"Quando passam a te considerar um monstro, você acabou de se transformar em uma estrela."
A entrevista não tinha data, esses documentários são muito insuficientes. Bete tinha razão, acabo de anotar em meu Manual. Ela compreendia, conhecia nossa dor.
Acho que Bete Davis já morreu.

Pesquisa: vejam, acabo de saber. Sim, Bette já morreu. Não sei quando, o detalhe me escapou. Gosto de ler notícias sobre pessoas célebres que morrem. O nome de Bette se escreve com dois t. Ela nasceu em 5 de abril de 1908 e seu nome era Ruth Elizabeth Davis. Tinha mania de ordem e limpeza e medo de picadas de insetos e mordidas de gatos. Claro que gosto de *A Malvada* (All About Eve), de Joseph Manckiewicz. Mas confesso que admiro mais filmes como *Pérfida* (The Little Foxes), de William Wyler. Foi uma interpretação moderna, ainda que ela se sentisse infeliz por estar fazendo, novamente, o papel de uma pessoa amarga, fria, impiedosa. Sou diferente, esses personagens é que me fascinam, é fácil fazê-los, basta soltar meus demônios interiores; somos todos amargos, frios, impiedosos, mas a civilização nos obriga à repressão. Fagner está cantando *O Último Pau de Arara*. Não é um fundo musical para estes pensamentos. Voltarei a falar de Manckiewicz. Se não me esquecer.

MANUAL DE FALHAS A SER SANADAS

Penso nas regras a ser cumpridas. Rituais sagrados da vida moderna. Tenho instantes de lucidez: homens como eu devem se desviar das normas, instituindo, com seu comportamento, novas regras, que acabam se tornando tendências (faróis) do seu tempo. Assim se recebe da mídia uma repercussão eficiente.

Está claro que sem mídia nada sou. Nada somos. Nada serei. Não permanecerei, e nenhum de vocês, meus telespectadores, ou cinespectadores (ainda que tenha feito tão pouco cinema, ter de ficar esperando entre cenas me irrita, ainda não inventaram uma técnica veloz de filmagens) saberá como vivi.

O público vive de acordo com normas impostas pelos célebres. O que fazem, como agem, o que pensam é lei, documento de nosso tempo. Não exagero. Na mídia está o Manual de Sobrevivência:

O que vestir.

O que comer. Onde comer.

O que beber (drinque do momento; palavra horrenda essa, drinque).

Os vinhos recomendados. O must da estação.

A entrada apropriada para um jantar.

O queijo, o pão (bagel anda em moda).

Existem padarias que são points, locais procurados pelos colunistas, fotógrafos. A tradição foi iniciada no Sumaré, com a padaria ao lado da antiga TV Tupi, a emissora do indiozinho, a pioneira. Eu daria tudo para estar naquela foto histórica da primeira transmissão de televisão no Brasil. Ali se vê Chatô (preciso reler o Fernando de Morais), o apresentador Homero Silva e uma jovem desconhecida. Essa jovem é uma desconhecida de rosto célebre; eu seria um, em início de carreira.

Estão em alta as verduras e legumes naturais, sem agrotóxicos ou não transgênicos.

Ainda não sei o que a palavra transgênico significa exatamente, sei que minha atitude deve ser de desconfiança ou repulsa mesmo diante dela; pega bem.
A roupa do momento.
A gola.
O punho.
O comprimento das mangas.
O caimento das calças.
Felizmente há livros para orientar. Agradeço a Glória Kalil, Costanza Pascolato, Fernando de Barros. Decorei seus manuais, observei, pelas fotos e acontecimentos sociais, como se vestem.
As cores da estação.
O tipo de sapato.
De salto.
O cinto.
A carteira de dinheiro.
O melhor cartão de crédito a ser exibido.
A praia a se freqüentar.
O maiô – não se diz maiô, é sunga ou o quê? Swinwear? Pesquisar.
Os óculos. Cada um para uma ocasião.
O chapéu para momentos certos.
A música. O CD mais ouvido. O CD pouco ouvido que somente eu tenho. Descolar um completamente desconhecido, iraniano, ou de um cantor regional da Nova Inglaterra. Um irlandês ou norueguês. Na Noruega não existe somente bacalhau, estão fazendo também excelente cinema. Comprar – por sinal – o livro *Os Cem Melhores Filmes de Todos os Tempos*. A palavra descolar é gíria atualizada. Usar também o termo acústico.
Ter DVD no Home Theater.

TODOS PENSANDO EM MIM NO MESMO INSTANTE

Sabe como é, você é jovem, louco e está na cama com facas. Napoleão dizia que a morte não é nada, mas viver derrotado e sem glórias significa morrer todos os dias.

Fiz uma print e emoldurei o trecho de um livro de Julien Green (*Se Eu Fosse Você*, Si J'étais Vous): "Sabe tão bem quanto eu que uma das principais causas do tédio é a estreiteza de nosso destino. Todas as manhãs despertarmos iguais ao que éramos na véspera. Ser eternamente o mesmo é insuportável para os espíritos refinados pela reflexão. Sair do próprio eu é um dos sonhos mais inteligentes que um homem pode ter."

Nenhuma sensação na vida pode superar o instante em que se descobre, se é informado, se percebe, que o país inteiro (por que não o mundo?) está de olho em você.

Todos pensando numa só pessoa, no célebre que ocupa mentes e desejos, invocações e invejas, paixões e repúdios.

Se esse momento me acontecer, será o orgasmo máximo, múltiplo, final.

Viver depois será doloroso.

Desnecessário.

AGRESSIVIDADE, DOM DIVINO

O homem notável deve ser temperamental. Impor-se pelo tom áspero, pela violência de atitudes, demonstrações de insanidade, atitudes inesperadas e assustadoras.

Impor-se, rebelando-se contra o diretor – no meu caso, sendo eu astro de televisão – contra o autor, contra os medíocres companheiros de trabalho. Colocar o produtor, o fotógrafo, o diretor em tensão quanto ao seu temperamento, deixar o diretor em permanente angústia.

John Ford. Como desconhecer um dos pilares do cinema americano? Acaba de sair sua biografia (*Searching for John Ford*, de Joseph McBride, St. Martins, 338 páginas). Sobre ela, leio Amir Labaki: "John Ford emerge do livro como um homem rude, diretor carrasco, marido omisso, pai relapso e beberrão contumaz." E o jornalista Alexandre Agabiti Fernandez: "Patrick, filho do cineasta, definiu-o como um pai repugnante, mas bom diretor de cinema e bom americano... Era um líder, fazia o que fosse necessário para que as pessoas o seguissem e não hesitava em intimidar, em descompor. Não é difícil de entender a ausência de amigos íntimos, apesar de viver rodeado de gente... Desmoralizou John Wayne nas filmagens de *No Tempo das Diligências* (Stagecoach, 1939), um dos maiores clássicos, dizendo que ele andava como bicha." Logo Wayne, o supermacho das telas! Saiu aos socos com John Ford em *Mr. Roberts*, 1955, e nunca mais se falaram.

Assim se forjam os mitos. Reforço-me com figuras exemplares para que não me neguem razão.

É útil/imprescindível ameaçar fotógrafos ou repórteres que perseguem, querendo saber de sua vida íntima.

Agredi-los com palavrões, empurrões, socos e bofetões, cuspir na cara.

Mostrar desprezo.

Depois da agressão, noticiada com indignação, o assessor de imprensa do agressor fará um comunicado, "lamentando o ocorrido" e explicando que havia nervosismo motivado por problemas pessoais e que o agredido invadira a privacidade. A imprensa, que rasteja diante dos famosos, vai querer saber os motivos pessoais. Para isso, deve mudar o tom do noticiário. Meu Manual Interno aconselha a utilizar nos comunicados palavras estranhas como imiscuir, avondoso, chufa, adínamo, entrefolho.

Jornalistas não sabem escrever, não têm vocabulário. As redações são primárias, os textos infantis. Pensando bem, é melhor eu modificar, dizer que certos jornalistas não sabem escrever. E se me pedirem para nomear? A imprensa é abusada, quer provas. Posso então dizer: alguns jornalistas. E se mesmo assim insistirem? Vivemos numa época de denúncias, traduzida pela mídia como transparência. É preciso citar o corrupto, o ladrão, o incompetente, o desabusado, o arrogante.

Estudar com o jurídico a frase que pode aguilhoar, sem provocar processos desgastantes.

Somente antipatia, ferocidade, possibilidade do uso da violência, agressividade permanente, manutenção de uma personalidade ambígua conduzem ao respeito e à admiração.

As pessoas devem se aproximar de nós com o medo e ânsia decifradora estampados no rosto.

Chegar como cachorro sarnento que vai ser chutado.

Viagens de avião são bons recursos. Bancar o doidão a bordo, insultar a comissária, ofender passageiros, cuspir, derrubar bandejas dos outros. Veja a mídia que um costureiro carioca recebeu ao bancar o pirado ou aquele atorzinho que acabou amarrado pelos passageiros.

No fundo, eu devia ser doidão de verdade, não representar. Viver o fato, por ser assim.

Vejam a tática.

Para quem espera o chute, ofereça carinho. Desarma e conquista. Esse sujeito vai amá-lo e defendê-lo.

Um afago, palavras doces, sorrisos e a pessoa está conquistada.

Hoje, uma carícia, mínima que seja, é insólita, gesto anacrônico.

Esse é um bom pensamento para as revistas registrarem nas Melhores Frases da Semana.

MODERNIDADE

"Pare de resistir", me diz o Assessor Para o Bem-Estar Pessoal. "Faça uma consulta às cartas. Vai te deixar em paz, trará orientação."

SAIBAM O QUE PREPARO

    Elaborei reflexões que parecerão anormais aos ditos normais, aos que desejam a vida acomodada, o cotidiano sem sobressaltos, flutuando no tédio infinito de uma vida igual à de ontem, idêntica à de amanhã.
    Pensei, pensando nos que desejam ser célebres. Há um detalhe. Você pode ser conhecido, falado, célebre por um tempo. Depois, depende de você, de sua sorte, de seu destino. Já para ser mito, é preciso morrer cedo. O preço é a vida. É um cerimonial, como os incas praticavam. Sacrifício. Tive certeza, aos 16 anos, de que eu não passaria dos 20. Chegaria talvez aos 22, depois de fazer um filme, uma novela. Imaginava que as pessoas nem prestariam atenção ao meu trabalho. Então, a minha morte! Sonhei com ela!
    Um desastre insólito, brutal, ou um acidente corriqueiro, inconcebível. O assassinato num cruzamento, uma bala perdida enquanto eu enchia o tanque de gasolina de meu carro esporte, sufocado por uma espinha de peixe (Norma Bengell quase morreu assim no Festival de Cannes de 1961), a overdose durante uma suruba, de coma alcoólico, aspirando antraz (seria antrax?), caindo, ou sendo atirado, dentro da cratera do Vesúvio (como o republicano Silva Jardim).
    A notícia seria publicada com destaque. Porque, nessa sociedade, um jovem ator morrendo dessa maneira desperta curiosidade, provoca excitação, vende jornal, arrebanha telespectadores. Quem era ele?
    Por um fenômeno inexplicável de mídia, porque tais coisas são dispostas de maneira imponderável, o público correu, comprou os jornais, exemplares se esgotaram em todas as bancas. Reedições. Revistas seqüestraram o acontecimento, esgotaram também.

Qual foi a sua vida? Tão pouca coisa. Módicas informações, nenhuma foto de família, uma biografia escassa. Isso excita. Mistério. Perplexidade. Quem era o garoto? Por que a histeria generalizada? É o enigma das grandes vidas.

Então, alguém descobriu um filme amador (lembram-se de Zapruder, o homem que filmou a morte de Kennedy?), brincadeira de garotos de periferia em que apareci sem camisa, com o torso nu. Vejam as novelas das seis e das sete da noite. Todos os jovens atores precisam tirar a camisa, exibir o torso. É assim que se diz, não? Torso. Nenhum talento, apenas torsos bombados. A televisão comprou o filme super 8 (nem se faz mais) e exibiu. Oitenta pontos no Ibope. Reprises. Noventa pontos. Assombro. O filme se tornou cult. Álbuns com fotos ampliadas. Posters. Folders. Cenas do filme transformadas em revistas. Intelectuais semióticos estudando o fenômeno. Estatuetas de plástico. Buttons. Romarias ao cemitério. Marketing, merchandising, patrocínios, lei Rouanet.

Amigos surgindo do nada. Todos os que não me deram chance aparecem para contar fatos, ganhar notoriedade. Aproveitadores. Namoradas que inexistiram, amantes que não me deram, a noiva (fantasia de uma neurótica ninfomaníaca) abandonada no altar em uma vila do interior (interior é foda, por causa da monotonia). Mulheres adoram detalhes assim, principalmente as solitárias. Onde está o pai? A mãe? Milhares de cópias do filme foram exibidas em todo o Brasil. Renovadas sem cessar as edições em vídeo. DVD.

Um imenso talento perdido.

O fake, poucos percebem.

O James Dean brasileiro, Jim Morrison, Rimbaud, Jimmy Hendrix, Radiguet, Kurt Cobain, Ritchie Valens (meu Deus, criou um big hit, La Bamba, e teve só oito meses de glória absoluta), Michael Hutchence, Buddy Holly. E alguém imagina quantos anos Scott Fitzgerald teve como Deus da literatura americana? Nove anos. Apenas!

O mito morre cedo e se eterniza.
Janis Joplin morreu, assim como Ana Cristina César. Por que não o Glauber? Che Guevara.
Não morri prematuramente. Portanto, o mito está morto em mim.
Nenhuma chance mais. Ou há? Somente o mistério, o estranho, o insólito, podem construir o meu destino.
É o que persigo. Para isso me preparo, estruturando este Manual de Instruções, obra original e única.

CUIDADO, POR FAVOR

Estas cenas são fluidas e ligeiras.
Podem se dissolver. Voláteis, cambiantes e inconstantes, problemas que ainda não posso manejar. Sem peso nenhum, não sei como mantê-las fixas, presas ao mesmo lugar.
Sutis e temperamentais, portáteis (uma qualidade simpática), flutuam em alguma parte dentro de nós.

O AMOR É SÓLIDO, É BRUMA

Meu amor. Inesquecível aquele beijo. Existem momentos que tocam a gente para sempre. Tenho tido vários deles com vc. Muitos têm sido assim: especiais, caros e raros. Alguns não podem ser classificados. Ocupam um lugar que não sei como descrever. Sei que a simples lembrança deles causa uma espécie de arrepio quente-frio, um tremor no coração, a certeza de um amor tão sublime, que ultrapassa e transcende toda e qualquer tentativa de classificação. Este beijo de hoje. O primeiro toque dos meus dedos em seu peito, dentro do carro, parados em meio a noite deserta, em um momento tão confuso para nós dois. Ter adormecido ao seu lado e ao acordar sentir o calor do seu corpo perto do meu. Ter feito amor com vc de madrugada e depois dormir de novo nos seus braços. São alguns desses momentos e estão guardados nesse lugar especial da minha memória que, além da simples lembrança do fato trazem à tona uma espécie de sensação viva e me fazem acreditar, e muito, que o amor existe. É sólido e palpável. Ao mesmo tempo, é etéreo, tipo bruma, uma certa onda, tal qual neblina na montanha. Sai do coração se espalhando e tomando todos os limites do corpo até o envolvimento total. Estou à beira do abismo, no bom sentido. Desprendimento total. Plenitude. Vôo. A lembrança desses instantes me traz lágrimas aos olhos. Pela beleza, pureza e ternura. Pela fugacidade, vertigem e medo neles presente. Beijos. Letícia.

PRIMOR DE SAFADEZA

Apagaram as luzes, desligaram a corrente que alimenta as tomadas. Ninguém pode saber, estava ouvindo Teixeirinha: "Nossa aliança de ouro guardei no baú, no triste baú da infelicidade. Não quero ver nunca mais a aliança esquecida, a aliança partida de nossa felicidade." Ah, se me vêem chorando com uma breguice dessas. Me destruiria. Com o racionamento, tenho medo de andar no escuro, bater o joelho em algum móvel, cair de boca na quina de uma cômoda, sangrar. William Holden caiu no banheiro, teve uma hemorragia, morreu. Estava embriagado. Era alcoólatra. Alcoólatra é uma coisa, bêbado, outra. Alcoólatra confere status, bêbado é quem cai na rua. Quase disse sarjeta, um lugar comum. Não bebo nada. Que ninguém saiba! A fama que tenho é de viver com o copo na mão. É chá, mas pega bem saber que tenho um vício, sou um homem caminhando para a autodestruição. O público adora essas histórias. Saber que aquele que tem tudo, dinheiro e fama, é mortal, doente, fodido. É perigoso, mas gostariam de viver como vivo.

Os alcoólatras ganham compaixão, tornam-se notícia, os espectadores ficam de olhos grudados na telinha (odeio a palavra telinha), procurando sinais do vício. Todo o mundo adoraria ser viciado, fodido, rico, sedutor, alguém que pode cagar para tudo. Só que as pessoas têm medo, precisam viver responsavelmente. Então se controlam. O que fode o mundo é o controle. O maldito bloqueio que impede a vida de ser vivida.

Outro dia, me ligaram de um jornal. Ou revista. Não sei. Uma dessas publicações de um real que vendem como água. O público é um cão sarnento na nossa cola.

– O senhor pode me dar um depoimento?

Sempre dou, por que não? É uma notícia a mais.

– Sobre o quê?

— Como é ser alcoólatra? Será importante para nossa Campanha Nacional de Solidariedade.
As porras das televisões vivem de campanhas sociais. Fake. Tudo fake!
— Não bebo uma gota.
— Todos sabem que bebe. O senhor mesmo declarou para a Hebe Camargo em um depoimento comovente. Naquela noite, as AAA se encheram de voluntários. Sua palavra tem força. Ajude nossa campanha! O senhor pode salvar muita gente.
— Não quero salvar ninguém.
— É uma campanha humana.
— Enfia a humanidade no rabo!
— O quê?
— Pé no saco! Campanha educativa. Salvar a humanidade! Bela merda!
— Espere... calma... o senhor... sendo quem é, tem responsabilidade.
— Responsabilidade a puta que te pariu! Quero beber, quero fumar, me drogar, comer gordura, ter colesterol, pressão alta, ficar barrigudo, quero foder, chupar boceta, chupar pau, morrer de câncer, quero que o mundo se foda, você se foda, a revista se foda, quero comer as meninas dessa revista, quero comer os homens, quero pegar tuberculose.
— O senhor está drogadão! Ou num porre filho-da-puta! Sabe que estou gravando?
— Grave! Grave! Vivemos no tempo das gravações. Dos grampos nos telefones. Mande para o caralho do senado, para a comissão de ética, para aqueles babacas de Brasília. Grave! Quero ver se me cassam, vê se conseguem me cassar.
— Cassar? Cassar o quê?
— Cassar a minha fama.
— O senhor se tem em alta conta.
— Se não sou o que penso ser, e sou, por que você está me

entrevistando? Por que vem me pedir para salvar os bêbados? Deixe que eles bebam. Liberdade para os vícios e podridões, para as ruínas da alma... Para as perversões! Olhe aí que belo título para a novela das oito. Ruínas da alma.
— E se publico isso? Gravei!
— Grave, é a verdade. Vou dizer que você gravou enquanto eu comia a sua bunda.
— O senhor... Nunca vi pessoa tão grossa. Desbocada. O senhor é o fim da picada! Bem me disseram.
— Olhe aqui, pivete! Vai pra puta que te pariu.
— Pivete? Em que tempo o senhor vive? Quem ainda fala assim?
— Tosca, você é tosca!
— Estou gravando. Posso processá-lo. Por assédio.
— Processe. Processe. Como vou comer sua boceta? Pelo telefone? Enfie o telefone no meio das pernas. Tem dinheiro para o advogado sua pé-de-chinelo? Compro os juízes, compro todos os juízes, compro tudo. Os senadores compram, empresários compram, compro também.
— Que decadência!
— Não vem com essa, não. Você está adorando, vai mostrar a fita para todo mundo. Quero ouvir essa fita na tevê. Pode gravar um CD. Vai vender feito água. O povo adora ouvir sacanagem. Posso dizer outras, grossas, de arrepiar os pentelhos. Vai fazer o CD vender. Vou te dizer uma coisa!
— Diz
— Quero que todo mundo morra com a dengue!
— Bem disseram. O senhor surtou.
— Se surtei, o mundo surtou.
— Por isso, todo mundo tem medo, ódio. Tem raiva. Todo mundo evita o senhor.
— Você é uma vaca. Vaca louca! Porra, 'tá todo mundo com medo de tudo, o mundo está explodindo com os terroristas da guerra santa.

31

– Guerra santa... O que o senhor sabe? É um puta alienado, só olha para o umbigo.
– Sai sapatona...
– Bichona, drogado.
– Sabe que também estou gravando?
– Então vai ser gravação contra gravação.
– Era melhor ser a sua boceta contra meu pau.
– Não sei por que não desligo.
– Por que gosta.
Ela desligou. Adorou a entrevista. Se meu Assessor de Imprensa me visse, ia me dar o Prêmio da Crítica. Mais uma porra de um prêmio, nem tenho mais estantes. Agora, só o Oscar. Deito-me. Estou cansado. Guardo o caderno. Apago a vela. Ainda bem que não me viram acender a vela para poder ler. Tinha as respostas e as grosserias preparadas. Escrevi e reescrevi, as frases estão apuradas, perfeitas. Para todas as ocasiões. Se alguém me telefonar, não vou vacilar. Estou me tornando estilista. Um Padre Vieira da vulgaridade! Essa jornalista recém-formada me odeia. Ou me ama. Como se chama mesmo? Preciso colocá-la no mailing. Virá correndo quando eu convidar.

FESTAS PARA GERAR IMAGENS

Meu amor. Naquela festa vc estava parado, sem beber nem comer. Só olhando. Como olha! Parece passar o tempo assim. Admirei. Nessas festas o que as pessoas mais fazem é limpar bandejas. As belas universitárias, contratadas como garçonetes, ofereciam champanhe segurando a garrafa pelo fundo, nova tendência para servir. Vc me fascinava. Comentei com minha amiga Francisca Botelho, a que fez o anel de ouro rutilado. Nunca vi alguém observar os outros com tanta intensidade. Parava diante de modelos, atores, artistas plásticos, publicitários, escritores, empresários, designers, drags, ninguéns, jornalistas, estilistas, socialites, vendo-os "posar" para as câmeras. Percebi que você conhecia o jogo da ilusão e representação. Sabia que aquela gente não estava ali pelo prazer da festa. O gozo vinha da exibição, do se mostrar em vitrina. Vinha das objetivas que clicavam, flashes que estouravam. Como o flash deixa as pessoas horrendas, chapa o rosto, estoura a pele. E aquela revista que leva as mulheres a um canto, no estúdio improvisado com um pano como fundo infinito, e as fotografam para a página Elegantes? Você percebia as pessoas na "posição certa", fazendo o gesto exato, a movimentação correta, ensaiada, a posição da cabeça, das mãos segurando os copos ou o canapé, das pernas, dos pés. Tudo estudado, ensaiado. Deve haver um personal trainer para os gestos, imagino. A felicidade que se estampava nos rostos, quando sentiam-se visados pelas objetivas. Essas festas, sabemos, não são para se divertir e sim para gerar imagens. Não existe, meu amor, um só gesto natural, uma escorregadela, um deslize. Até as gafes são propositais, porque noticiadas. Tenho um amigo estilista que contratou uma Assessora de Gafes. É uma estudante que faz sociologia e comunicação, inventa as coisas mais absurdas e engraçadas. A gafe, quando nela há humor, torna a pessoa simpática, humana, "igual a nós todos", os mortais/normais, e o leitor precisa disso para a sua auto-estima. Mortaliza. Acabei de inventar a palavra. Um famoso distanciado e inacessível provoca ira, rancor, inveja, o que resulta em astral negativo, fluidos ruins escurecendo sua aura. Nada recomendável, principalmente em tempos como estes, em que todo mundo vive na expectativa do que vai ser. Também é preciso cuidado para não se tornar conhecido como uma figura pitoresca, que alimenta o anedotário. Vc se aproximava dos convidados com um caderno de notas e desenhava, desenha bem, captava os gestos, atitudes, movimentos, tiques ou a postura dos imobilizados. Essa igualmente é essencial. Parar bem. De maneira correta. Perguntei: por que esse homem faz isso? Quem ele é? Acho que naquela hora comecei a gostar de vc, me apaixonar, parecia uma pessoa diferente nesse mundo de gente equalizada. Não foi uma, nem duas. Foram muitas vezes no espaço de um ano, parece que vc freqüenta tudo. Anotava com calma, vc tem as mãos bonitas. Depois, quando seus dedos passaram a percorrer meu corpo, entendi a suavidade de sua mão. A loucura de seus olhos, a intensidade desse amor. Demorou para que eu visse em seus olhos a paixão que dizia ter. Mas ela transpareceu, explodiu. Ficou em mim o mistério: o que ele faz? Precisava saber? Não. Pela primeira vez eu estava *apaixonada, como nunca estive na vida. Imaginava que esse amor pudesse romper barreiras e o muro atrás do qual vc se meteu. Via minhas amigas em relações infelizes, com homens dominadores, mas fracos, homens insensíveis, narcisistas, inseguros, inquietos. E elas, mal. E eu, contente. Quem era vc? Quem é? É casado mesmo? Ah, eu sabia que era casado. Uma encrenca, mas fui me deixando levar, o amor fluir, quem consegue conter quando acontece? E me fazia bem. Faz. Teve outras mulheres? Com o que sonha? Nunca imaginei que pudesse amar um homem assim, e amo. Vc me seduz, me acaricia, me dou na cama como nunca me dei com nenhum outro homem. Tenho certeza de que estou te ensinando o prazer, e vc o recebe e mostra uma coisa que poucos homens revelam: aprendizado, gratidão e empenho. Penso se não foi esse teu lado misterioso, intransponível que me seduziu e encantou. Apesar de às vezes me incomodar, deprimir. Saber o que está atrás de vc. Um beijo. Letícia.*

NÚMEROS VERMELHOS

Perseguem-me.
Uma fixação.
Obsessão.

Estão sobre o criado-mudo repleto de papéis, cadernetinhas, copos de mate ou de coca-cola gelada, contas de luz, tiaras para cabelos, anéis, contas, talões de cheques, agendas, nossos bilhetes eróticos amontoados. As minhas fotos ficavam ali em dois porta-retratos que, agora, devem estar vazios. Voltava o rosto e dava com eles. Os digitais vermelhos. Marcavam o pouco tempo que tínhamos. Às vezes, eu tinha a certeza de ouvir um leve clique quando os segundos mudavam. Bobagem. Estava tão mergulhado nela, no cheiro quente de sua boca, nos dentes que brilhavam na penumbra. Minha língua tocava aqueles dentes.

Os digitais me aprisionavam. Sempre dominado por eles, me comandavam: *Vá, vá, por hoje chega.* Como podia olhar para eles, tirar minha mão de cima daquela xoxota quente, recolher minha língua daquela boca e sair para assumir a responsabilidade do meu cotidiano?

Quantas vezes eu a feri, olhando para os números que indicavam a hora certa que dispunha para ela.

Por que você me amou, Letícia?

Eu te amei para tentar me salvar, pelo prazer, paixão, tentativa de ser outro. Se soubessem o isolamento em que me encontro.

RESGATANDO ANÔNIMOS DAS CAVERNAS: WTC

A foto foi publicada na maioria dos jornais brasileiros em página inteira. Quando a CNN e todos os canais do mundo nela ligados transmitiram a cena, ela foi congelada por alguns segundos. Ou minutos, horas, não sei. O tempo para mim tem duração infinita, não sei medi-lo pelos parâmetros normais. Nem me interessa. Do prédio do World Trade Center, minutos antes de desabar, como se tivesse sido implodido com perfeição, vêem-se apenas listas verticais, cinza-azuladas e pretas. Como se fosse um quadro modernista de quem? Que pintor pinta listas? Mondrian? Não é Mondrian, ele pintava quadrados, retângulos. Na foto, o homem está caindo de cabeça para baixo. O corpo reto, uma das pernas arqueadas. Ele se atirou? Escorregou? Ou desmaiou e caiu? Perdeu os sentidos com a altura, a fumaça. Despencou vertical até desaparecer do quadro. Desapareceu da cena, desapareceu da vida, da cidade. Logo depois, os escombros do edifício, calculados em um milhão de toneladas, caíram sobre ele, sepultando-o. Ninguém sabe seu nome. Impossível sua família tê-lo identificado, tantas pessoas possuem o mesmo físico. Um desconhecido que entrou para a história do primeiro momento de horror do século 21. Como calcular sua dor, descendo de cabeça para baixo na terça-feira, 11 de setembro de 2001? Entrou para a história do mundo, dos Estados Unidos, das comunicações, da fotografia. Sem que se saiba quem é. Jamais se saberá. Teremos apenas conjeturas em torno dele, levantadas por famílias que garantirão: era nosso filho! Que família? De onde? Era brasileiro, americano, latino, chinês, italiano, irlandês, o quê? Podia ser tudo, e não é nada. Um entre os seis mil que desapareceram pelas estatísticas oficiais. Quem acredita nelas? E os bombeiros que ficaram célebres e não se sabe um único nome?

Para não ser excluído da vida

Mantenham-se sempre plugados. Anotem coisas em alta, agora. Transar com a própria mulher em lugares públicos, observado por voyeurs masturbadores que serão convidados a participar. A tendência está em alta, com a publicação no Brasil do livro de Catherine Millet, *A Vida Sexual de Catherine M*. Levar minha mulher, ou companheira, a encontros sexuais variados e relatar o que faço, como faço, desvendando minhas taras e fantasias. Para alimentar as revistas e os incontáveis colunistas de fofocas, que assinam páginas ou ocupam horas nas rádios, falando de pessoas famosas.

Esses colunistas não sabem, porque a cultura é mínima, dispensável (tanto para quem escreve, quanto para quem lê), que as pioneiras neste tipo de jornalismo foram Louella Parsons ou Hedda Hopper nos Estados Unidos. Elas faziam os superastros comer na mão delas, dançar miudinho. No entanto, se passou mais de meio século e ninguém pareceu perceber.

Se não fizer muito, já que sou normal, nada excepcional, devo contratar um escritor que imagine fantasias, me transformando em objeto sexual. Transar dez vezes, transar de pau mole segundo preceitos orientais, ter um pau enorme e grosso, manter a língua áspera, criar posições esdrúxulas.

Gastronomia: experimentar os pirulitos de grilo ou morcego com alho. Sabores denominados Sem Limite, baseados no programa de televisão.

Comprar uma van japonesa, tração nas quatro rodas, para veranear na Serra da Bocaina.

Quem é alguém dá entrevista contando o melhor verão de sua vida. Não vale verão brasileiro. Ou argentino. São bregas.

O brasileiro é curioso, enxerido, intrometido, adora enfiar o nariz na casa dos outros, na vida de todo mundo. Quer saber tudo, daí o sucesso de quem se expõe. Todo mundo viu aquelas mil pessoas que foram posar peladas para o fotógrafo americano no parque do Ibirapuera. Os peladões pelancosos acreditam que fazem arte.

Na revista *Daslu* leio que as taças Riedel apuram o aroma e o sabor dos vinhos. Estou antenado com a minha época. O termo será antenado? Se eu disser atualizado, serei banido.

Ao circular, preciso cuidado, pesquisa e apuro. Se for jantar, devo dançar um pouco antes. No jantar, está em alta o piquenique chique: eliminar a entrada, prato e sobremesa e comer – com as pontas dos dedos – apenas um conjunto de hors d'oeuvres, tomando vodca com suco de maçã.

Não se diz mais *palavrão*. O sinônimo politicamente correto é *advérbio de intensidade*.

Tatuagens conferem status (a expressão não deve ser tão hipada; depois explico).

Ganho ponto se levar uma garrafa de vinho branco Perrier.

Sou um homem plugado. Devo ser ou estarei fora do mundo, dos negócios, dos contratos, dos acontecimentos, das festas, dos relacionamentos, das oportunidades de fazer uma novela, um filme, um comercial, uma campanha.

Fora do viver.

E até de amar.

PRATOS DO CARDÁPIO

Uma pessoa famosa jamais escolhe pratos em um cardápio. Ela sempre sabe, é informada, lhe oferecem uma coisa especial que o chef acabou de criar, ou criou apenas para privilegiados.

Ter o cardápio nas mãos é revelar que você não é alguém que conta.

É um ser desprezível, um cliente comum.

GALERIA DE PERSONAGENS: FLITCRAFT (1)

A história de Flitcraft é das mais extraordinárias que já li. Talvez nem seja tão sensacional, porém todas as cordas de meu corpo estão sensíveis, esticadas ao ponto máximo, apenas esperando o toque que as faça vibrar ou se romper. Sei que posso dar este toque, tenho medo. Não sei do que. Medo físico, palpável. Quando falamos dos outros, ou aconselhamos, tudo parece fácil. No momento de tomar iniciativa em relação a nossa própria vida, as cores mudam, tornam-se sombrias. Porque somos dominados por um sentido trágico, imanente, dramático, que nos acompanha e determina. Sou decididamente catastrófico. Certas pessoas vivem felizes, ainda que infelizes, porque conseguem rir das desventuras, transformam os dramas, revirando-os do avesso, reduzindo-os à inutilidade por meio da ironia. Sei que caminho dentro de um beco, com um muro à frente e a entrada obstruída por um muro. Todavia, senti que uma reviravolta podia ser dada no dia em que li a história de Flitcraft.

PINTANDO AS UNHAS DOS PÉS

Letícia. Sandálias de salto alto, altíssimo, vestidos que deixam entrever a barriga morena, pele queimada de sol, pontilhada, aqui e ali, por pequeninas pintas, olhar que oscila do enigmático ao duvidoso, do ingênuo ao esperto e zombeteiro, do interrogativo ao mordaz. As unhas dos pés pintadas num esmalte vivo. Como esquecer a cena inicial de *Lolita*, de Stanley Kubrick, 1962, sobre a qual correm os letreiros? Aquele pé de Sue Lyon, com as unhas sendo pintadas sensualmente, uma a uma, os algodões sendo colocados entre os dedos.

IMPORTANTE HUMILHAR OS OUTROS

Aborrecidas, ainda que necessárias, as reuniões com as assessorias de um ator são intermináveis. Porque se comanda um bando de incompetentes. Devem ser feitas, periodicamente, mantê-los estressados.

Esmagar a auto-estima deles. Passar por cima da confiança das pessoas. Arrasar, minar a segurança. Fazer isso, duas ou três vezes por dia.

Acusá-las de não ter tesão pelo trabalho, não falarem entre si, não formarem uma equipe unida que troca idéias, não se programarem, não controlarem o orçamento.

Nas reuniões, determino, ordeno, idealizo, programo, planejo, organizo, ensino, estruturo projetos.

Acusam-me de não saber ouvir.

Não é verdade. São um bando de parasitas, tem gente que fica conversando ou lendo revista na reunião, enquanto assuntos importantes são discutidos. Aliás, não há discussão, eu falo, invento.

Afirmam que grito, humilho as pessoas, não tenho sensibilidade.

Posso demitir todos, me basto para conduzir minha carreira.

Se necessário, ligo para uma agência de empregos e contrato assessores part-time, uso e mando embora.

No tabuleiro de xadrez os peões não contam, não são nada, posso perdê-los, não fazem falta.

Gosto de jogar com pedras grandes.

Resgatando anônimos: Marilyn na Coréia

Marilyn Monroe casou-se com o esportista Joe Di Maggio em janeiro de 1954. Foram para o Japão em lua-de-mel. Depois, ela voou até a Coréia, onde se apresentou aos soldados americanos, cantando canções como Somebody Loves Me, Do It Again, Bye Bye Baby e o clássico que a caracterizou Diamonds are a Girl's Best Friend. Uma foto da UPI, pertencente ao Bettmann Archive, publicada em quase todas as biografias da atriz, mostra MM em um palco improvisado, diante de milhares de soldados acomodados no chão, num anfiteatro natural, formado por suave colina. Há uma atmosfera grega na cena(*). Ela sorri num vestido preto, os ombros de fora, indiferente ao frio que faz, evidente na maioria dos soldados que se mostram bem abrigados, alguns com jaquetas de pele e protetor para as orelhas. Os rostos estão sorridentes e felizes e mesmo os que não sorriem trazem uma expressão de contentamento, a felicidade de estar contemplando Marilyn. Pode-se observar uma câmera nas mãos de cada soldado. Cinegrafistas amadores filmam em 16 mm. Milhares de anônimos e cada um guardou sua recordação do instante. Ele ficou gravado na memória, permaneceu na mente, fixou-se nos filmes e fotografias. Espalhadas pelos Estados Unidos deve haver, em porta-retratos, álbuns, lugares de honra nas paredes da sala principal ou esquecidas nos fundos de caixas e armários, milhares de Marilyns. Aqueles soldados devem ser hoje avôs e provavelmente ainda façam relatos sobre o dia em que estiveram frente a frente com a deusa, mais importante do que as batalhas ganhas. Devem ter moldurado essa foto da UPI, mostrando às famílias e aos amigos: Aqui estava eu e ela, MM. Troféu que cada um levou consigo, gratificado. Rostos que permaneceram. Mas quem são? Ninguém sabe e não se interessa. Se percorrermos rosto a rosto, podemos descobrir uma história, uma família, um *mundo particular que naquele momento estava concentrado, iluminado por Marilyn. Para muitos pode ter sido o instante de suas vidas, gravado indelevelmente. Quantos teriam se modificado a partir dali, rejeitando ou dando novos rumos às próprias vidas? Estas histórias fascinam Lenira. Penetrar nestes meandros insondáveis, localizar os que estão vivos, levantar suas biografias. As vidas dos anônimos que um dia na Coréia viram Marilyn Monroe. O que pensaram quando ela morreu oito anos mais tarde? O que contaram? Ganharam autógrafos, se aproximaram, tocaram a deusa? De que maneira essas histórias prosseguem dentro do círculo familiar, nas cidades em que moram? Lenira quer mais. Ambiciona montar um documentário com todas as fotos e filmes daquele show. Localizar cada um dos soldados, ver a posição em que estavam na foto, apanhar a fotografia que bateram e cotejar. A visão do prazer dos anônimos. Juntar também os filmes. Ali está o ângulo particular de cada um, fragmentos de Marilyn que jamais foram mostrados, tesouros guardados por americanos que se afundaram (alguns podem ter morrido em combate e suas fotos foram enviadas à família) no cotidiano, sem saber que estavam eternizados na foto da UPI, na história do cinema e da fotografia, na antologia do estrelismo, dos mitos e das mulheres que mudaram o mundo.*

---

* Ver o livro *Marilyn Monroe and the Camera*, Schirmer Art Books, Londres e Munique, prefácio de Jane Russell e com uma entrevista de Georges Belmont.

O MEDO QUE ELE TEM DA VERDADE

Ele, minha danação. Fonte de minhas dores. Recuso-me a dizer seu nome. Contentem-se com a nomeação Ator Principal. Ou AP. Dar o posto de principal já é concessão que faço, contrariando o que penso, o que desejo, mortificando-me como um penitente nordestino.
Ele me condenou a não ser.
Ao não ser. Revejo meus pensamentos. Quero dizer, repenso. Gosto das frases. Meu ódio é criativo. Estou pensando na forma de poemas. Poderia ser confundido com um filósofo sartriano. AP jamais poderia pensar em forma de poesia. Tudo o que deseja é aparecer nas capas das revistas.
AP = fel na minha boca, úlcera no duodeno.
Câncer na minha próstata, causa de meu rancor.
Ele tem medo.
Ainda que não tenha a mínima idéia de que vou eliminá-lo.
Sou ameaça sobre sua carreira, sua fama.
Ele sabe.
Seu mundo pode desmoronar, a verdade está comigo.
A verdade prevalece. Sinto calafrios, não é assim.
Pouco se pode esperar deste mundo.
Muito pouco.
Se eu pudesse esclarecer. A vida é confusa, inexplicável. Tudo nos chega adulterado.
O sentido real não existe.

ELABORANDO FRASES INTELIGENTES

Olhando para meu rosto, e para o de todos que são ou foram ídolos, existe a possibilidade de se determinar um referencial comum? Traços idênticos, expressões semelhantes, paralelos. Nas linhas do rosto, no formato do nariz, nos traços dos olhos, sobrancelhas, queixo, desenho da boca, no jeito das orelhas podemos identificar a marca do sucesso, o êxito? Colocando esses (nossos) rostos no computador e extraindo os elementos fundamentais, seremos capazes de, pela mutação genética ou cirurgia plástica, transformar em famoso um homem qualquer apanhado por amostragem na multidão?

O que faz com que certas pessoas atraiam nas ruas os olhares das outras? É o magnetismo, qualidade que nasce com a gente, dom desenvolvido? Outro dia, um cenógrafo comentou que era a energia cinética transformada em energia potencial. Não entendi. Não confessei. Não confesso deficiências. Pode ser também que se trate de uma sentença (boa palavra, tem ritmo; gostosa de dizer: sentença) sem sentido.

As pessoas adoram dizer (principalmente perto dos colunistas) qualquer coisa que provoque efeito (pensada durante dias) e fique no ar. Dessas frases estúpidas que vão para as revistas na seção *Eles Falaram Esta Semana*. Por um minuto adquirem notoriedade. Meu Assessor para Declarações Contundentes elaborou uma lista de opiniões, para que eu possa aparecer na seção, que é muito lida. Quanto mais complicado e sem significado o pensamento, mais inteligência nos atribuem. Para esta semana, meu Assessor vai divulgar: "Problemas extrínsecos conduzem a fatalidades passageiras, desde que vistos pelo lado intrínseco, virtual e, como conseqüência, casual." Divulgue-se isso como verdade. Torna-se verdade. Dirijam-se, por favor, ao fragmento *Estou a fim de sacanear os putos.*

PODOFILIA

Alguém acariciando meus pés.
Fazendo-me dormir, me excitando com os dedos leves.
Daria tudo para ter sido o ator de *Lanternas Vermelhas*.
Aquela cena em que a chinesa faz massagem nos pés do amante é antológica. Uma das melhores cenas de cinema do prazer. Cada um vê o cinema sob um ponto de vista. Eu procuro nele o prazer.
Foi ela quem me ensinou, numa daquelas tardes que passávamos juntos, fugindo do trabalho, fugindo das responsabilidades.
O prazer. "É nele que me concentro quando você me toca", ela me dizia com os olhos semicerrados.
Ela gozava suavemente, emitindo gemidos abafados, ternos.

PEDOFILIA

Não sei se devo tocar no assunto.
Não sei se posso.
Envolve a polícia, os costumes, os preconceitos.
Temo. Tremo.
Posso ser mais do que odiado, posso ser execrado, minha carreira ir para a lixeira.
Trash está escrito no monitor. Tem certeza de que deseja enviar este assunto para a lixeira?, me pergunta o computador. Gentilezas que o homem coloca dentro da máquina, para fazê-la mais delicada.
Posso me foder, me condenar, ir preso, ser comido no presídio, a menos que eu comande uma rebelião, coisa fácil. Ou fuja por um túnel, quantos filmes já assisti sobre fugas. Rebeldes ganham manchetes por dias e dias.

Mais do que nunca se tem descoberto pedófilos agindo pela internet. Ou nos prédios familiares, nos condomínios classe média. Outro dia, em Brasília – aquela cidade é foda! –, prenderam um economista do governo, casado, família bem constituída, segundo a legenda da foto que mostrava um gorduchote de cavanhaque mal-aparado, óculos de aros grossos, cabelos raros, o clichê do tarado. O jornal reforçava: *tarado, pervertido*. Nelson Rodrigues diria, um canalha. O homem tinha uma coleção enorme de fotos de adolescentes nuas (gostosinhas), meninas (com os pelinhos nascendo) se beijando, púberes (epa!) se lambendo, ele transando com meninas. Vocês viram: os padres pedófilos estão deixando o Papa doente, desanimado.

É preciso ensinar educação sexual nas escolas. Ensinar bom gosto. Prazer. Que mau gosto daquelas crianças (o jornal insistia, crianças), ficarem peladas com um pelancoso que pedia uma puta lipoaspiração. Deixando aquela língua escura de cigarros vagabundos se depositar em suas bocetinhas róseas.

Gosto dessas menininhas que vejo pelos corredores, vestindo minissaias, a caminho do palco, levadas pelas mães. Fazendo charme para produtores gagás, de cabelo pintado de caju e óculos escuros Ray-ban, como se fossem aviadores (isso mesmo, aviadores, palavra antiga. Não comandantes ou pilotos) dos DC-3 que faziam a rota São Paulo-Rio. Loucos para meterem, a palavra é essa, não transar, fazer amor, com as aeromoças (não comissárias). Preciso de um learjet!

Cuidado!

Sexo? Só seguro!

BOCETINHA NERVOSA

Meu amor.
A cada dia que passa,
sinto aumentar o meu amor por vc.
Bom te ver. Bom te olhar.
Quando penso em vc,
sinto um calor
que começa na minha bocetinha,
vem subindo em ondas
até tomar meu corpo por inteiro.
E ela vai ficando nervosa e quentinha,
molhadinha, pensando
e esperando sua boca, seu dedo e seu pau.
Assim, vou guardando este desejo
até ter de novo a oportunidade
de descarregar este desejo e amor corporal
que sinto por vc.
Quando te vejo,
sinto seu cheiro,
te beijo e te toco. Letícia

Monstruosa banalidade do cotidiano

A vida cotidiana é tenebrosa – exaspera com sua mediocridade – somente momentos prosaicos a compõem – maximização (palavra que retirei dos ícones de meu computador) do ridículo da condição humana – insuportável – deprimente – império da trivialidade – banalidade – dia-a-dia repleto de armadilhas – tantas minas quanto o Vietnã (naquele em que teve uma guerra) – traiçoeiro – sem paladar – tremo ao pensar em fazer cocô – xixi – arrotar – peidar – escovar os dentes – roncar – me deixar ver lambendo uma colher – cuspindo – escarrando – flagrado de cuecas – fazendo a barba – arrancando os pelos das orelhas – calçando meias – usando sandálias havaianas – cheirando a meia que fede por causa do sapato vagabundo de borracha – colhendo uma flor – tomando comprimido – curando frieiras – permitir que saibam que tenho prisão de ventre – perco a hora – bocejo – limpo remelas dos olhos – tiro cascão do nariz – raspo a sujeira das unhas – cheiro o tênis para saber se está com chulé – não posso transmitir a idéia de que sou homem comum – que lixa os pés – faz abdominais – hesita na escolha de um disco – tem medo do corredor escuro no prédio – faz palavras cruzadas (categoria fácil) – compra banana na quitanda – lê horóscopos e acredita – cozinha ovo – compra mortadela – couve – pede média na padaria – come sanduíche de salaminho quente – atravessa a rua afobado com medo do trânsito – coça o saco – ronca – toma café no pires – enxuga o sapato atrás da geladeira – cuida das frieiras entre os dedos dos pés – tira cera do ouvido com um cotonete – molha a ponta da Bic para ver se escreve – lambe tampa de iogurte – assoa o nariz com os dedos – necessário eliminar o cotidiano deixando somente os grandes momentos de nossas vidas? – viver apenas instantes essenciais – nos outros, vulgares, mesquinhos, o ideal é nos mantermos congelados – é o que o público espera – deseja – ninguém gosta de saber que seu ídolo é igual a ele – o público é uma soma de zés-ninguéns – bando que aceita a condição larval – ameba – essa a preocupação de cada homem – ou ao menos de grandes homens como eu – e o que é um grande homem senão a simplicidade espantosa que sou?

MODERNIDADE

"Arranjo os endereços, é tão fácil. Tenho referências, afinal eles são consultados por um monte de gente da emissora, por empresários, socialites, professores universitários, jornalistas, técnicos de futebol, assessores do governo." Meu assessor tem nas mãos uma antiga *Veja São Paulo*. O que ele descobriu?

"É com a fama e a beleza que conquisto meus objetivos"

Luana Piovani citada em todas as semanais

Pedi, no entanto meu Assessor de Ligações com Outros Famosos não conseguiu o telefone de Luana Piovani. Queria ligar, cumprimentar, mandar flores, reconhecer sua sabedoria, dizer que ela conhece este nosso mundo de concorrência brava. Ela definiu a filosofia de quem odeia ser anônimo e procura vencer essa barreira que a vida impõe desde o nascimento. Se Luana viesse ao camarim, veria que digitei, ampliei e emoldurei sua declaração antológica, poética e definitiva. Nenhuma tese, ensaio, paper, seja o que for, conseguirá tal síntese. Luana Piovani. Sua frase é oração. Amém.

MAKING-OF DE MIM MESMO

Lex Mercatoria. Antes, eu não sabia. Agora, aprendi. Observando, conversando, lendo, refletindo, comparando, vendo como os outros agem, consultando biografias, centenas delas, buscando conhecer o making-of de filmes e novelas e teatro e pintura. Vigiando, atento ao que as pessoas esperam, ao que faz sucesso, ao que é sucesso, ao que o público gosta, ao que devemos saber. Admito, tenho um Assessor de Imagem, ele sugere, aconselha. É meu Espírito Santo.

Posso elaborar o *Manual do Comportamento de um Célebre*. Para figurar ao lado do *Manual das Necessidades Midiáticas*. Eles se complementam. Sei, é fornecer aos outros o mapa da mina. Foram noites e noites, semanas e meses, anos. Lex non scripta. Quase envelheci debruçado sobre jornais, revistas, internet, gastando meus olhos na televisão. Décadas telefonando, indagando, entrevistando, para chegar a esse momento em que estou pronto para renascer. Como se deve. Segundo o esperado.

Agora, falta pouco para atingir o topo. É só estar no lugar dele, o maldito, o Ator Principal. Lenira também concorda: não basta substituí-lo, é preciso matá-lo. Agora, posso revelar como cheguei a ser. Um ator preparado para o papel que deve assumir. Mais preparado do que ele que se preocupa simplesmente em ser chique e famoso. Aceitei com humildade passar anos em um processo iniciático cheio de etapas. Estou quase pronto. Transmito este saber que me tomou. Ser generoso é crescer. Buda ou o Dalai Lama que disse isso? As livrarias estão pejadas de livros do Dalai Lama, o homem só escreve, escreve. Este é meu gesto magnânimo para com a humanidade, a arte de ser célebre. Compor o livro sagrado para os ídolos. Kama Sutra da Fama. Jardim das Delícias, Bíblia, Corão, Torá, Constituição, Estatuto, Regra do Jogo, Corpus Juris, Lex Legum.

O ÍDOLO LEVOU UMA CESTA BÁSICA

O inimigo é ele, AP. Se faço como os americanos, usando siglas e não dizendo seu nome, não é porque sou globalizado, capacho dos Estados Unidos. O motivo é outro. Vocês logo saberão. Meus pensamentos estão dispersos, não consigo o ódio suficiente para concentrá-los, torná-los sólidos, a fim de poder trabalhar. A vilania que cometi com Letícia está me cegando. Posso incluí-la no Caderno de Crueldades. Penso nela o tempo inteiro. Aqui está uma frase boa, comovente. Se eu estivesse na novela das sete ia fazer as telespectadoras (por que não criaram palavra mais curta, mais pronunciável do que esta?) me olharem com muito carinho.

Quando seu personagem faz coisas boas e recebe afagos, o ator cancela as carências e se vê feliz. Pode andar na rua, acenar, receber sorrisos, ganhar uma cerveja no bar e ser abraçado. Odeio cerveja e quando me oferecem, é da mais barata. Outro dia uma mulher banguela veio me abraçar, tive nojo de sua boca gosmenta. Batem em nossa barriga, nas costas, com intimidade pegajosa. O público é um saco, os fãs precisam levar porradas.

Seria tão bom se vivêssemos os personagens o tempo inteiro. É dolorido abandoná-los sozinhos dentro do estúdio, fechados no camarim. Nunca se pensou nisso. Na solidão dos personagens quando o estúdio encerra o expediente, as luzes se apagam, os cenários perdem o fake dos ambientes e voltam a ser madeira, gesso, papelão e plástico.

Encerrar expediente. Expressão mesquinha. Parece que trabalhamos em uma repartição pública, com cartão de ponto, abono de natal, cesta básica, colônia de férias, promoções, sede campestre com bocha e campeonato de tranca. Essas coisas desprezíveis que tornam os normais felizes.

Outro dia, o odioso AP, execrável e abominável, chegou com uma cesta básica, o estúdio inteiro adorou. Gostam de tudo o que ele faz, o energúmeno (achei uma palavra tão ruim quanto ele). Na cesta tinha camisinhas japonesas, cheias de adereços, para raspar na mucosa das bocetas e excitar mais, vaselina, pomada chinesa, Viagra, Vasomax, ervas afrodisíacas, revistas de mulheres nuas e álbuns eróticos dos séculos 15 ao 21. Os atuais não passam da exposição de xoxotas abertas como goelas, cavernas de ecoturismo. Tão gostoso se perder nelas.

Ah, Letícia, Letícia, nunca mais você virá por cima de mim, girando como o carrossel desgovernado de *Pacto Sinistro (Strangers on a Train)*. Para entender essa frase, vejam o filme, a cena final.

Não ser identificado, injeção letal

Há um momento em que você começa a emergir do mundo de trevas que abriga os invisíveis. Nem adianta ter apenas o nome nas legendas, é preciso vir uma identificação, o nome bem grafado, gradualmente fixado na mente dos leitores. Horrível quando os leitores indagam: E quem é esse Y?

Este estágio é o do não conhecido, ninguém com nome, coisa tão inútil quanto ser desconhecido.

Ou aquele outro horror: não identificado.

A história do fotojornalismo está repleta de não identificados. Se soubessem como machuca. Se os jornalistas tivessem alma, fossem humanos, se o coração deles fosse revestido por uma película, delgada que fosse, de compaixão, procurariam identificar todos os que estão em uma foto. O que me faz pensar também no jornalista, no fotógrafo, nos profissionais anônimos que, ao não identificarem, anonimizam os outros. Gostei dessa palavra. Anonimizar.

A expressão não identificado é assassinato. Merece processo, julgamento, pena máxima. Eu, se estivesse num júri, julgando um jornalista que legendou fotos com não identificados, votaria pela pena de morte.

Para ser morto com uma injeção letal.

Como aquele terrorista de Oklahoma, o Mc Veigh, que recebeu outro dia uma injeção letal.

O termo me impressiona. Injeção letal. Veneno nas veias.

Ser um não identificado é sinônimo de injeção letal.

Esta injeção que tomo, todos os dias, ao abrir os jornais e não encontrar meu nome.

ESTOU A FIM DE SACANEAR OS PUTOS

"...pediam mulheres com corpo escultural
pra dar prazer a homens, mulheres e até casal..."
Saio à porta, a branquela tem voz boa. Boa mesmo. Ela também é bem gostosinha. Se eu fosse apresentador, classificava na hora. Depois, tentava comer. A gente tem de ser filho-da-puta. Claro que uma mulher branca, mesmo boa, está longe de ter o talento e a voz cheia de sangue e raiva da Nega Gizza que lançou este rap *Prostituta*. A branquela ensaia de novo. Peitinho firme, tem 18 anos e já meteu silicone pelo corpo, claro, é a tendência.

"Ontem vi um anúncio no jornal
Vi na TV, no outdoor e em digital
Pediam mulheres com corpo escultural
Pra dar prazer a homens, mulheres e até casal
Mas na real o que eu quero é ser artista
Dar autógrafos, entrevista
Ser capa de revista
Quero ser vista
Bem bonita na televisão
Rolê de carro e não mais de camburão"

Muito barulho, os pensamentos se dispersam.
Do lado, tem um cara vomitando, ô cacete! Nervoso, tenso, fodido. Estão aqui, todos os sábados. Empurram para estes cafundós (depois, troco o termo, agora não tenho outro) os sonhadores, os ambiciosos, os ingênuos, os inocentes que acreditam que serão ídolos. Calouros.
Grupos de rock, de pagode, axé, funk, rap, reggae, hi-hop, velhos sambas. Quanto mais demora, mais nervosos ficam. O medo do anão-cão latir, destruindo sonhos faz com que se caguem de medo. Teve gente que tentou subornar o anão-cão,

sem saber que o juiz não é ele, é o próprio apresentador que faz um sinal em código. Deve balançar o rabo, o escroto. Uma loirinha linda, com peitos que pareciam garrafas de vodca, compridos e durinhos, deu para o anão, ele prometeu não latir. Esses calouros circulam pelos corredores, ansiosos por serem descobertos. Acham que as gravadoras estão na porta, com o contrato na mão.

Calouros estão em alta aos sábados, dão Ibope. Muitos candidatos ficam de olho na apresentação dos concorrentes, vendo como se saem, torcendo para que sejam desclassificados, tentando descolar uma dica. Meninas de 18 anos que tentam interpretar sucessos de Dolores Duran, Maysa, Elizete Cardoso, Leno e Lílian, Wanderléia, se instalam nos aposentos próximos. Ensaiam canções que serão apresentadas dentro de duas ou três horas. Alguns velhos (ainda querendo fazer carreira), se refugiam nos sucessos de Nelson Gonçalves, Francisco Alves, Orlando Silva e outros dinossauros que decoravam letras longas e com sentido. O que é impossível se ver hoje. Os cretinos dos tchans e do funk nem música do Roberto Carlos cantam, acham as letras compridas. Têm os ensimesmados, os retraídos, os tímidos, destinados, portanto, ao fracasso. O único ensimesmado que funciona sou eu, fiz um tipo, montei um personagem.

Há os assustados, os inquietos, os ansiosos, os nervosos. E os pretensiosos, os arrogantes, os megalomaníacos, os cheios de si (epa!). Uma mulatinha estava soluçando no canto do corredor. Quando chega a hora, tremem, se cagam, peidam, suam, não falam com ninguém, são desconfiados. Sabem que o tesão do júri, do animador, do público é foder com eles, humilhar, reduzir a pó.

Saio à porta, paro um deles.
– Cuidado! Esse animador costuma sacanear!
– Sacanear? Por quê?
– Se desconfiar que se você vencer não vai dividir o prêmio com ele, te desclassifica.

– Dividir o prêmio?
– Metade para ele. Você recebe em dinheiro, já deixa o dele!
– Ninguém me disse nada.
– Vão te dizer? Se liga, cara!
– Qual é?
– É a lei dos calouros, aqui!
– Lei dos calouros? Você foi desclassificado, fica aí enchendo o saco.
– Vai, vai ver! Depois me diz.
– Pagam uma merreca. E ainda me tomam algum? Pensava em dar entrada numa casa para minha mãe.
– Puta merda! Caretice! Casa para a mãe! Onde você vive, cara?
– Por quê?
– Sonha pequeno.
– Quero ser cantor.
– Não vai ser nada.
– Por quê?
– O fracasso está estampado na sua cara. Pega o prêmio, enche o nariz de pó!
Você olha e sabe. Aquela pessoa será nada. O rosto é esmaecido, os olhos não brilham, a boca é fina e chupada, os dentes pequenos, o nariz freme, como um rato medroso.
– De pó?
– Pó branco!
– Pó branco?
– Cocaína, cara! Da pura!
– Sou religioso. Da Igreja Ressuscitar. Nada de drogas!
– Pensa que o pastor não cheira? Só com muito pó na cuca se pode fazer aqueles enormes sermões na luta contra o demônio!
– Droga é contra Deus.
– Deus é uma droga!

– Não blasfeme! Desestruturei o sujeito. Ele se foi, com medo, confuso, inseguro, triste. Achava que a televisão é o paraíso, tudo lindo, muita grana. A loirinha de lábios grossos, a que vomitou, passa por aqui, diz que canta baladas, vai fazer musicais. Queria passar a mão em suas coxinhas musculosas. Adoro coxa musculosa, queria namorar uma daquelas mulheres que malham e têm o corpo esculpido. Ela usa calça de couro, justíssima, deu para ver os regos da bunda e da xoxota. Musicais! Como se a Broadway e Hollywood já não tivessem feito todos. Estão agora exportando pacotes prontos para os países emergentes. Como o Brasil. Se ela for cantar e dançar, Betty Grable, Ann Miller, Eleanor Powell, Mitzy Gaynor, Debbie Reynolds vão se revirar nas tumbas, putas da vida. Putas da morte! Queria ver essa suburbana cantar *For Me and My Gal, Over The Rainbow, Put the Blame on Mame, Ain't Misbehavin, I'm Looking Over a Four Leaf Clover, Perhaps, Pagan Love Song*. Por que essa coitada não vai ser madrinha de escola de samba com uma correntinha de ouro nos pés, dada por um traficante do bairro?

LEVANTAR A PLACA: APLAUSOS

Pla pla pla pla pla pla pla pla pla pla pla pla pla pla pla pla
pla pla pla pla pla pla pla pla pla pla pla pla pla pla pla pla
pla pla pla pla pla pla pla pla pla pla pla pla pla pla pla pla
pla pla pla pla pla pla pla pla pla pla pla pla pla pla pla pla
pla pla pla pla pla pla pla pla pla pla pla pla pla pla pla pla
pla pla pla pla pla pla pla pla pla pla pla pla pla pla pla pla

Resgatando os anônimos: cavalos de Veneza

São quatro e atualmente estão dentro da Basílica, no Museu Marciano. Retirados da fachada, onde a ação do tempo estava a corroê-los foram substituídos por réplicas perfeitas, produto da tecnologia moderna. Não se sabe quem idealizou e esculpiu em bronze os cavalos originais. Um artista da Ilha de Chios, próxima de Esmirna, diante da Ilha de Lesbos, certamente acolitado por um grupo de aprendizes, já que a obra exigiu forno e fundição, criou animais maravilhosos que parecem prontos a partir em disparada. Quem era esse homem? O que mais saiu de sua imaginação? De seu ateliê que outras obras ficaram eternas, enquanto ele permaneceu ignorado? Era um homem sozinho, com família, amantes, era um gay, um hetero, um promíscuo, gênio temperamental, tímido, deprimido, louco? Um pervertido ou um funcionário exemplar de uma oficina de fundição que fazia obras por encomenda? Há 2.300 anos, os animais foram levados de Chios a Bizâncio e colocados nas portas do Hipódromo, o lugar mais freqüentado da cidade. Bizâncio se tornou Constantinopla e hoje é Istambul. Milhares de pessoas passaram pelos cavalos sem saber jamais quem os tinha criado. Os saques efetuados após a Quarta Cruzada conduziram os cavalos a Veneza em 1205. Passaram-se 23 séculos. Dois mil e trezentos anos. Cento e vinte e quatro mil e duzentas semanas. Oitocentos e trinta e nove mil e quinhentos dias, pelos padrões atuais de tempo. Os cavalos de bronze (eram dourados e o dourado resistiu quase incólume) continuam a ser vistos e admirados, mas diante deles quantos pensam em quem lhes deu a forma eterna que ostentam? O autor é um desconhecido com uma obra famosa, portanto ele é um anônimo célebre.

NUNCA FIZ SEXO

– Eu declarar isso? Surtou! Pode se internar.
– Vai declarar!
– Claro que não!
– Claro que sim! Em todos os jornais! Todas as tevês. Rádios. Revistas. Uma coletiva monumental. Puta reação! Susto! Incredulidade! Espanto! Assombro! Nunca ouvido antes!
– Não vou enfrentar essa! Todo mundo me julga o maior comedor.
– Você não come ninguém. Portanto...?
– Não vou ter cara.
– Vai ganhar uma mídia que poucos tiveram no Brasil.
– Por um preço alto.
– Nunca ouviu falar na entrevista que Maria Della Costa deu declarando: estou cansada de ser bonita? Assombrou o país inteiro.
– Foi na pré-história, não foi? Anos 40? É diferente. Por que não declaro: estou cansado de comer tanta mulher?
– Vai ser megalomania! Além disso, todo mundo está dizendo que come todo mundo. Agora, confessar que nunca transou é um estouro!
– Tenho de pensar. É estranho.
– Por isso mesmo. Todo mundo vai publicar. Manchetes. Primeiras páginas. Programas religiosos. Padres e pastores falando nas missas, nos exorcismos, nas concentrações campais que reúnem milhões. Um homem que conservou a castidade. Luta por ela. Um ser anacrônico. Você será convidado ao palco. Irá às tevês, aos programas de comportamento. Programas femininos. Rádio. Fofoqueiros com a pulga atrás da orelha. Titi daqueles. Todo mundo vai falar de você por semanas. As igrejas novas, os pastores, ligas religiosas... Nem imagina o número de empresas conservadoras que vão querer patrocinar uma novela ou minissérie de que você participe.

– Não sei, não! Preciso consultar Lenira.
– Deixe a japonesa pentelha de fora.
– E os que vão me gozar?
– Pensou no tanto de mulher que vai aparecer querendo te dar?
– Será?
– Não èstá dando mais para inventar notícias diferentes. Há quantos dias você não ganha uma linha? Por acaso leu a declaração do Zezé di Camargo na *Isto É*? Está aqui, 17 de outubro. Nas frases da semana. Documentamos tudo. "O artista popular é respeitado pelo que representa em números. Não tem o privilégio de se ausentar da mídia, como faz, por exemplo, Caetano Veloso, que é respeitado como intelectual." Tenha isso como dogma. Decreto-lei. Ato institucional, medida provisória... não, não... medida permanente!

Não sei, não! Arriscado. Mas não tenho nada a perder. Letícia diria o quê? Daria aquele riso irônico que me desmonta. "Ridículo, não seja ridículo." Será que ela reata comigo? Reatar. Não gosto do som da palavra. Letícia ata e desata. Estou vendo na *Folha de S. Paulo* uma fotografia de Francisca Botelho, designer de jóias. Faz escapulários que estão em alta. Os plugados estão usando. Boa coisa para ter e, talvez, dar para Letícia. Gostaria de vê-la com o escapulário no pescoço.

PARA ESTAR SEMPRE PLUGADO

Expliquei a palavra plugado? Ligado, sintonizado, articulado, atualizado, modernizado, conetado, up to date (nossa, antiguidade), em cima da tendência, na ponta dos cascos (não posso dizer isso, nunca).

São lições diárias. Estudo *Vanity Fair, GQ* e *Vogue*. Vejo Julia Roberts duas vezes usando Gucci e depois Calvin Klein. Ela está em quatro de cada cinco revistas internacionais. Brad Pitt usa Prada. Guy Ritchie e Madonna estão com Dolce & Gabana. Tony Braxton (e quem é Tony Braxton, um novo nome que me escapou?) usa Richard Tyler. Serena e David Linley se mostram em Ralph Lauren. Lauren du Pont, descalça, com um Luca Luca.

Atenção a Miu Miu, Sub Mercer, Krizia, Roberto Cavalli, Anna Molinari.

E citar sempre a decoradora americana Mimi McMakin.

Ter um nome exótico, sonoro, difícil de se pronunciar também excita a mídia. Como Arriana von Hohrnlohe. Sofisticado. Estou achando o meu simplório demais.

Contratar um personal guru para desestressar, fazer um shiatsu básico. Em Londres, riquishás conduzidos por universitários, estacionados nas portas de teatros e restaurantes, fazem trajetos curtos por uma libra. Chique!

Neste verão, sapatos masculinos com calcanhar quadrado.

Esfriei. Acabo de descobrir uma palavra nova, inventada pelos americanos, antes dos aviões destruírem as torres. Estão usando nas legendas:

Nonceleb.

Non celebrity.

Se eu encontrar essa designação embaixo de meu nome vou me considerar morto.

O OITAVO SENTIDO

Meu exercício constante é observar com a lupa fotos de coquetéis e festas. Recorto as mais significativas, recorrentes. Há pessoas que jamais abandonam as páginas sociais, surgem em todos os acontecimentos. São meus modelos, protótipos. Devo dizer arquétipos? Colo essas fotos em álbuns que avalio todos os dias. Lição de casa passada por um professor exigente: eu. Partes do meu projeto. Preparo-me para a posteridade. Se Lenira executar o plano, se ela isolar AP, colocando-me em seu lugar – dizem que ele deseja isso, está cansado, doente –, tenho de assumir com eficiência. Há um papel a se viver na vida real. Representar? Isso se resolve.

Como diz Paulinho da Viola na canção *Sinal Fechado*: "vou indo correndo pegar meu lugar no futuro". Estudo as fotos para ver como as pessoas são fotografadas. Minhas enciclopédias: *Caras, Quem Acontece, Isto É Gente, Chiques, Vogue RG*, colunas do César Giobbi, Mônica Bergamo, Chris Mello, Joyce Pascowitch, Hildegarde Angel, reportagens do Amaury Júnior.

Mostram, por exemplo, a melhor posição para se ter o copo na mão. Manter o corpo levemente inclinado para trás em atitude que pareça displicente, indiferente à câmera.

Ainda que essas pessoas desenvolvam um oitavo sentido: saber onde a câmera está e se comportar como se não estivesse.

Há uma simbiose com a objetiva, relação alma-carne-vidro.

O corpo levemente perpendicular favorece a roupa e fornece uma imagem altaneira. É a postura de alguém que se impõe, se interessa sem ser servil, não se inclina diante dos outros, não é corcunda.

Não se inclinar diante de ninguém é fundamental. Quando a câmera se aproxima e essa gente percebe pelo quarto olho (nada a ver com o terceiro olho, celebrado por Lobsang Rampa nos anos 70), o olho que as pessoas modernas necessitadas de mídia desenvolvem, logo conversam com gestos teatrais, riem (rir é essencial, a menos que se queira fazer o personagem macambúzio, tipo Buster Keaton), franzem a testa, ouvem com atenção, olham distraídas para o alto, como se procurassem alguma coisa no nada.

Continuo meu estudo diante do espelho da sala de danças – o estúdio foi boa idéia do arquiteto, a princípio eu não queria. Ensaio minha presença na festa, jantar, coquetel, tarde de autógrafos, estréia de filme, novela ou minissérie. Estou conseguindo progressos, posso começar a freqüentar.

Acontecem festas como nunca, a propósito de tudo. Lembram os anos 50, cheios de glamour. Nas décadas de 60 e 70, parece que o Brasil foi rico e confuso, cheio de atropelos e obras. Não gosto de ler sobre esse tempo, me deprimo. Nos anos 80, as pessoas se recolheram, com medo de ostentar jóias, vestidos, carros (agora, pensam que a blindagem resolve, ficaram descuidados). Havia muita violência, roubos, seqüestros, assassinatos.

Meu Assessor para Assuntos de Violência comenta: no ano passado aconteceram em São Paulo 273 seqüestros. Em um ano, no Brasil, apareceram 717 novas favelas. Porém agora, mesmo com a escalada (quem se lembra de que o termo surgiu na guerra do Vietnã?) da violência e com os apagões, já que faliram as empresas que produzem energia, tudo voltou a ser grande, animado, as grifes internacionais são compradas em São Paulo mesmo.

As festas acontecem em lugares monumentais e todas têm patrocínios de bufês, bebidas, decoração, flores, som, energéticos, luzes, efeitos especiais, telões, roupas, empresas de garçons e manobristas (não se pode receber sem ter manobristas à porta; são os flanelinhas autorizados), e inumeráveis seguranças se comunicando por rádio, todos de terno escuro.

O que se vê nas paredes e no teto são os logos das marcas projetados, fazendo parte da iluminação. Contratam-se DJs (às vezes no estrangeiro) e eles são também estrelas, cobram os tubos, e sua missão é conservar o pessoal na pista, matar a conversação, excitar, complementar o efeito dos Red-bulls, Flashpower e do Ecstasy que escorre pelos banheiros, corredores, cantos de parede e meio da pista. Quem patrocina o pó e genéricos? Estamos vivendo "a doce vida", quarenta anos depois do filme de Fellini. Mas é assim mesmo, tudo está atrasado no Brasil. Também, não temos nenhum Fellini. Para que Brasil os cineastas estão olhando? Mas existem os paparazzi, os ansiosos pelas fotos fingindo que odeiam os fotógrafos, os ricos, os novos ricos, as peruas plastificadas, as putas, os bregas, as estrelinhas bundudas, os galãs malhados, os plastificados, os gays, as surubas, as drogas. E aí está a violência, que seria o diferencial. Verdade que nenhum intelectual entediado ainda se matou como Steiner; vai ver, não temos intelectuais; ou não temos motivo para tédio; ou não há coragem para se matar. E quem serão nossos nobres decadentes?

Conseguir convites é outro estágio. Cabe aos assessores me colocarem nas listas e essas são bem manipuladas, estruturadas.

Ter o nome nos mailings de todos(as) os promoters é prova de que não se é anônimo. Você conta, faz parte dos necessários ao sucesso de um evento.

Resgatando anônimos das cavernas escuras

Lenira me deu a idéia. Ela começou, não tem tempo para continuar o projeto. Sabe que o assunto me fascina, está me passando as pesquisas, papéis, livros, anotações, fotografias, revistas, gravações.

Estudo os anônimos da História. Do mundo. Tarefa difícil. Resgatá-los para a luz, cancelando sua dor e seu sofrimento.

Tenho, organizados, não sei quantos segmentos, vindos desse material que se amontoa e me ocupa as madrugadas, quando não tenho gravação.

Estou compondo o *Manual dos Anônimos*.

É uma luta que cada um deve enfrentar. Tornar uma guerra pessoal. Uma cruzada.

Há um enorme bem-estar, bem-aventurança, quando não se é um anônimo abjeto, desprezado.

NÃO PRECISO DE COMPAIXÃO

A dor é leve, porém percuciente. Ela se acalma ou me aguilhoa. Em um momento é uma picada de abelha, no outro me dilacera como o nervo exposto de um dente. Constante. Não permite que seja esquecida, que eu me acostume com ela. São tantas as dores e tormentos.

"Porque você rola seus problemas com a barriga, jamais enfrentou um só", diz Letícia, com razão. Uma vez mais terminou tudo, e recomeçou.

Não dá para definir onde a dor se localiza. Ela circula pelo corpo inteiro, oprime o peito, revira o estômago, fecha a garganta. Me impede de respirar e engolir, pesa sobre os olhos, amolece as pernas, a ponto de eu precisar me sentar, senão caio.

Um problema quando estou gravando. Preciso interromper, pensam que esqueci os diálogos. Nada disso. É a amnésia provocada pela paixão. Traz sonolência nos lugares mais imprevistos. Como naquela tarde em que assistíamos *Mahabarata*, o filme do Peter Brook (1989, baseado em Jean Claude Carrière), que ela lutou tanto para conseguir. Batalhou em locadoras, buscou catálogos internacionais, percorreu toda a internet. Precisou usar meu cartão, o dela tinha sido roubado, certa noite, num cruzamento.

Ao me ver dormindo, nas primeiras cenas de *Mahabarata*, ficou decepcionada, lágrimas correram pelo seu rosto.

17 horas 17 horas 17 horas 17 horas

Esta dor provoca constante inquietação. Não encontro um só lugar que me pareça confortável, não estou confortável no mundo. Meu corpo não se ajusta à cadeira, ao sofá, à cama, ao carpete.

Perco a noção do tempo e o tempo pouco me importa. Vocês também devem pensar: e acaso nos importamos com tais lamúrias? Com tanta autopiedade? Não, não quero compaixão, o sentimento me incomoda. Quero que se fodam! Nenhum de vocês pode avaliar a extensão dessa dor, que eu mesmo provoco e, portanto, não posso reclamar.

Sou responsável pelos meus atos.

O tempo. Às vezes, me vêm à lembrança os números digitais, vermelhos, brilhando na penumbra, principalmente em dias de chuva, quando o quarto escurecia. Aquela tempestade e eu tendo de voltar. Eu me tornava um leão enjaulado, irascível.

Sensação de não pertencer a lugar nenhum, flutuar pesadamente, sustentado por essa dor.

– Sabe o que você me lembra? Ela perguntou.

– Não.

– Um não lugar.

– E o que é um não lugar?

– Aquele cubículo, que você chama de camarim. Aquela saleta atulhada, escondida, que você adora, para onde corre, à espera da chamada para a gravação, ou substituição, ou seja lá o que for que não me explica, e não dá mais para entender, não entendo por que você ainda não foi embora. Aquele camarim é um não lugar, meu amor. E por que nunca vi na televisão uma só cena sua?

– Um não lugar? Você foi lá apenas uma vez!

FAZ ANÚNCIO ATÉ DE ABSORVENTES

Descobri em uma dessas revistas populares que tanto me irritam, escritas para analfabetos (textos curtos, letras grandes, palavras simples, muita gíria), lidas por cretinos (aqueles que acreditam nelas), que sou oito meses mais velho do que AP, o ator principal. Assim o chamo, não quero/posso dizer seu nome. Há palavras que, no esoterismo, são impronunciáveis, como certas doenças ou algumas designações do demônio. Oito meses. Portanto, existo antes dele.

AP é imitação.

Usurpador que criou em torno de si uma barreira inexpugnável.

Acredita-se jóia valiosíssima exposta em museu, debaixo de uma redoma, protegida por raios laser que acionam mil alarmes. Lembram-se do filme *Topkapi*? Quem dirigiu? Estou sem memória hoje. Ou será um filme muito antigo? Para quem falo? Segurança que me impede de desmascará-lo. Expô-lo à execração pública é minha necessidade. Demolir a farsa que o mantém.

Tenho de reconhecer a sua inteligência e astúcia, entendo a recusa em me enfrentar, submeter-se a uma acareação, irmos para a imprensa, nos mostrarmos juntos, para que o público decida: Quem é quem?

Ele finge que não recebe minhas cartas. Fax. E-mails. Intimações por cartório. A justiça deste país o acoberta. Ele tem dinheiro, muita fama, está na mídia todos os dias, contribui para instituições sociais, faz doações para campanhas políticas. Cumpre todo o cerimonial de obrigações e genuflexões que eu também cumpriria com prazer, uma vez que é prova de que não se é anônimo. Anima bailes de debutantes no interior, comparece a formaturas, é presença em festas milionárias, dessas que exigem, segundo promoters, um famoso, um intelectual, um divertido, um excêntrico, um exótico, um elegante, uma puta, uma dragqueen, um político corrupto, alguém envolvido em um escândalo, gays de diferentes tribos, um ou dois representantes da sociedade tradicional, DJs. Se tiver uma socialite que tenha pertencido, nos anos 50, às listas de mais elegantes a festa ganha prestígio, elimina o ranço de pessoas emergentes. Adoraria ter o dinheiro dos emergentes, mesmo que fosse dono de pastelarias. Ou de milhares de carrinhos-moenda, para vender caldo de cana gelado. Puro, com limão ou abacaxi. Vi a reportagem sobre um homem que está milionário fornecendo quinquilharias para camelôs. Ele tem um triplex e a revista *Quem Acontece* mostrou. Teve muita mídia também o Fiscal Subornado, cujas contas a Justiça não consegue abrir.

AP dança com mulheres de mau hálito nos bailes da terceira idade (não, a expressão agora é a melhor idade), apóia manifestações das lésbicas, declama em sindicatos do ABC e, uma vez, quase invadiu uma fazenda junto com os sem-terras, foi salvo por uma gravação que precisou ser refeita, por causa de uma atriz que foi hospitalizada com overdose.

Participa de manifestações ecológicas (essa camisa-de-força que o politicamente correto exige), ainda que não tenha a mínima idéia do que faz, nunca se soube um só pensamento dele. Assina documentos a favor de todas as CPIs, declara-se contra a corrupção no governo, apóia causas feministas, promove natal nas favelas, assinou a favor do casamento de gays, reza nas grandes missas campais e dança com os padres carismáticos, é chamado para todos os tipos de comerciais. Li na revista *About* e no jornal *Meio & Mensagem*, porta-vozes do mundo publicitário, que o Ator Principal é nome de credibilidade junto ao público consumidor. Vende tudo. Tanto que foi o primeiro homem a anunciar absorventes higiênicos, o que lhe valeu uma mídia arrasadora. Ele sabe o que faz, ousa/usa/arrisca tudo para aparecer.

A BELA E ENVOLVENTE ARTE DA GUERRA

Olho para a grade que fecha o tubo de ar-condicionado. O antraz pode vir por ele, tenho lido. Se viesse e eu pudesse recolher exemplares, enviaria em um envelope para AP. Chegam tantas cartas de fãs. Não, iria eliminar alguém da assessoria, e numa guerra como esta, as assessorias são como os civis, nada têm a ver. Bobagem, o ar-condicionado não funciona, estão desativando estas alas, dia desses começa a demolição. Vão construir aqui os departamentos de programas para as tevês a cabo ligadas à emissora. Lenira me disse anteontem, ao abrir a porta para que eu entrasse, eram 17h30, voltei no horário.

Meu conflito se desenvolve em terreno minado, cheio de guerrilheiros e atos terroristas e preciso desenvolver estratégias que retiro dos clássicos sobre a guerra. Em Sun Tzu ou em Clausewitz. Bastam os dois. Livros que ninguém mais lê, a não ser os raros interessados em sobreviver.

Sua leitura fornece elementos para habitarmos cidades como São Paulo, em permanente clima de guerra, cheias de ações com franco-atiradores, assaltantes, bandos armados, fugas dos presídios, seqüestros, assaltos na esquina, roubos em caixas eletrônicos, estupros. A minha guerra é outra. Sutil, perversa, cheia de regras, normas, preconceitos, traições, subterfúgios, maneirismos, hipocrisias, sacanagens. Pensei bem, elaborei esse pensamento durante semanas.

Aparei arestas. O pensamento deve estar claro e conciso. Claro que esse é um pensar ocioso. Pensei e, antes de continuar, decidi transmitir o conceito fundamental nessa guerra.

Entre os cinco perigos perniciosos para um líder, segundo Sun Tzu em *A Arte da Guerra*, um deles é a "complacência ou a paixão desmedida em relação aos soldados. Um general que não ousa punir, que fecha os olhos para a desordem, que teme que os seus soldados estejam sempre vergados sob o peso do

trabalho, não ousando, por essa razão, impor-lhes novas tarefas, é um general fadado ao fracasso. Os subordinados devem sempre ser punidos. É preciso que sofram provações. Se quiseres tirar partido do serviço dos soldados, mantém sempre ocupados, não permitas que fiquem ociosos. Pune-os com severidade, mas sem rigor excessivo. Ministra castigos e trabalho, com discernimento".*
A palavra do momento é fé.
Seja lá o que signifique.
Se é que existe.
Fé em quê? Na cagada em que o mundo se tornou?

Quem me garante que a televisão não vai implodir, que o antraz não está nos tubos e que o ar-condicionado não será ligado a qualquer momento, mísseis não serão lançados contra o Brasil?

Tenho o coração minado. É uma tolice, frase feita, mas não resisti. Pensamos tantas besteiras, apenas não dizemos, ficam para nós. Se todo mundo dissesse o que vem à cabeça...

* Sun Tzu, *A Arte da Guerra*, L&PM Pocket, tradução de Sueli Barros Cassal. Porto Alegre, 2002.

Resgatando anônimos: o cabeleireiro judeu

Morreu designado apenas como um cabeleireiro judeu. Nada se sabe dele, a menos que alguém se disponha a enfrentar as maçantes páginas, os grossos volumes de um processo criminal que se estendeu por longo período. O cabeleireiro judeu foi assassinado. Tinha família, filhos, deixou descendentes? Teve parentes ou todos foram mortos? Uma vida foi eliminada assim. Sem mais nem menos. Um homem desapareceu da história do mundo, da Europa e nem se sabe seu nome. No entanto, cresceu, escolheu profissão, teve sonhos, vontades, desejos, medos, desilusões, deve ter amado. E se dissolveu. Entre outubro de 1962 e maio de 1963, aconteceu na cidade alemã de Koblenz o julgamento de dois nazistas de boa cepa, o SS-Hauptsturmfuhrer Heuser e seu "cúmplice" (empreguemos a palavra) Franz Stark. Este, condecorado com a Cruz de Sangue, era companheiro de primeira hora de Hitler, tendo participado do putsch da cervejaria em Munique. Diante do tribunal, cheio de orgulho, Stark confessou, entre outros crimes, o de ter assassinado o cabeleireiro de Wilhelm Kube, Comissário Geral da Rutênia Branca, comandante de um Einsatzgruppe responsável pela morte de 35 mil judeus. Stark matou porque ficou "furioso ao ver que o judeu não trazia a estrela que identificava sua 'raça' e ainda se atreveu a pentear mulheres alemãs puras". Esta é a transcrição sumária que se lê no livro L'Industrie de L'Horreur, de Joseph Wulf, Editora Lê Cercle du Nouveau Livre D'Histoire, Paris, 1970. A Rutênia Branca se localizava entre Hungria, Ucrânia e Lituânia. O cabeleireiro foi mais um anônimo, símbolo de tudo o que ocorreu na Alemanha durante o III Reich.

TODO ATOR TEM TRÊS VIDAS

– Você é interessante, mexe com a gente – me disse Lenira. Ali tudo começou. Não me envergonho de contar, é verdade. Não podemos ter pudores, falsas modéstias. Se não me tenho em alta conta, não me amo, não me elogio, quem o fará? As pessoas ao me verem acreditar tanto em mim também acreditarão. Um sedutor, tesão. Foi o que Lenira me disse em uma estréia, na frente de muita gente. Estava no hall do cinema, o corpo levemente inclinado para trás, o olhar displicente (bom para fotos), quando ela se aproximou. É sensualíssima, sabe disso. Conhece o efeito que provoca. Todos nos observavam.

– Você se parece com ele. Todos dizem. Chegam a confundir?

– É a minha danação.

Gosto da palavra danação, é sonora, dramática, faulkneriana.

– E você é ator? Não complica?

Disse o nome de AP, o inominável.

– Sei, claro que sei! Já quis me matar por causa dessa semelhança.

– Verdade?

– Uma vez liguei o gás, coloquei a cabeça no forno. O gás estava cortado, não paguei a conta, vivia duro.

– Por quê?

– Ele cancelou minhas possibilidades. Sempre me recusam dizendo: já temos um, não precisamos de dois. Uma agonia. Antigamente, em coquetéis e festas, me fotografavam, eu ia olhar os jornais, minha foto estava com o nome dele. Lembra-se? Da época em que diziam que ele freqüentava tudo? Ele estava num lugar, eu no outro. Eu era ele.

– Por que insiste? O lugar está ocupado.

– Percebe minha tragédia? Ao nascer, encontrei meu lugar ocupado no mundo.

– Não dramatiza.
– Ao me ver nas revistas, sei que sou eu. Não ele. Sei o que é ser anônimo de mim mesmo.
– O que significa essa frase?
– Não tenho idéia. Gosto de frases enigmáticas. Não se preocupe. Vou morrer, acabo com essa dor.
– Seria uma pena.
– Como viver, se ele me impede de ser?
– Imagino a sua aflição.

Uma jovem usando a palavra aflição! Desconfio, ela tem o ar irônico. Como decifrar o rosto de uma japonesa? Nem japonesa deve ser, talvez seja nissei.

– É horrível.
– Pode não ser mais. Você pode estar no lugar dele!
– Dele, o Ator Principal? O que quer dizer?
– Há anos sou a assessora dele. É preguiçoso, indolente, não gosta de mover uma palha. Parece que é uma doença rara. Gosta de ficar na cama e foder.

Disse foder com naturalidade, me excitou.

– Não entendo.
– Nem tudo o que digo é para ser entendido. Não desapareça. Deixe de se atormentar. Comece a se preparar.
– Estou preparado, sei representar.
– Sabe? Na telinha. E na vida real?
– Na vida real?
– Um ator tem três vidas. A real. A dos personagens. A vivida para representar diante do público e da imprensa o papel de famoso, celebridade.
– Não tem idéia de como sei esse papel. Há anos me preparo, sei tudo.
– E por que sabe?

Ficou me olhando com perplexidade. Esta mulher pode ser o caminho. O que ela quer dizer com "você pode ser ele"? Trocar de lugar é coisa de filme, já teve no cinema há cem anos, teve na televisão. Matar e ocupar o lugar. *O Sol por Testemunha* (Plein Soleil, René Clement, 1959*).* Mr. Ripley. Patrícia Highsmith. Teve uma novela em televisão, *O Outro*. Agora, se fala em clones. Eu olhava para Lenira, intrigado. Por que se aproximou de mim, hoje? Todos dizem que ela, fiel assessora do Ator Principal, é perigosa.

– É trocar de lugar com ele?
– Não, seu bobo! É viver a vida que ele não gosta de viver. Ser ele em público.
– E continuo anônimo?

Foi há tanto tempo que esse encontro aconteceu. Aquela noite foi o começo. Muito tempo, pouco tempo, tempo nenhum. O que vocês não sabem é que o tempo não existe para mim. Não dessa maneira como vocês o encaram, medem, dizem. Cada coisa em seu tempo. Inverti. Cada tempo em sua coisa. O que é coisa?

Se os colunistas, em lugar de fofocas, tivessem um verniz de cultura (a minha também é verniz, uma pincelada só, admito); se os críticos de televisão esquecessem as brigas dominicais por Ibope, teriam tido conhecimento da tese de Julian Barbour (A *Folha* deu no *Mais*, em março de 1999. Razoavelmente letrados lêem o suplemento *Mais*). Barbour explicou – e aceitei, porque o meu tempo é um tempo sem movimento – a tese de que o tempo é uma dimensão tão misteriosa que deve ser assunto de filósofos e não de físicos. O tempo "parece existir porque nosso cérebro faz com que acreditemos em movimento e registra e organiza as imagens de maneira a transmitir a idéia de movimento". No entanto, movimento não há. Somos feitos por uma grande quantia de "agoras". Barbour acentua que "nosso corpo passa por bilhões de modificações em apenas um segundo. Bilhões e bilhões de hemoglobinas são criadas e destruídas. No fundo, somos pessoas diferentes a cada instante e nossa consciência é parte disso. Cada agora vem com uma gama de possibilidades de experiências e não se pode dizer que uma experiência vem antes da outra. Esse é o problema da seta do tempo, parece que há uma cronologia, uma impressão tão consistente que acreditamos na linha do tempo. Uma história pode ser arranjada para parecer cronológica. Algumas mudanças nessa estrutura não deixariam a mesma impressão de continuidade". Coloco a pasta *Tempo* no arquivo.

TRAVESSEIRO DAS NOITES SOLITÁRIAS

Lenira esqueceu o celular. Liguei para Letícia tarde da noite. Sabia que ela não estaria dormindo, costuma ouvir música antes de deitar e se abraçar aos dois travesseiros. Um fica junto ao peito, o outro entre as pernas. "O que fica perto do meu coração é você. Sinto tantas saudades de sua boca quente", costuma dizer. Nessa noite, ela chorava. "O que foi?" Sempre me assusto ou com o choro ou com a forma como ela responde ao fone, às vezes seca, monossilábica, cortante, dando a entender que não devia ter ligado. "Estou vendo *Ana e o Rei de Sião* e choro quando assisto a filmes sobre amores impossíveis", ela respondeu. "Sabe a que me refiro", completou, passando a faca no corte da ferida. Quando está magoada, quer me punir, encerra a conversa com um "tá bom", ríspido, em lugar do carinhoso beijo costumeiro.

TREMENDO, COMO SE O CORPO FOSSE EXPLODIR

Tentei aproximar minha boca de seu seio esquerdo, ela me segurou, delicadamente. "Cuidado, este seio me dói, tem um pequeno nódulo. Melhor não forçar." Na primeira vez em que nos deitamos e eu, afobado, ansioso (na verdade, tenso) tentei descer com a boca para aquele ponto entre suas pernas, oculto pela calcinha mínima, amarela, ela impediu. "Nunca deixo, na primeira", confessou mais tarde. "É uma coisa muito íntima." Como sempre, havia um disco, nunca fizemos amor sem música.

Passei meus dedos pelas suas mãos, seus dedos se grudaram aos meus, por um instante. Os dedos dos pés entrelaçados. Sempre entrelaçados. Levei a mão para a coxa dela, acariciei suave. Imediatamente, ela descruzou as pernas.

Assustei-me com o movimento brusco, fiquei com a boca seca, apanhei uma pastilha de hortelã, ofereci, ela nem pareceu perceber, não me olhava. Mantive a mão, agora sobre os joelhos, sobre a perna morena, lisa, não muito grossa. Deixei a mão esquecida, por momentos, depois caminhei na direção da boceta, pensando nisso, boceta, boceta, boceta, palavra mais gostosa, tranqüilizante, cheia de oferendas.

Estava excitado, mas não com o pau duro. Ela, tranqüila.

Era uma experiência nova.

A mão chegou ao final das coxas, na intersecção mágica e senti os pêlos através da calcinha. Procurei com os dedos, até chegar ao ponto. Sabia que existia um ponto, não sabia qual era. Somos tão ingênuos, nós homens, pensando que sabemos, quando temos de aprender com elas, a cada instante.

Por instinto, senti que devia tomar cuidado, não puxar os pelinhos, ela poderia reagir à dor. Demorei na tentativa e percebi que Letícia, com um imperceptível movimento, me facilitou a tarefa.

Enfiei o indicador entre a pele e a barra da calcinha molhada e continuei, encontrei aquele molhado que foi se transformando em algo agradável, excitante. O prazer de estar com o dedo ali me tomou por inteiro (êxtase), prossegui com o movimento.

Lento, suave, de tal maneira tranqüilo que quase adormeci. Um dia – não devia contar isto – adormeci quando ela estava com meu pau na boca; talvez fosse o relax, a entrega total, a descontração que sua língua me provoca. De vez em quando ela, com as pernas inteiramente abertas, com uma das mãos, ajeitava meu dedo, recolocando-o no lugar exato.

Letícia inclinou-se para trás, apoiando-se nos travesseiros azuis, gemendo, enfiei meu dedo mais fundo, sentindo o cheiro doce que vinha dela e me convulsionava, tive vontade de rasgar a calcinha, agarrar inteiramente a boceta inundada, estava feliz, o momento de maior alegria de minha vida.

Ergueu as pernas, arfante, sugando o ar, respirando o cheiro da colônia que uso, e o cheiro que vinha dela, e o da pastilha de hortelã de minha boca. Gemia e achei que fosse morrer. Em seu rosto havia um sorriso enorme e os olhos brilhavam de tal maneira que podia vê-los no escuro.

Então, ela soltou o corpo, agarrou minha mão com força, nossos dedos se cruzaram, fechou as pernas, cerrou os olhos. Tinha o que me pareceu uma pequena pinta perto do nariz. Começou a tremer inteira, como se tivesse entrado em convulsão, mas eu sabia que era uma coisa boa, soltava o prazer que ainda estava dentro dela, que tinha tomado todo o seu corpo. Prazer incontrolável querendo explodir.

LEILOAR A CAMISINHA QUE USEI

Descubro na *Isto É* a matéria sobre leilões pela internet de peças íntimas de famosos. Anos atrás, numa boate de São Paulo, uma atriz fez strip-tease e colocou a calcinha em leilão. Alvoroço. Alimentou a imprensa por semanas, foi jogada de mestre (acabei de rever o filme com Robert Redford).

Dia desses, um empresário arrematou a sandália e o biquíni de uma madrinha de bateria de escola de samba, gostosérrima. Era um leilão beneficente e o homem foi receber as peças da própria madrinha no programa do Faustão, tendo sido visto por 40 milhões de espectadores. Gênio! Esse soube fazer! Sua declaração circulou em todas as revistas semanais: "Arrematei porque essa mulher é um patrimônio da masculinidade." Foi também a frase do mês, a frase do ano, da década, do milênio.

Um publicitário, por uma nota preta (e por que se diz nota preta?) conseguiu o biquíni de uma dessas garotas sem nome que, semi-nuas, fazem figuração no programa trash de Airton Picolo, um baranga das noites de sábado. O biquíni foi emoldurado na parede do escritório. O arrematante, sorriso enorme de felicidade em uma boca que mostrava a prótese mal-feita, declarou: "Quero vestir essa peça em uma garota que merecer. Quando estivermos sozinhos, imitarei Airton Picolo e ela será minha musa, vai ser um tesão. Vou dar dez trepadas nessa noite! O problema é: como os jornais vão saber disso?"

O que tenho para ser leiloado? Uma cueca, a escova de dentes, o talco para eliminar suor dos pés, ou a camisinha usada quando comi a caloura Mariângela. Ela estava no corredor, nervosa, chamei, ela veio, me deu, se acalmou. Foi um bem que fiz. Contarei aos jornais com prazer.

PERMITIR A DEVASSA DE MINHA INTIMIDADE

A minha casa.
Há um ano penso nela, sonho. Consultando revistas de decoração, reportagens de jornais, colunistas sociais, assimilei as rígidas regras para a estação.

Em que bairro devo morar, que condomínio está em alta, como é uma casa moderna, clean, minimalista, modernista, as cores da tendência (tendência é uma palavra tão usada), os decoradores que devo chamar. Escolher entre os arquitetos. Se eu chamar um fora da lista de darlings (palavra em moda) das revistas, minha casa não sairá publicada.

E o que é uma casa anônima? Uma casa que ninguém conhece, só vê de fora. É o nada. O mesmo que morar em favela, hotel, camping. O público quer entrar nas casas, meter o focinho nas panelas. Assim sente-se íntimo, convidado.

Abrindo minha casa às revistas, estou partilhando, sendo magnânimo. Os leitores devem me agradecer, vão me copiar, imitar, admirar. Vão sonhar que os recebi, estiveram comigo. Viram minha cama, a sala de jantar, a cozinha, a piscina, a quadra de squash (devemos praticar esportes inusitados), a sauna.

Se numa foto aparecer uma cueca minha, uma calcinha de mulher, o prazer deles chega ao orgasmo, acreditam que penetraram na intimidade absoluta.

Tudo é fake, produtores levam calcinhas, cuecas, camisinhas.

Neste ponto, ele, o maldito, meu arquiinimigo é sagaz. A casa dele. Quantas vezes apareceu? Quantas vezes mudou a decoração? A sua casa é diferente a cada ano, ele é esperto, não posso subestimar o inimigo.

Não, o Ator Principal tem experiência.

Os nomes dos meus arquitetos, decoradores, artistas plásticos, fotógrafos estão anotados em uma caderneta especial. Sei quais os quadros que devem ser colocados nas paredes, as esculturas, as instalações, as ampliações. Disse bem. Instalações. Estão em alta no momento. Outro dia li uma nota sobre um jantar na casa de uma atriz. Uma loira muito bonita e gostosa, graciosamente esculpida com silicone nos seios, nádegas, coxas e panturrilhas. Porra, na bunda, peito e panturrilha? Estou meio obcecado com essa história de silicone. Também, é o que mais se ouve na tevê. Afinal, o que desejo? Deixar a imagem de um homem educado, um cavalheiro? Palavras anacrônicas. Todo mundo no jantar da atriz tropeçava numa instalação colocada no meio da sala. Ninguém entendeu, todos pensavam que a casa estava em reformas, porque dentro havia pedras, arames, sacos amassados, latas de tinta e pincéis. Comentavam que ela devia ter terminado a reforma antes.

O artista estava presente, sentiu-se ofendido.

É um designer, seus objetos são todos assinados.

Assinar eleva a cotação.

PACTO SINISTRO

Recupero-me a tempo.
Todo esse poder destrutivo que canalizo contra mim deve ser invertido. Dirigi-lo para o Ator Principal, o maldito usurpador.
Calma. Devo ser calmo, dizem que vingança é um prato que se come frio. Prato frio. Só se for uma vichissoise, uma das sopas mais delicadas que conheço. Quando gelada convenientemente é um néctar. Néctar.
Desisto, hoje não é o meu dia. Pensar em um plano.
Como em *Pacto Sinistro* (*Strangers on a Train*, 1951), de Hitchcock, em que Robert Walker propunha o crime que seria perfeito. Quase foi. Só não foi, só não são perfeitos os planos, porque os homens são imperfeitos, imprevisíveis, imponderáveis. Robert Walker era alcoólatra e morreu aos 36 anos de um ataque cardíaco. Na verdade, o que o matou foi ter perdido sua mulher, Jennifer Jones, para o produtor David Selznick.
A dor de perder a mulher amada eu conheço desde que Letícia me disse, por e-mail, na manhã de uma segunda-feira: "Vamos terminar! Quero terminar!" Não, não foi assim suave. Foi dura, impiedosa. Mas não havia outra maneira, impiedoso estava sendo eu. Depois recomeça.
Aquele e-mail foi pavoroso. Ela está sempre terminando. Depois recomeça.
Disse na sua maneira determinada.
Terminar e determinar.
De terminar.

Gadgets, gadgets

Lurdete (ela bem podia trocar o nome, como vencer num meio como este chamando-se Lurdete? Disse que é apelido e tem notação sentimental), minha Assessora de Imagem para Uso Público, estacionou seu bunkermovel em frente ao supermercado. Deu um grito, ao me ver sair com pacotes de sucrilhos, bolachas com recheio, aveia Quaker, xarope de guaraná do Amazonas, batatinhas chips, bombons Sonho de Valsa (estão mudando o design da embalagem; tão tradicional o papel cor-de-maravilha) e minhas sandálias havaianas (tenho uma de cada cor).

Lurdete apelidou seu carro de bunkermovel. Todas as assessoras de São Paulo têm igual. Profissão feminina, elas se saem bem, são rápidas, organizadas, têm contatos, diplomacia, persuasão. O bunkermovel é uma quitinete ambulante. No porta-malas tem o necessário para a vida social, pessoal, profissional e espiritual, ela me diz. Repete muito isso, como se precisasse se convencer. Lurdete nunca volta para casa, às vezes emenda a noite de um apartamento para outro mantendo vários namorados. Ocasionais, ou não. Ela e outras assessoras inventaram o bunkermovel que carrega tênis para ginástica, desodorantes, toalha, biquíni, calcinhas e sutians, sapatos variados, calça jeans, camiseta, perfumes, óculos, escarpins, frutas – banana, maçã, kiwi – barras energéticas, filtro solar, cremes, garrafas de água mineral, esparadrapos, pastilhas contra gripe, vitaminas, pasta de dente, garrafa térmica com sopa ou consomês, chás, mala de primeiros socorros, joelheira para patins, chicletes, toalhas, água de coco – está na moda – biscoitinhos. Ao me ver, gritou:

– Vem cá! Vemmm!
– O que há?
– A lista que fiquei de montar. Tive de pesquisar.
– Lista?

– Atualizada pelo site Submarino. O que não tiver, fale comigo, providencio! Vai ter de gastar, essas empresas não fazem permutas. Vendem tanto que nem querem promoção. E precisa comprar logo, porque assim que sai vem vindo outro, mais atual, mais techno (tudo é techno, até a música).
– Que lista é essa?
– Leia. Bye-bye. Estou começando uma reunião, uma conferência no carro mesmo, pelo celular viva-voz.

Lurdete, na sua letra capenga (quase ninguém mais sabe escrever à mão), anotou:

Não deixar de carregar, o tempo todo, os celulares (um digital, outro analógico).

O pager.

O lap-top ligado à internet.

O palmtop: o Visor, da Handspring tem encaixe traseiro, capaz de receber mais memória, tocador de música MP3 e um receptor GSM. A Compaq colocou no mercado o iPaq 3650, sem teclado, pesando 178 gramas, carcaça de cor metálica e tela colorida brilhante. O Palm Vx tem perfil esguio e pesa 112 gramas, 8 MB de memória.

O notebook.

Um rádio digital.

Não se desligue do mundo. Nunca.

A qualquer momento pode acontecer um evento, um lugar que reúne a imprensa, pode pintar uma reunião em uma agência para um merchandising, um comercial, uma aparição em baile, formatura, convenção de empresa.

Não se desligue. Mantenha-se plugado!

Resgatando anônimos: Graciliano

Chove. Manhã de 29 de junho de 1936. Graciliano Ramos "espezinhado fisicamente", magro, sem cabelos e com olheiras profundas (contou Denis de Moraes em O Velho Graça) deixava a Ilha Grande, após 11 dias de ignomínias. Estava sendo recambiado para o Rio de Janeiro. Depois de um diálogo com o diretor, ele se despediu de dois bandidos, Cubano e Gaúcho. Então, "um dos soldados da escolta, com pena do seu estado lastimável, o levaria na garupa do cavalo até a lancha, sob chuva fina e intermitente". Esse soldado entra para a galeria dos anônimos da História. Ele teve piedade ao ver um dos maiores escritores da literatura brasileira em condições deploráveis. Não tinha a mínima idéia de quem era Graciliano. Apenas um dos muitos presos que lotavam a ilha. Talvez soubesse diferençar os bandidos, os assassinos e os ladrões dos políticos que estavam ali pelas suas idéias. Teria ele lido, mais tarde, Memórias do Cárcere, *identificando a sua ação? Se isso aconteceu, teria sido tocado? Alguma transformação aconteceu dentro dele, alguma decisão de mudar a vida? Ou tratava-se de mais um dos milhares de analfabetos e despossuídos que viam na polícia o único meio de subir na vida? De qualquer modo, revelou compaixão, senso de humanidade. É um detalhe significativo dentro da biografia de Graciliano. Alguém do lado de lá, entre os inimigos, lhe estendeu a mão. Uma boa ação, anônima. Uma pessoa que merecia ter o nome fixado, e que se perdeu. Nada sabemos desse soldado que levou um molambo na garupa. E os dois bandidos, Cubano e Gaúcho? Tiveram os nomes revelados e permanecem na história como os ladrões que ladearam Cristo na cruz. Anônimos nomeados, se é possível usar a expressão. Temos os nomes, mas quem eram, como eram, por que estavam lá, o que sabemos de suas vidas? Nada.*

SEMPRE PLUGADO

Lembrete. Expressões (palavras) em moda: ansiedade, depressão, surto esquizofrênico, angústia, bipolar, síndrome da alucinação consciente. Ouço muito: bipolar. Bipolar. Sou o maior dos astros deste país, ainda que seja uma opinião pessoal. Alguns jornais insistem em me criticar, dizendo que faço sempre o mesmo papel. Eles, contudo, escrevem sempre a mesma crítica.

Pega bem, ser fanático pelos antigos seriados, discuti-los, citá-los. *Chip's, Bonanza, I Love Lucy, Kojak, Agente 86* (cult, cultíssimo), *Mulher Maravilha* e a divina *A Feiticeira*, com Elizabeth Montgomery (morreu outro dia, de câncer) e Agnes Moorehead (quase confundi com Jo Van Fleet, a maravilha de *Vidas Amargas?*). E ainda a doce *Jeannie, Os Waltons*. E *Perdidos no Espaço*. Alguém foi mais célebre que o Dr. Smith (Jonathan Harris)? Disso é que preciso. Do papel que me lance na posteridade. Um só.

Grande destaque dos jornais. Os salários dos atores das séries nos Estados Unidos. Kelsey Grammer é o maior cachê da televisão americana: US$ 1,60 milhão por episódio da série *Frasier*. Ray Romano recebe US$ 800 mil por episódio de *Everybody Loves Raymond*. Drew Carey, da série *Drew Carey Show*, recebe US$ 750 mil por apresentação.

Não interessa ao público em geral, ainda que as revistas adorem publicar salários. Foi um pensamento ligeiro, lembrete pessoal, para a hora de discutir contratos. Aliás, para enfiar na cara do meu agente, a fim de que ele negocie melhor. Claro, se lá pagam um milhão de dólares, aqui vão querer pagar 20 mil reais. Cerca de US$ 8 mil. Depende da cotação. Quanto está o dólar hoje? Pouco? É o Brasil, meu caro, a realidade da televisão. Pensam que todo mundo tem um puta salário? Mentem pra caralho!

A VIDA SEXUAL DE KANT

Agora posso entender uma frase de Letícia, certa tarde de chuva, em que raios e trovões esquartejavam a cidade e eu mergulhava na habitual angústia de prisioneiro, imaginando como podia ir embora. Ela se irritava e desentendia. Por que tem de voltar? Não pode nunca se descontrolar? Jogar tudo para os ares? Uma vez, uma, ao menos? No entanto, o digital vermelho denunciava:

17 horas 17 horas

Os números gigantes, iluminando o quarto, me aprisionavam. Nunca quebrei o maldito relógio, nem mesmo cobri o mostrador, desliguei da tomada. Jamais esqueci que devia voltar ao meu camarim, nunca me abandonei uma tarde inteira ao lado dela.

– Pior do que você, só Kant!
– O filósofo?

Ela lia bastante. Buscava livros que, em geral, os outros não lêem ou deixam passar despercebidos. Como *O Professor e o (Demente)*, de Simon Winchester, relato fascinante sobre assassinato e loucura. A loucura é deslumbrante.

– Você é igual.
– Nada sei de filosofia!
– Não falo do filósofo. Falo das manias.
– Manias?
– Aposto que dorme de barriga para cima.
– O quê?
– Igual a Kant. Vai ver se empacota todo com as cobertas para dormir.
– Já dormimos juntos.

– Tão poucas vezes, nem dormimos. Olha tanto no relógio que vai se deitar todos os dias às dez horas.
– Aonde quer chegar?
– Kant não se descontrolava.
– Por que me goza?
– Só quero rir. Rir, meu amor. Rir muito. E te dar o prazer que Kant não teve. Ao menos, esse você não recusa.

E o riso tomava o seu rosto e a iluminava. O que me consola/assusta é saber que a vida de Kant foi insípida, tediosa, monótona, cheia de pequenas regras, repleta de normas sistemáticas, costumes e horários estabelecidos com precisão milimétrica. Ela estivera lendo o livro de Jean-Baptiste Botul sobre Kant. Botul imputou ao filósofo uma falsa vida sexual. Mais do que falsa, ausente. A grande discussão editorial do ano. Descobriu-se que o livro é fraude, Botul não existe, as revelações sobre Kant foram inventadas. Armadilha montada com a intenção de desmascarar os acadêmicos e nenhum se manifestou.

As pessoas ficam em dúvida. Recusam-se a admitir que nada sabem, porque sempre uma coisa nova pode ser descoberta. Daí a ausência de opiniões. Isso me leva a crer, mais do que nunca, que a minha estratégia pode funcionar.

Erros perigosos, ainda que banais

Não são muitos os que parecem ter entendido ou estudado o papel que a mídia representa em sua essencialidade. Para a maioria, tudo rola intuitivamente, poucos têm assessorias planejadas.

A mídia precisa de notícias, os assessores fabricam e abastecem, mas nunca conforme um projeto avaliado. Somente as agências de publicidade planejam com precisão os seus produtos.

A mídia moldará minha alma, meus gestos, minhas palavras, meus pensamentos e atitudes. Basta estudá-la e formar o Manual que deve ser reciclado continuamente.

As mudanças de comportamento e expectativas são velozes. Isso é facilitado com os meios eletrônicos, a internet, as redes, os sites. Basta puxar um item, deletá-lo e colar o novo no lugar.

Cor do momento = azul-índigo.
Deletar. A nova cor é verde pavor.
Deletar. A nova cor é branco canário.
Deletar. A cor é o ciclâmen.
Deletar. A cor é o bege Renoir.

Em alguma parte, alguém se diverte, sabendo que nenhuma pessoa irá procurar o bege nas pinturas de Renoir, saber se existe. Tudo são frases de efeito.

Salvo o arquivo e fecho o computador.
Acabo de ler sobre o branco canário.
O que vem a ser?
Onde nascem essas designações?

Necessário ter um catálogo de cores. Pedir em fábricas de tecidos, de cerâmicas, de tintas. Há mil combinações feitas em computador. Inventam-se nomes para as cores, as velhas cores rebatizadas, a imaginação humana é fértil.

O mundo inventa e se reinventa.

Um anúncio de carros recomenda o Prata Boreal. Cor do momento para automóveis. Poético. Bom para vender. Gostam da poesia quando ela serve para mascarar o marketing.

Hoje, sabe-se de tudo o que é bom para vender. Para ser bem-sucedido e me manter estou montando o meu Manual, que não me deixará desamparado. Até entender que há regras, que estão dispersas pelo noticiário, eu ficava perdido, preocupado, sem saber como me orientar.

Pensava, com obsessão: se fico famoso de repente, o que acontece com facilidade, principalmente quando não se tem talento, não se tem nenhuma capacidade para nada, como agir? Depois que o sucesso chega é preciso alimentá-lo, comportando-se segundo as exigências, necessidades, normas, determinações, conhecendo as oscilações do mercado, impiedosas.

Um famoso vai se transmutando a cada período, conforme se alteram as tendências de mercado.

Não se pode cometer erros banais. Que se tornam venenosos. Exemplo: neste momento ouço Elba Ramalho cantar *Cajuína*. Adoro essa canção, ela me toca, me conduz a lembranças emotivas, me reconcilia, me deixa em paz. Porque não passo um momento em calma, vivo cheio de inquietude com a possibilidade de anonimato.

No entanto, ouvir músicas como *Cajuína* é coisa que faço secretamente. Não sei se posso, se devo ouvi-la, se posso ouvir Elba, se ela está na relação semanal dos que SOBEM ou na dos que DESCEM, publicada aos domingos.

Sei que a música é do Caetano Veloso e está em um disco dele. Caetano está sempre entre os que SOBEM. Ouvir Caetano confere categoria, eleva minha cotação, ganho milhas (tudo agora são milhas) dentro do universo intelectualizado. Saio nos suplementos literários, nos fanzines.

Há milhares de fanzines que se ocupam de públicos paralelos, dirigem-se a tribos variadas.

Meu Deus, quase pensei: alternativos, uma palavra que já foi limada. Limar é igual a deletar. Ou apagar. Cancelar. Devo tomar cuidado. Por isso, ouço certas músicas, vejo alguns filmes e leio livros tarde da noite, a portas fechadas, janelas cerradas, para não me expor. Esse meu lado secreto me compensa, precisamos ter segredos, mistérios nos quais se refugiar. Adoro Alcione, Jair Rodrigues, Miltinho, Vinicius, Reginaldo Rossi – que o mundo elevado detesta –, tenho velhos discos de Libertad Lamarque, Pedro Vargas, Bienvenido Granda, Trini Lopes, Connie Francis, Sidney Magal, Carlos Galhardo, Erasmo Carlos, Caterina Valente, Isaura Garcia, Nelson Gonçalves, Martinha, a queijinho mineiro.

TE MACHUQUEI, QUERIDO?

Vez ou outra, agitada debaixo de mim, se contorcendo, acrobata perfeita, sempre encontrando uma forma de se encaixar melhor, de maneira que eu a penetrasse fundo, meu pau deslizando em sua umidade divina, deusa do sexo, a fazer amor com um prosaico mortal, vez ou outra, um movimento mais brusco, um gemido, e o seu desespero: "te machuquei, amor?"
Ah, como ela pronunciava *meu amor*!
Com suavidade penetrante.
Não, nunca me machucou. Jamais nestes lençóis que saem manchados debaixo de nós, jamais você me causou mal com sua boceta, suas mãos, com essas unhas pintadas de cores berrantes.
Sua ternura é extrema.

ESCULPIR UM HOMEM IDEALIZADO

Sim, mas havia sempre uma repreensão, uma mudança a ser feita em meu caráter, meu modo de ser.
Ela me queria transformado, me queria outro.
Talvez tivesse idealizado um homem que existia em sua cabeça e procurou me moldar a essa imagem. Se nem sei quem sou, como posso ser o que os outros querem?
Talvez aí tenha começado a se quebrar tudo, nessa sua rigidez, para ser como você queria que eu fosse, sonhava que eu fosse.
Fazer de mim uma escultura.

COM O CELULAR NA PRIVADA

Telefono para a locadora, quero uma limusine. Para receber o diretor americano que me telefonou e preciso levar a jantar. O americano pediu: "Me apanhe em uma limusine prateada, por favor." Achei brega, mas convém não contrariar, existe a possibilidade de um filme, talvez com uma grande estrela (Qual será? Sandra Bullock, Nicole Kidman, Melanie Griffith, Sharon Stone, Irene Jacob, Courtney Love, Cameron Diaz, Maggie Cheung, Alicia Silverstone, Angelina Jolie, Anna Geislerova, Meryl Streep?*).

O sujeito da locadora me atendeu com a voz estrangulada:
– Aaaalôôô. Quuueeeem é...?
Estranhei. Logo ouvi um som familiar. Parecia um peido fininho. O sujeito:
– Queeeem ééééé? Porra!
– Sou eu.
Disse meu nome, ele não se impressionou.
Ouvi outro som, era um peido desafinado. Claro que era. Forte.
– Ah, o senhor...Oôôôôô que quer?
– Uma limusine.
– Podemos falar depois? Estou cagando.
Ouvi a bosta caindo na água, tchum, tchum, o mijo saindo, xiiiiiiiiiii. Que filho-de-uma-puta! Me atender cagando. O merda leva o celular para o banheiro. E se um dia os telefones tiverem cheiro? Ele peidou de novo, prolongado, fez de propósito.
– Puta merda, como você é mal-educado. Sentado na privada, cagando e fazendo negócios.
– Os negócios continuam, amigo! Para quando é a limusine? Vem buscar? Te entrego como de costume? Precisa de chofer?
Disse tudo o que ele queria, e adverti:

– Não me chegue com um carro todo cagado, fedendo peido, seu mijão!

Outro dia, num restaurante, tinha quatro caras numa mesa, com quatro mulheres bonitas pra caralho. Só que elas nem me olharam, o que me emputeceu! Os quatro homens comeram as entradas, o primeiro prato, o prato principal, a sobremesa, tomaram café, licor, acenderam charutos fedidos e não pararam um segundo de falar ao celular.

Se eu fosse mulher de um cara desses ia cornear o puto, ia enfiar o celular na boceta e ligar para um garanhão.

* Adoraria poder filmar com Vera Miles, Tippi Hedren, Anne Baxter, Gianna Maria Canale, Barbara Steele, Annie Girardot, Anne Baxter, Dora Doll, Ana Maria Ferrero, Liv Ulman, Jean Peters, Ruth Roman, e mesmo Madonna, acho interessante o seu tipo de interpretação. Mas um sonho impossível, porque não sei se ela é argentina ou espanhola, onde mora, quem é seu agente, seria filmar com Mia Maestro, a linda estrela e maravilhosa dançarina de *Tango*, do Carlos Saura.

Resgatando anônimos: Olímpia

Em 1862, uma cantora saiu de um cabaré em Paris, no começo da madrugada e, por um breve instante, teve a oportunidade de se eternizar. O episódio demorou minutos. Terminado, ela penetrou no anonimato, perdeu a sua chance na História. Talvez lhe tenha faltado curiosidade ou audácia. Pode ser que estivesse cansada do trabalho, saturada de abordagens. Ou então, seu destino era continuar ignorada. Porque isso não depende de nós. Somos indicados, selecionados, as pedras com nossos números caem de esferas que giram, como na loteria. Há na vida um fator implacável que nos isola, nos elimina ou nos eleva, brincando com a gente? Nessa madrugada, Manet e um amigo, Antonin Proust, caminhavam pelo Boulevard Malesherbes, quando viram a jovem deixando o cabaré. Devia ter terminado o show e caminhava apressada. Para casa ou para outro bar. Cantores e bailarinos faziam dois ou três shows por noite, para sobreviver. Ela era de uma beleza instigante e Manet abordou-a, perguntando se não queria posar para ele. Pergunta comum. Pintores agiam como agem hoje os fotógrafos de revistas que se alimentam de nus. A cantora deve ter olhado para a dupla, crente de que estava diante de mais um assédio do que de uma proposta artística. Ou conhecia o tédio de posar como modelo, ganhando miseravelmente. Recusou. Naquele instante, ela cruzou a fronteira, carimbando seu passaporte para o desconhecido. Naquele mesmo ano, relata Otto Friedrich no livro Olímpia, Paris no Tempo dos Impressionistas, Manet estava passeando pela Île de la Cité, "quando viu uma linda jovem, vibrante, cheia de vida" e ficou deslumbrado com a "aparência original e o jeito decidido da moça". A jovem se chamava Victorine-Louise Laurent e, ao contrário da outra, aceitou a mesma proposta. Depois de usá-la como modelo em vários quadros, Manet pintou Olímpia, provocando uma explosão no Salão Oficial de 1865.

A tela foi criticada como grosseira, ridícula, repugnante, fascinante e poderosa. Manet jamais conseguiu vendê-la. Hoje, Olímpia é considerada um dos tesouros nacionais da França, espécie de Mona Lisa pela polêmica que levantou (Teria feito amor como o pintor?) e pelas interpretações díspares que se erguem em torno dela. "Olhá-la e ficar impressionado, hipnotizado, fascinado, era quase inevitável", acentua Friedrich. Dessa maneira, um simples encontro, idêntico, transformou duas mulheres condenando-as. A cantora de cabaré desapareceu, não se sabe seu nome, de que bar saiu, o que prejudica as pesquisas. Ela não podia imaginar que aquele moço loiro e bem apessoado não era um mero paquerador noturno, nem um pintor em busca de rápidas aventuras. Ou talvez fosse; e daí? Ele representava o elo que faria a transição, retirando-a de uma vida efêmera e obscura para lançá-la na eternidade. Rejeitou. Ao aceitar a proposta, Victorine-Louise se viu gravada num instante de beleza, imortal. Há 140 anos foi imortalizada. Diante disso, penso continuamente, faço projetos, cálculos, avaliações. Deve haver um meio de lutar para não mergulharmos na região de sombras.

Galeria de personagens: Flitcraft (2)

Eu estava no consultório levado por Lavínia. Ou teria sido Camila, a segunda mulher? Ela era tão preocupada com minha letargia. Não, letargia é o que tem AP, é o que o ataca inutilizando-o por dias. Um vírus que o deixa catatônico. Na sala de espera, estendi a mão para um livro de bolso que se encontrava sobre a mesa de centro, esquecido por um paciente. Nunca se viu livros em consultórios, apenas revistas velhas. *O Falcão Maltês*, de Dashiell Hammett. Tantas letras duplas em um só nome. Isso pega bem, vou consultar o numerólogo e duplicar algumas letras do meu nome. Era um volume amarfanhado, amarelado, como que vindo de um sebo. Roubei o livro e à noite cheguei ao capítulo 7, a história de Flitcraft. Acabei de ler sacudido por soluços (raridade em mim), fui para a rua, caminhei, presenciei um assassinato. Quatro homens matavam outro, me afastei, conforme recomendam os *Manuais de Sobrevivência em São Paulo*, distribuídos nos postos de gasolina. Andei a noite inteira. De manhã, longe de casa, decidi voltar. Não tinha ainda a determinação de Flitcraft. Não continuei a ler, bastava aquele personagem, que desejei interpretar a vida inteira. Viver aquele homem e sua aventura maravilhosa. O sujeito praticou o gesto decisivo. Ser.

No filme (excelente) de John Houston (*The Maltese Falcon*, 1941; o diretor estava com 35 anos), o episódio desse personagem foi expurgado. Nada tinha a ver com a trama, era apenas uma história contada por Sam Spade e que nem tem final. Um desses momentos em que o autor cria um enredo, e ali coloca para não perdê-lo, como se o romance fosse um memorando, um follow-up, um texto de anotações para o futuro. Faulkner fez o mesmo, incluindo dentro de *Uma Fábula*, um capítulo que nada tem a ver com o resto. Conta a história de um cavalo de corridas maravilhoso e invencível, apesar de ter apenas três patas. Um desvio, uma iluminação que ele quis transmitir e não percebemos, de imediato, a intenção. Como a história de Letícia em minha vida. Uma fenda que se abriu, vislumbrei o outro lado e não atravessei.

Decorei aquelas páginas de *O Falcão Maltês* e por algum tempo ele foi um assunto obsessivo, tema de todas as conversas. Como se eu quisesse fazer um teste, experimentar, captar melhor o significado, buscar o sentido. Saber se era dirigido a mim. Quem foi o anônimo que esqueceu o romance no consultório? Forçava as pessoas a me ouvir, fiquei um chato, nas festas se afastavam de mim. Chamei roteiristas acostumados a escrever 180 capítulos e eles não se interessaram. A profundidade de Flitcraft estava somente dentro de minha cabeça, era dirigida a mim. Um código entre eu e a vida. Essa é uma frase que minha assessoria pode mandar para as revistas.

MODERNIDADE

"Sua cabeça ficará mais clara, limpa, receptiva, você vai saber o que pode e não pode fazer, conhecerá as forças que regem o seu destino, atrairá as vibrações positivas nas cartas, nos búzios, nos tarôs, na numerologia."

EVITE SER COADJUVANTE NAS LEGENDAS

Entendo minha Assessora de Imagem. As situações progridem em etapas. Deve-se, no primeiro estágio localizar os alvos prediletos dos fotógrafos. Aqueles que os editores separam de cara, na primeira seleção. Deve-se estar perto dos fotógrafos, junto, ou dentro do ângulo que a câmera focaliza. Daí eu ter feito um curso, para saber que objetivas são usadas. Umas abrem o campo, outras limitam a uma ou duas pessoas. Estudar a proximidade dos fotógrafos, acompanhar, com o rabo do olho, a movimentação deles.

Artista plástico X conversa com o ator Y no vernissage de W.

Guga cercado por atores da novela.

No primeiro estágio, o nome principal é o do outro, seguido pelos coadjuvantes. Y seria eu.

O ator das oito se diverte com as histórias contadas por Y, X, Z, W.

O ministro da Economia, o ator Y, a topmodel Gisele Bündchen e o DJ mais festejado entre os clubbers.

No Prêmio Abit, na primeira fila, o diretor teatral X, sua mulher, a bailarina W, e Y que começa a ganhar relevo na novela das oito.

Esta é uma fase de sofrimento, porque o nome fica oscilando no terceiro, quarto lugar. Eventualmente em segundo. A meta tem de ser a pole position. Então, temos de fazer pontos.

Cada notícia, informação, foto, capa dá pontuação. Como se fossem milhas. Acho que já falei de milhagens. Ou não? Uma capa. Ah, como uma capa eleva o prestígio às alturas.

A satisfação só começa mesmo quando passamos para o primeiro lugar.

O ator Y troca confidências com a belíssima Maria Fernanda Candido na estréia teatral que movimentou a se-

mana. Maria Fernanda é considerada uma das atrizes mais sensíveis e inteligentes da nova geração.

O ator Y, atual sucesso da minissérie que atinge o cume do Ibope, participou do Campeonato de Bridge Beneficente.

O ator Y
O ator Y
O ator Y
O ator Y

Que prazer ver o nome nos jornais e revistas! Chego a gozar. É tão bom como o sexo. Orgasmos múltiplos.

Muitas vezes, pode demorar anos para se atingir a pole position nas legendas. Até então deve-se estar preparado para enfrentar a fase do desconhecido, do não citado, principalmente se na foto estiverem três ou mais pessoas pesos-pesados.

A palavra *desconhecido* em uma legenda conduz à depressão.

No jantar de Carmem Mayrink Veiga, X, W, Z e desconhecido cercam a anfitriã.

Dói.
Dói muito.
É de chorar. Pior do que a omissão.

Portanto, enquanto não se chegou ao segundo estágio, aquele em que se começa a ficar razoavelmente conhecido, não se deve aproximar de grupos de três ou quatro top name.

Tenho pavor de outra palavra. O amigo.

W e amigo na estréia do filme etc. e tal.

É de embrulhar o estômago.

Um dia, quase fui a uma redação, porque me tornei o *admirador.*

W e um admirador que se acercou dele para cumprimentá-lo.

Angústia também foi no dia em que deparei com um X. Um livro sobre a história dos 50 anos da televisão brasileira. Lá estou eu, rodeado por Dionisio de Azevedo, Flora Geny, Antonio

Fagundes ainda jovem, Regina Duarte, Turibio Ruiz, Laura Cardoso, Eva Wilma, Joana Fomm, Dina Sfat.

Todos identificados. O ponto que me assinalava estava marcado com um X.

Mister X. Como se fosse um seriado antigo.

X. X. X. X. X. X. X.

Feriu-me fundo.

Aquele X foi como a cruz em que crucificaram Santo Andrew, o protetor da Escócia.

Se houvesse justiça no Brasil eu teria processado.

Passei três dias com uma alergia que me inchou os lábios, as pálpebras, me fechou os olhos, me deu gases, cólicas.

CONVERSAS OCIOSAS

Tendência forte na arquitetura. O quarto de empregada, obrigatório por lei, vem sendo acoplado à casa, exercendo parte social. Fodam-se as empregadas (sempre são mulheres; paga-se pouco a elas). Pode ser transformado em biblioteca, estúdio, sala de comer, escritório, atelier de pintura, sala de estudos. Se a planta permitir, pode-se ligar o quarto à sala criando um home-theater.

Caralho! Não entendo nada, por que tenho de saber sobre a desaceleração da economia, com as projeções do PIB sendo de menos 0,5% para o terceiro trimestre e de menos 0,3% para o quarto trimestre? O que isso pode interessar? Declaram os economistas: a sensação é de que a retração vai perdurar e expectativas pesam muito nas decisões de negócios. Puta que o pariu! Mas, puta mesmo! Talvez perguntem sobre isso na mesa-redonda do meio-dia. Vou responder que adorava a inflação alta, com minha caderneta de poupança rendendo 20%.

Queria ver Letícia com sandálias Giancarlo Paoli, ou com Cesare Paciotti, ou Antonio Eboli, Pollini, Julie Dee, Sergio Rossi, Giorgio Gratti. Saltos finos, altos, altíssimos, de tiras normais, tiras finíssimas, bico fino, coloridérrimas. Essas sandálias dariam contornos incríveis às pernas dela.

Falando em Letícia, ela ligou:
– Os Orishas vêm tocar em São Paulo.
– Baianos?
– Orishas, não orixás. Você não sabe nada.
– Meu Assesssor para Música não está aqui.
– Que assessor é esse?
– E o que tem esses orishas?
– Os cubanos do momento. Vêm para o Free-Jazz. Cantam rap.
– Cubanos cantando rap?
– Tenho ingressos. Vamos?

– Se Lenira permitir.
– Lenira? O que ela tem com isso? Está dando em cima de você? Quem é essa?
– Dependo dela.
– Não entendo. Tantas vezes não entendo nada.
– Pensa que entendo? Por isso estou lendo Bruckner.
– Bruckner? O que tem uma coisa com outra?
– Ele fala da ditadura da felicidade. A ideologia do fim do século passado que passou para este. É a maior indústria deste tempo.
– Tem dias que você é um pé no saco! Por que me diz essas coisas? Para me deixar mal? Só para isso! Porque falo tanto para você de prazer, de felicidade, de desfrutar.
Prazer. Ela sempre me diz dele. Fecha os olhos enquanto fazemos amor e se concentra no prazer.
– Tudo é superficial. Bruckner, felicidade. Você leu em um suplemento, leu na *Revista da Folha*, leu nas frases da *Caras*, nem sabe falar sobre o assunto com mais profundidade. Digo uma coisa. Repito, porque li numa entrevista, sei lá onde: "É preciso coragem para ser feliz." E você não tem!

Resgatando anônimos: a morte de Marion

Marli Renfro faz parte de um momento clássico do cinema. A cena do banheiro em Psicose (Psycho, 1960) *é traumática. Vista e revista por milhões de espectadores, a partir de 1960, na tela e em vídeos. Impressa em livros e revistas. Está em todas as antologias. Uma das seqüências mais perfeitas realizadas por Alfred Hitchcock. Apavorou milhões. E, no entanto, quem ouviu falar de Marli Renfro? Ninguém, ou pouquíssimas pessoas, dentro de um círculo restrito composto por técnicos, amigos e, quem sabe, marido, filhos, parentes. Arrepios, frios na barriga, gritos, acompanharam o assassinato de Marion Crane (Janet Leigh). No motel dirigido por Norman Bates (Tony Perkins), Marion é morta a facadas pela mãe de Norman. Que não era a mãe, era o próprio Norman, que tinha matado a mãe e assumido o lugar dela, vivendo dupla vida, a dele e a da mãe. Esta sinopse, mais do que sumária, é primária, porque apenas elucidativa. Troca de identidades, personalidades. Marli Renfro, bailarina de 23 anos, tinha um físico idêntico ao de Janet Leigh. Foi levada por Hitchcock para emprestar fragmentos de seu corpo nu, durante a cena do banho. Por alguns segundos, o corpo mostrado em cena é o de Marli, mas o espectador o recebe como se fosse o de Janet Leigh (Marion). Ela foi Janet o tempo suficiente para morrer. Seu nome não figura nos créditos. Nunca teve uma foto, uma legenda nos jornais. Um segredo de estúdio, de Hitch. Marli era e não era. Nunca foi. Nunca fez um filme. Desapareceu. A história foi contada pelo roteirista americano Stephen Rebello num livro publicado trinta anos depois da feitura do filme,* The Making of Psycho. *Até então, Marli estava na sombra, dentro do circuito fechado dos incógnitos. Abriu-se pequena fresta para ela. Uma fresta como a da veneziana.*

O CÍRCULO COMPLETO DO AMOR

Tenho tanta saudade de vc. Quando penso em ti, sinto um calor percorrer meu corpo. É uma sensação estranha. Como se eu estivesse com febre. Quero sentir vc pela minha pele. Parece que está faltando um pedaço. Toda vez que vc vai embora leva um pedacinho de mim. Te vejo ao meu lado, te sinto perto de mim. Sinto falta de cada segundo quando não te vejo. Ah, gosto tanto de vc. Gosto de sentir o teu cheiro. Gosto de trocar olhares. Gosto de me encostar furtivamente em vc. Gosto de quando teu lábio incha de tanto eu te beijar. Sua boca vem para fora. Gosto de sentir o teu pau endurecendo na minha mão. Gosto de passar a mão em seu peito, embaralhar seus cabelos com os dedos. Encostar meu rosto junto ao seu até sentir o calor da sua respiração. De enganchar meu pé no seu. De procurar o seu dedo até achar a posição. Assim, me sinto ligada a vc. Assim sinto que o amor faz um círculo completo da cabeça aos pés. Da minha boca aos meus pés, passando pelos seus dedos. Assim, tudo o que sinto passo para vc, que repassa para mim. E nada se desperdiça, tudo volta, tudo circula, o tempo inteiro, entre meu corpo e o seu. Te amo. Letícia.

SEMPRE PLUGADO

Jornais anunciam: champanhes rosados se tornaram objeto do desejo e dão cores ao verão carioca. Inveja, ciúme... Calma. Lições de vida (que clichê). Nos anos 70, Elizângela gravou big hits como *Pertinho de você*. Depois foi esquecida como cantora, ainda que não como atriz. Bela mulher. Agora, ela virou cult de DJs, está sendo tocada e tocada na boates moderninhas do Rio de Janeiro. É o que desejo ser: cult. Repito: uma coisa só, basta. Uma. E te descobrem, elegem, cultuam, cultivam. Outros cults em ascensão: Sidney Magal, Gretchen (pioneira das popozudas), Perla (ah, onde estás?).

Tendência. Palavras: étnico, sitcom, funk, pitbull/pit-boy, dread locks,
   internética, sonzeira, drum'n bass, bombar, bat fio, som off-road, papito,
   cibermanos.

Preciso de um Assessor de Linguagem das Várias Tribos para me ensinar a usar, a definir. Para não passar pelo ridículo. Colocar a palavra certa no lugar certo, para a tribo apropriada. Imaginem usar em uma conversa anacronismos como paz e amor, bicho, podes crer amizade, bolsa capanga, morou, qual é a tua bicho? O Assessor de Linguagem vai manter minha conversação modernizada, uma pessoa hipada (E o que é hipado? Acho um termo estranho, diferente, sem sentido. Como tudo.). O problema é saber quanto tempo duram essas palavras. A permanência dos significados. E da fama. Tudo é veloz, nasce e morre. Consomem-se palavras. A efemeridade da celebridade e das palavras. Há um cronômetro em lingüística? Isso é lingüística?

SEXO ORAL, ANAL, POMPOARISMO

Estamos descontraídos por latas de Red-bull, patrocinador do programa, e ecstasy. Será ecstasy o que me deram? Disseram que ecstasy dá tesão, não senti até agora. Ou então MDMA. Pode ser o 2C-B conhecido como Synergy ou Nexus (mesmo título do livro de Henry Miller). Lenira, a japonesa, passou pela sala. Piscou para mim. O que veio fazer? Assessora do homem que odeio, deve ter vindo espionar. Há algum tempo ninguém vê AP, anunciaram que está viajando. Nos bastidores, vozes veladas (gosto desta frase: vozes veladas indicam mistério) revelam que ele está doente. Câncer terminal, aids, tuberculose, esclerose múltipla, fogo selvagem. As doenças dos famosos são drásticas, dramáticas. Por mim, pode morrer!

Se pudesse comia essa maquiladora. Daria uma rapidinha, olhando o espelho, batido por essas luzes. Ao passar base em meu rosto, ela encostou as coxas em minhas pernas, de propósito. O joelho dela é feio, tem um osso que parece saltar. Pequenos defeitos me excitam.

Pedi para ser maquilado em meu camarim, se desculparam. Metade dos maquiladores faltou por causa da greve de ônibus, disseram. E os perueiros não estão dando conta. Não sei dessas coisas, não me interessam, não me dizem respeito. Quando o carro me traz, fecho os vidros fumês, não gosto de olhar para a cidade feia e fodida, esburacada. São Paulo parece uma boca cheia de cáries. Somos levados ao estúdio. A apresentadora é Andrea Fontes, "loiraça voluptuosa", segundo as revistas. Os brasileiros celebram as grandes loiras. Naturais, e falsas, namoram jogadores de futebol, principalmente os negros, modelos de moda, corredores de Fórmula 2 e Indy, produtores de televisão, publicitários, empresários, fazendeiros, peões da festa de Barretos, executivos, donos de restaurantes. Mostram as bocetas nas revistas, cobram cachês para animar festas, dão nome a grifes de lingeries.

Meu nariz está seco, sinal de nervosismo. Fico inibido com a idéia de debater sexo diante de um auditório, com espectadores se manifestando por e-mail, fax ou telefone. Às vezes, sou homem à antiga. Está uma sacanagem só, ficou chato. Poucos fazem sexo como eu nesse antro de veados, mas não gosto de vir a público falar disso.

É mais divertido ser espectador, porque tem de tudo. Noite dessas, um repórter bichona invadiu um bar de casais que fazem swing. Porra, cada baranga querendo trocar de marido, cada cafona querendo comer a mulher do outro. Todos com relógios de 5 mil dólares e cheios de correntes nos peitos peludos ou flácidos. Iscas para assaltos em cruzamentos.

O programa de Andrea (ela garante que hoje vai hipnotizar a cidade) reúne uma multidão, não vai caber no set. Vão dividir em blocos. Sou apresentado ao psicólogo, à sexóloga, ao anão-cão cheio de colares, ao guru oriental especialista em supressão dos desejos, à antropóloga que vai abordar a atuação dos brasileiros na cama, ao cartunista que desenvolveu a técnica de gozar com o pau mole, à sex-symbol que só teve orgasmo aos 35 anos, ao gay que já foi hétero (qualquer dia quero comer um, para ver), à sapatona (essa é bem interessante), à virgem, ao negro (tenho medo desta palavra não ser politicamente correta), ao índio, à madrinha de uma bateria de escola de samba que transou com a escola inteira em dois anos, ao transexual, ao menino de 14 anos (autorizado pelo Juizado de Menores), ao deputado arrogante (prometeu falar sobre o sexo na Câmara), ao empresário corrupto que está sendo processado pelo Procurador da República e pretende revelar como dinheiro fácil provoca a excitação sexual, ao mordomo de uma socialite ninfomaníaca que acena com segredos de alcova (a maioria não sabe o que é alcova, é título de livro de sacanagem dos anos 20), ao padre, ao pastor, ao sujeito ainda virgem aos 43 anos (é sua fórmula para a longevidade), à senhora especialista em pompoarismo (ela disse que vai ensinar a exercitar os músculos pubococígeos, seja lá o que isso signifique), ao técnico em orgasmo múltiplo, ao cirurgião plástico que já fez mais de mil próteses com silicone para aumentar pênis. Cantores populares, sertanejos, do tchan, funk chegam atrasados, estavam dando autógrafos para o terceiro escalão, faxineiros, cozinheiras, pessoal do bar. Podemos encher um estádio. A produtora me passa um papel.

– O brifingui com a pauta de hoje. Assim o senhor mentaliza as questões. Estou louca para te ouvi-lo. Obrigado pelo teu comparecimento.

Fala errado, escreve pior. Dói no ouvido. Os participantes lêem, concentrados. Recepcionistas, cuja ocupação será receber chamadas dos telespectadores, nos contemplam com ar gozador, estão acostumadas, os olhos delas brilham, curiosos. Qual delas faz uma boa chupetinha?

Andrea cumprimenta um a um, agradece. Usa perfume forte, doce, nauseante, o batom brilha, a raiz dos cabelos mostra que ela foi morena.

– Nem quero pensar quase cancelaram o programa queriam debater a primeira guerra do novo século e nem quero pensar uma guerra que nem é nossa nada a ver com sexo sim é uma guerra mantive o programa e ainda por cima o patrocinador me deu cinco horas vamos estourar estão fazendo chamadas desde ontem obrigado por terem vindo obrigado vocês são sérios respeitáveis têm opiniões e profundidade o programa vai dar polêmica é preciso levar o sexo ao povo e o povo ao sexo liberado a televisão faz um grande serviço infelizmente nossa atração não conseguiu chegar teve problemas de consultório é a doutora Regina Navarro Lins autora do ótimo livro *Conversas na Varanda* debate sobre a sexualidade brasileira aqui está o memorando de hoje.

Estou pirado ou ela fala sem vírgulas, sem pausas, tudo atropelado? O memorando detalha, segmento a segmento, o que se vai discutir. David O'Selznick, o produtor americano (acabei de ler a biografia), dirigia seu estúdio, controlava roteiristas, diretores, fotógrafos, editores por meio de memorandos tirânicos, absolutistas. Era um déspota esclarecido. Como ser tirânico, obedecido, temido? Como adquirir ou desenvolver esse dom essencial? Anoto mentalmente, no camarim repasso para o Manual das Necessidades. O programa foi assim estruturado:

Preliminares. 6 minutos.

Carícias. 5 minutos.

Zonas erógenas do homem e da mulher. 7 minutos.

Estímulos. 9 minutos.

Massagens. 10 minutos. (Profissionais farão demonstrações.)

Os seios. 6 minutos. (Presença de mulheres que colocaram silicone.)

Mulheres que fingem orgasmos. 8 minutos.

Ejaculação precoce. 4 minutos.

Os movimentos do pênis e da vagina. 9 minutos.

Sexo oral. 11 minutos.

Sexo anal. 11 minutos.

Ponto G. 9 minutos.

Masturbação. 11 minutos.

Anticoncepcionais, pílula, camisinhas, diafragmas, dius. 4 minutos.

Impotência. 8 minutos.

Viagra/Vasomax. 4 minutos.

Técnicas chinesas para manter ereção. 11 minutos.

Homossexualismo. 9 minutos.

Lesbianismo. 9 minutos.

Virgindade. 4 minutos.
Castidade. 3 minutos.
Perversões. 15 minutos.
Sadismo. 10 minutos.
Sadomasoquismo. 10 minutos. (Demonstrações de aficionados.)
Depoimentos acompanham cada segmento.

> **Nota da produção**: Tentamos trazer da Europa o pênis seco do insaciável monge russo Rasputin, com seus 32 centímetros, mas desde 1968 ele não foi mais visto. Pertencia a uma senhora parisiense. E a Faculdade de Médicos e Cirurgiões da Universidade de Columbia, Estados Unidos, não nos cedeu o pênis ressequido de Napoleão, com seus 2,5 cm. Seriam as grandes, fenomenais, atrações do programa.

Todas as tardes, em todas as emissoras, discute-se sexo. Todas as noites, na maioria das emissoras, vemos desfiles de lingeries, anúncios de sex shop, discussões sobre trepar, transexualismo, garotos(as) de programa, fidelidade e infidelidade (quer ver até onde seu marido resiste a uma cantada?), amantes, a outra, o outro, a mulher que descobriu que o marido era gay, clubes de sadomasoquistas.

O programa começou, não gosto muito do lugar em que me colocaram, estou num dos cantos, quase fora do alcance das câmeras. "Vamos falar de sexo de uma maneira como nunca se viu na tevê. Como forma de orientar, esclarecer, educar, desinibir, tornar a sociedade feliz, todos equilibrados, cheios de energia e harmonia", informa Andrea Fontes.

Preferia ter me sentado no centro, aquele padre será o mais focalizado. Isso me inquieta. O padre exigiu a posição e como ele é mentor espiritual do board of directors (como eles se denominam) da emissora, se vê atendido. Suas missas campais, reunindo multidões no Campo de Marte, no Parque do

Carmo e no estádio de beisebol dos japoneses são o grande sucesso desta tevê. Ele quer fundar uma religião baseada na atração sexual. Não se sabe ainda como funciona, os jornais começam a falar.

Esta emissora é pequena, tevê a cabo que pertence a um senador cassado que não aparece, mas coloca muito dinheiro, ele vai usá-la para a sua volta à política. Outro dia, um jornal deu uma notinha (imediatamente desmentida, com ameaças de processo), minha assessoria recortou e colocou no *Manual de Informações Úteis para Serem Usadas em Momentos Oportunos*. Estamos há três horas no ar, tenho fome, fico tomando água mineral quente, passam um cafezinho nojento, minha boca tem um gosto amargo. Não falei muito, não me perguntaram, gostam de coisas picantes, as moças com silicone mostraram os seios e as bundas, o problema são os homens que fizeram próteses do pau. Isso que o público gosta. Quer saber de sacanagem, e posso inventar muitas, muitas, só se inventa, não tem um aqui dizendo a verdade. Tem gente aqui ansiosa para contar suas experiências, abrem as pernas para a câmera, felizes da vida.

A produção mandou continuar.

Vamos estender... temos mais de 300 e-mails... telefonemas... donas de casa... empresários... professores... bancários... prostitutas... geólogos... publicitários...

as outras televisões estão se mordendo...

nem a Casa dos Artistas nem o Big Brother conseguiram tal audiência...

as pessoas querem a intimidade... querem entrar nas casas... querem ver os famosos cagando... trepando... depilando... comendo... vomitando...

estamos vivendo em um tempo bonito... de liberdade... nada mais se esconde... tudo é permitido...

estão ligando do Ministério das Comunicações, indignados... freiras... colegiais... dragqueens...

e assim temos ainda de abordar sadomasoquismo... sadismo... sexo com animais... posições... falação, digo felação (o que é felação indagava a produtora com o memorando na mão)... sexo com os pés... orgasmo provocado pelo toque dos cabelos... mulheres frígidas... homens assexuados...
– E o senhor, o que acha?
A pergunta é para mim. Assusto-me. Não sei do que falavam, não prestava atenção. Pensava em Lenira, no desaparecimento do Ator Principal, não posso me conformar em ser apenas o sósia, não posso ficar esperando uma novela em que haja dois homens iguais. Ao menos, tenho de mudar de emissora, mas não me deixam ir, têm medo de que eu faça concorrência, sabem que tenho muito mais talento. Todos os que me encontram pensam que sou o outro. E me sinto um anônimo de mim mesmo.
– O que acho?
– Sim, com sua experiência, o que nos diz?
– Minha experiência?
– Sim. O senhor foi casado quatro vezes. Teve romances com algumas das mulheres mais belas do Brasil.
– Que nada...
– Não se faça de modesto. Sei que faz parte de seus encantos. Qual a sua filosofia sobre o tema? O conceito?
Conceito. Fala-se em conceito para tudo. Tem gente que nem sabe o que é. Outro dia, o vendedor de balas no cruzamento me falou em conceito. Por isso fecho os vidros, nos tornamos um imenso besteirol.
– Deixe-me pensar. Repita a pergunta, por favor.
– Um homem consciente, ponderado. Falamos do tamanho do pênis. As mulheres garantem que não é o tamanho e sim a forma de usar. Outras acham importante a grossura. Qual o tamanho médio do pênis do brasileiro? Um bom pênis substitui as carícias, a ternura? O seu é grande ou pequeno?

Ouvi ou pensei que ela me perguntou? Não posso pedir para repetir.
— Preciso responder?
— Para isso estamos aqui. O debate está alcançando um índice de audiência maravilhoso. Olhe o Ibope. É o pico desta televisão...
Devia ter dito a pica; talvez quisesse dizer, ela tem cara de sentar bem em uma pica.
... Parece que todos os aparelhos de São Paulo estão ligados na gente. Também... as pessoas estão abertas...
aqui é um confessionário...
divã do terapeuta...
... pessoas ligam chorando...
estamos fazendo um bem enorme ao povo...
a televisão é para isso, educativa...
estamos dando orientação...
Andrea Fontes sente-se embalada, como se clarins celestiais tocassem ao fundo. Falando do sexo, do futuro, da salvação pelo prazer, da liberação total, da entrega absoluta. Uma pessoa iluminada, esquecida do programa, dos convidados. E eu preocupado com a resposta? Falar de tamanhos, nunca pensei nisso, mas é o que o homem mais discute. Por que não falam de bocetas largas, estreitas, secas, úmidas, línguas? Estou com tontura, não sei mais se falei, não falei, se vou falar, o que falar. As recepcionistas recebem chamadas contínuas, estão excitadas, se estivesse em casa ia telefonar, falar sacanagens nos ouvidos dessas gostosinhas, Andrea Fontes me chama.
— Então? O que nos diz?
— Querem ver? Devo mostrar?
— Como?
— Posso mostrar meu pau!
— Por favor!!! O que é isso? Que grosseria! Nunca imaginei! Respeito...
Tenho certeza de que ela quer que eu mostre.

– Falando, falando, falando. Passemos à prática.
– Nossos comerciais, por favor.
Estalou os dedos com o braço erguido, como Flávio Cavalcanti fazia e me fuzilou com o olhar. Não, não. Ela me deseja. Claro. Andrea Fontes, a voluptuosa, me deu um olhar convidativo. Quer trepar comigo. Claro que quer. Olhou para meu pau. ... Nada viu, estou sentado. Mas ela sabe que ele está ali. Ela quer. Passa a língua pelos lábios.

Luzes se apagando.
O que aconteceu?
Acabou o programa?
Nem respondi. Os câmeras se afastam. Onde estão os participantes?
– Meu senhor... estão esperando.
– Esperando?
– Para levar de volta. Acabou.

Todos se foram, as mesas do refeitório estão vazias, meu prato cheio. Nada comi, não tenho fome. A televisão transmite ao vivo o melhor programa sobre sexo que já se produziu,
    o padre fala sobre hissopes colossais,
    o pastor confessa que queria ter uma boceta,
    a sexóloga ensina como uma xoxota deve ser chupada,
    a dragqueen rebola a bunda, revelando que assim o cacete entra mais suave até o fundo,
    a câmera não me mostra, estou sendo esquecido, os atores não podem se expor como eu fiz, muita mídia provoca inveja, ressentimento.
    Tenho vergonha de pensar que Letícia pode estar vendo. Ela, tão delicada na cama, amorosa, ela que sabe tanto sobre o prazer e se preocupa. Até encontrá-la eu apenas penetrava as mulheres, não fazia amor. Foi o que ela me disse.
    Antes, tinha um prazer momentâneo, que desaparecia ao

me levantar. Com Letícia aprendi a levar o prazer comigo, conservando-o quente, cheio de tremores.

Por horas e dias, ele continua em meu sono e no meu sonho, sempre sonhei com ela, dormindo ou acordado.

Minha patinete motorizada percorre devagar esses corredores sem fim, labirintos para nos confundir. Meu camarim, o 101, fica no setor 9, lote 38, terceiro andar.

Faço e refaço este caminho há anos, este camarim é meu há décadas, é um respeito que eles têm por mim.

Meu camarim é o último desta ala, estão reformando tudo. Este lado da televisão é velho, não foi reformado, dizem que logo estaremos num prédio de dez andares.

Por enquanto, é o cheiro de mofo, umidade.

São escuros esses corredores, começaram os apagões, o racionamento. Economia porca. Por que tantos apagões? Quem inventou essa palavra?

Meu camarim é um refúgio, com minhas caixas, meus arquivos, meus cadernos, as fotos.

Minha casa, minha vida.

Será que o programa foi bom?

As pessoas ainda não se cansaram do assunto?

Não estão saturadas?

Fala-se tanto...

E você não fala nada, reclama Letícia.

Resgatando anônimos: a enfermeira de Kafka

O destino mostrou sua faceta cruel para uma jovem suíça de 18 anos, morando na Itália. Recusou a ela um papel importante na história e na literatura. Talvez nem tivesse havido literatura se Franz Kafka tivesse conseguido se casar com ela, continuando um romance que se resumiu a breves linhas em uma carta. Entre 22 de setembro e 13 de outubro de 1913, Kafka internou-se num sanatório em Riva, recuperando-se de uma depressão. Para a cura, mais do que os médicos, quem contribuiu foi a jovem por quem Kafka se apaixonou profundamente. Em uma carta de 2 de janeiro de 1914, enviada a Felice, a célebre noiva eterna, ele descreveu essa mulher: "ainda quase sem formas, porém notável e, apesar de um traço mórbido, uma pessoa muito real, de grande profundidade". Romance curto, dez dias. Porém, pode-se imaginar o que tenha sido para o atormentado Franz. Em O Pesadelo da Razão (The Nightmare of Reason: The Life of Franz Kafka), Ernst Pawel conta que "o romance, provavelmente platônico (mais tarde, ele cogitou que talvez lhe tivesse custado a oportunidade de dormir com uma dama russa interessante e interessada), durou apenas dez dias; a moça exigiu dele uma promessa de discrição total e bloqueou qualquer contato posterior, inclusive por correspondência". Kafka: "Tê-la sorrindo para mim no barco. Isso foi mais belo do que qualquer outra coisa. Sempre o desejo de morrer e de ainda esperar mais um pouquinho, apenas isso é o amor." Esta jovem não nomeada entrou e saiu de cena sem que ninguém soubesse, a não ser ela e Kafka. O que fez depois? Quem são seus descendentes um século mais tarde? A vida de Kafka teria mudado com ela? No ralo da história também se foi o nome da dama russa interessante, apenas figurante fugaz.

A LUZ UMEDECE A BOCETINHA

Não esquecerei nunca.

Cada vez que penso, a voz de Letícia ressoa na minha cabeça, ecoa no meu cérebro-caverna: "Quero tanto que você acorde ao meu lado. Para ver como a luz caminha pela cama até chegar à minha bocetinha. A luz me acaricia, como se fosse o seu dedo. Você tem a mão tépida, ela fica entre minhas pernas e me aquece. Sinto-me protegida, excitada. Molho as suas mãos, molho as minhas coxas, pensando no seu corpo. Choro de felicidade, sou fácil de chorar. A luz do sol que atravessa a fresta da veneziana antiga, de madeira, me faz lembrar você. Me faz lembrar que você nunca está aqui de manhã. Casa comigo?"

Quantas vezes ela me pediu: "Casa comigo?"

Os olhos dela brilhavam. Ah, como amei essa mulher!

Ainda que ela tenha me dito: "Você não sabe amar, é duro como pedra." Ela gostava de palavras poéticas e macias como tépida.

Lista de assessorias essenciais para famosos

Breve reunião pela manhã. Adoro promover discussões às quatro da madrugada. Sinto-me ativo, cheio de energia. É uma atitude holística. Estão usando muito esta palavra, não sei direito o que significa, mas é sonora. Howard Hughes tinha encontros com seus assessores em horários insólitos e em lugares inusitados: mijando de pé às três da madrugada, em banheiros de subúrbio. Aqui em São Paulo, li que o dono das indústrias Panco (pães, bolachas, macarrões) reúne-se às cinco da manhã. O Assessor para Assessorias me estendeu a lista.

— Preciso dessa gente? Vamos ter de alugar um flat inteiro.

— Trabalho terceirizado. Informal. Dão notas. Ou não. Tudo é truque!

— Mas quando precisar deles com urgência?

— Faz uma videoconferência. Todos estão equipados. Quem não está, não trabalha hoje em dia.

— Gosto de ver as pessoas cara a cara. Para gritar com elas, se preciso. Para reduzi-las a pó de traque. Ameaçá-las. Me alivia tanto!

— Grite pelo vídeo.

— Não tem graça. Quero ver o medo, o susto. Senti-las transpirando. O medo é uma coisa física, transtorna o organismo.

— O que o senhor sabe sobre o medo? Não tem nenhum! É uma pessoa fria, contida. Invejo essa qualidade. Um homem racional.

— Não me puxe o saco! Odeio lambe-cus! E como fazemos reunião?

— Convoque todos uma vez por mês.

— Uma? Por mês? Esperar 30 dias?

— Uma vez por semana. Ganham cachês por reunião.

— Deixe-me ver essa porra dessa lista de ladrões que vão viver à minha custa. Preciso pagar salário? Eles não se orgulham

de trabalhar para mim? Não dá status? O charme de meu nome! Podem se exibir, são um bando de exibidos! Me dê a porra da lista para me encher o saco logo!
Secretária
Agente
Advogado
Assessor de Imprensa
Empresário
Cabeleireiro e maquilador. Colocam minha foto no salão e faturam os tubos.
Cultural. Repassa noções de cultura, explica acontecimentos, notícias, críticas, ensaios.
De terminologia. Decifra as palavras novas que surgem a cada dia na imprensa, nas várias tribos que compõem a sociedade atual.
De tribos. A cada temporada, grupos são estruturados com uma linguagem própria. Como os clubbers, os rapers, os manos, os fashions.
De imagens. Seleciona fotos, escolhe ângulos, veta poses, orienta fotógrafos.
Personal stylist. Dois nomes bons para contatar: Emanuela Carvalho e Helena Montanarini. Gloria Kalil deve ser caríssima.
Personal trainer
Personal shopper. Vai me auxiliar a fazer boas compras.
Art Advisor. Me apontará os bons quadros e as boas esculturas, pesquisará valores de mercado, dará noções de investimentos. Indicações do momento, segundo os marchands: Vik Muniz, Miguel do Rio Branco, Jac Leirner, José Rezende, Ernesto Neto, Maria Bonomi, Alfredo Aquino, Waltercio Caldas, Siron Franco. Jornais estão trazendo a cotação diária.
Cozinheira
Mordomo
DJ
Médico pessoal

Professor de dicção, empostação e colocação de voz.
Astrólogo. Pode acumular funções de numerólogo e tarólogo. Penso em tirar o **de** do meu nome. Ele me incomoda. Talvez numericamente seja melhor.
Psicólogo
Autografador de fotos
De patrocínios. Lê projetos, busca amparo nas leis, elabora orçamentos, convence empresas a me financiar.
De merchandisings. Traz produtos para dentro das novelas e filmes, de catuaba a farinhas para emagrecer; de aparelhos de som e relógios a roupas emprestadas (e não necessariamente devolvidas) para comparecer a estréias, festas, casamentos, formaturas pagas, bailes, entrevistas.
De bonés. Com logotipos de empresas. Para estar com eles em entrevistas ou eventos esportivos. Mesmo odiando, irei a corridas de cavalos (o Jockey Club tem um bom restaurante, o do Charlô), podem me oferecer almoços. Um homem como eu pode comer durante um ano sem pagar e ainda agradecem. O chato é dar autógrafos para clientes e garçons. Bonés são cafonérrimos, mas enchem meus bolsos.
Respondedor de cartas
Nutricionista e endocrinologista. Determinam e balanceiam meus regimes.
Assuntos de culinária. Elabora receitas exclusivas minhas e fornece à imprensa e aos programas femininos – matutinos ou vespertinos. De tempos em tempos, produz um livro em meu nome.
Colunista. Pega bem ter uma coluna em jornal com meu nome dando conselhos sentimentais, de auto-ajuda, ensinando a ter personalidade própria, falando sobre a profissão e mentindo sobre a beleza da solidariedade entre equipe e astros e a maravilhosa relação com os fãs e jornalistas.
Convidado extra. Assessor encarregado, por exemplo, de me levar a partidas de futebol importantes em que ficarei emitindo opiniões sobre o jogo. Levarei textos decorados

como: *Falta padrão de jogo, esse time tem padrão, admirei as jogadas pelo fundo, gostei de ver como os meias se metiam pelo centro ou lançavam as bolas nas costas dos zagueiros, ficou um homem sobrando, o time está muito fechado, precisa jogar mais aberto.* Na hora de votar o melhor em campo, cito um jogador qualquer e acrescento: *para mim ele foi o carregador de piano.* Certas partidas têm muita audiência. Posso ir a partidas de tênis, pólo, futevôlei e principalmente vôlei feminino, porque os uniforminhos das jogadoras, justinhos, definem sensualmente coxas e bundinhas.

Contador. Encarrega-se de falsificar os dados para o Imposto de Renda, forjar notas, enviar dinheiro para contas em ilhas fiscais. Trabalha com o Investidor ou Aplicador que escolhem os fundos e as ações: $$$$$$$$$$$$$.

Criador de falsos eventos. Sobre a minha vida. Para serem divulgados pela mídia. Tipo: foi menino de rua e só aprendeu a ler aos 16 anos. Aos 18, à noite, se exibia nos cruzamentos fazendo acrobacias com tochas acesas, depois recolhia contribuições de motoristas. Uma noite, passando fome e irritado com uma recusa, enfiou a tocha no rosto de uma perua. Nasceu filho bastardo, o pai nunca assumiu a paternidade. Dizem que o próprio Eça de Queirós, de quem estão encenando *Os Maias* em minissérie, nunca soube quem foi o seu pai. Comparar-me a Eça é uma boa! Grande figura, preciso ler um livro dele.

Motoristas. Vou precisar de três, divididos em turnos, dada a intensidade de minha vida. O da noite sofrerá mais, terá de me carregar quando eu cair bêbado ou desmaiar com as misturas de Red-bull e álcool, estou ficando cada vez mais sem controle. Parei com drogas pesadas há muito, ando limpo.

Seguranças. Consultar agências especializadas. Dois no mínimo, não apenas para me proteger de assaltos e seqüestros, como também conter o ímpeto das fãs. Lembrete: blindar o carro. Trocar o custo por uma permuta, um comercial. Assim, ao mesmo tempo, aviso aos bandidos que não adianta tentar.

Os roubos têm sido muito motivados por relógios caros e por isso não tenho usado nenhum dos meus 93 que incluem, entre outros, Bulgari, Nathan, Montblanc, Tag Heuer, Patek Philippe, H. Stern, Jaeger La Couture, Cartier, Breguet, Girard Perregaux, Panerai, Calvin Klein. Digo sempre que uso um cebolão, um Omega que pertenceu ao meu avô. Ninguém sabe que não o conheci.

Fornecedores especiais. Como este memorando é pessoal, interno, de mim para mim mesmo, apenas lembrete para me orientar, posso dizer que se trata de eufemismo para traficantes. Necessários, indispensáveis. Há várias categorias, da simples e inofensiva maconha (usada pelos pés de chinelo, os pobres que estão começando e ficam nervosos até em figuração sem falas, aos veteranos decadentes que precisam de cachês mixurucas para sobreviver) ao crack, ao pó, à heroína (ainda vou experimentar, só detesto me picar).

Equipe de moto-boys. Para serviços urgentes, entrega de correspondência, buscar dinheiro em banco, recolher contratos, jabás de empresas, apanhar roupas em lojas ou confecções.

Life coach. Para redefinir meus objetivos profissionais, redimensionando-os e ajustando-os continuamente. Um de meus assessores mais importantes.

(Por que faço isto? Entrego tudo de mão beijada. Sou generoso, reconheçam).

*

Pla pla pla pla pla pla pla pla pla pla pla pla pla pla pla pla pla pla Pla pla pla pla pla pla pla pla pla pla pla pla pla pla pla pla pla Pla pla pla pla pla pla pla pla pla pla pla
Estou me aplaudindo em surdina. Mereço.

O BELO RABO DE MINHA IRMÃ

Ouço, e quando ouço é um repetir sem-fim, o bolachão de vinil com highlights dos diálogos de Romeu e Julieta, de Zefirelli, com música de Nino Rota ao fundo. Posso ouvir mil vezes, no escuro, as vozes sussurradas, murmurantes de Olívia Hussey e Leonard Whiting. Foi quando a filha-da-puta da minha irmã gostosa me procurou.

Eu disse: "Não vou te ajudar! Não mesmo!"

A biscate tem uma bunda fenomenal, pode se arranjar sozinha. Muito antes das popozudas dominarem o mercado (homem é tarado por bunda), minha irmã deixava os homens loucos. Mulher como ela pode fazer carreira, subir no emprego, é só deixar o chefe dar uma enrabadinha.

Mas a filha-da-puta não dá a bunda para ninguém. Disse: "É muita humilhação!" Até respeito essa decisão, coisa que minha mãe incutiu nela. Minha mãe era uma babacona que encheu o saco de meu pai a vida inteira com histórias de honestidade e dignidade.

Meu pai trabalhava em uma companhia agrícola do governo, era quem decidia as compras de todo maquinário. Empresas ofereciam a ele comissões que dariam para a gente ir à Europa quinze vezes, mas a minha mãe dizia que se ele aceitasse ela iria embora com os filhos. Ia nada, não tinha para onde ir, não tinha onde cair morta. Imagine mulher separando sem ter como se sustentar! O babaca acreditava. Uma vez, ele aceitou, mas perdeu a comissão no carteado. Descobri que meu pai jogava e tinha dívidas, viveu um inferno astral, sem revelar à minha mãe. Senão, ela comia o fígado dele. Nunca entendi a relação dos dois, nunca entendi as relações amorosas, as ligações obsessivas.

O que gosto é de comer mulheres. Elas vêm ao camarim, se oferecem. Posso relacionar aqui a lista desta semana. Faço por sacanagem! Principalmente para com Maria Gertrudes, que todos pensam ser virgem e inocente, uma romântica religiosa, mas que trepa alucinada e, um dia, gritou tanto na hora de gozar que o motel inteiro parou. Motel. Por que não levo vagabundas fodedoras para minha casa. Maria Sílvia gosta de cheirar cocaína, toma ecstasy, atravessa noites e dias em raves. Anotem (homem é solidário, passa dicas):

Maria Gertrudes Fone (11) 2139-8756-44. Se você levar pó, vai ver o que ela faz com a língua na sua bunda.
Cremilce Matias Fone (21) 8765-6731-73. O nome é do caralho, mas ela remexe devagar com o pau dentro, arrancando o gozo lá do fundo.
Eduarda Frasão Fone (11) 6759-8673-92. Coxas fenomenais. Apelido: Dudu. Neta de um ex-secretário de segurança, não sei de que Estado brasileiro.
Silvania Cleo Fone (31) 4653-8794-35. Olhos bonitos. Pode gozar na boca. Tem o nome de uma cidadezinha do interior muito simpática.
Milena Seidt Fone (41) 2223-3344-27. Descendente de checos, disse que tem o mesmo nome de uma namorada do Cafica. Sei lá quem é esse puto! Como uma boa curitibana, ela fode a noite inteira sem parar, deixa a gente com o pau estilhaçado.
Carla Carlota Carlina Fone (16) 5678-9745-19. Mora no Rio e você tem de pagar a passagem. Ligue de madrugada, é a hora que ela mais gosta. Nunca soube seu nome verdadeiro, mas a boceta é de verdade (meio larga).

Para as que não moram em São Paulo, ao ligar, use a servidora de sua conveniência. Se alguma servidora me pagar pela permuta, recomendarei.

Não revelem essa lista, elas podem me processar. Advogados e putas são loucos para processar gente famosa.

Se dou nomes e telefones, é porque elas me sacanearam. Me deram, depois disseram que me deram só porque sou conhecido e isso conta no currículo. Não fosse isso, garantiram, não teriam me dado, porque não tenho atrativo nenhum, nem sou bom de cama.

Vingança, pura vingança, não sei o que fiz. Até indiquei algumas para contracenarem na novela *A Essência de uma Alma*. Claro, se não tivessem me dado, não iam contracenar comigo, iriam interpretar na puta que as pariu!

Até a minha irmã, se quiser entrar numa minissérie – e vou fazer uma, logo depois do instante fatal – terá de me dar aquele rabinho gostoso e sem um pingo de silicone. Pura carne, durinha.

Resgatando anônimos: amigos de Hemingway

No livro que Anthony Burgess escreveu sobre Hemingway (Página 16 da edição brasileira, Jorge Zahar Editor, 1990), há uma foto de Ernest, com 13 ou 14 anos, portanto entre 1912 e 1913, sentado entre amigos num acampamento. A legenda diz: companheiros anônimos. Nenhum dos amigos do escritor está identificado. Seriam amigos chegados ou apenas colegas incidentais que Ernest encontrou no acampamento e esqueceu depois? Não se esclarece se a foto pertence aos arquivos de Hemingway, ao acervo de um daqueles jovens, ou foi encontrada com alguém da família, ou em um jornal. Ao crescerem, aqueles três rapazes teriam se dado conta de que Ernest tinha sido o companheiro daquele dia? Cada um possuiria cópia desta foto? Os outros eram amigos entre si ou se encontraram e se separaram, cada um para um lado, foram para cidades diferentes e nunca mais se escreveram para lembrar aquelas férias? Em alguma parte existe uma carta referindo-se ao jovem Hemingway ainda não descoberta e publicada? A obscuridade dos três vai se aprofundando. Teriam associado, em um instante da vida adulta, aquele momento com o escritor célebre que mudou a literatura americana? Muito cedo, Hemingway passou a ser noticiário constante, até excessivo. Poucos escritores de sua época foram tão articulados com a mídia como ele; sabia produzir-se como notícia. Era um marqueteiro intuitivo ou planejava tudo? Freqüentou as páginas do jornal até o dia de sua morte em Ketchum, quando enfiou o cano da espingarda na boca e fez a cabeça explodir. O que se passou com estes rapazes na vida? Estudaram, trabalharam? Que tipo de atividade tiveram? Algum foi alguma coisa na sua comunidade? Ou desapareceram na mediocridade da vida cotidiana que descolore a existência da humanidade? Sem saber, escolhidos pelo destino, participaram de *um breve instante da vida de um homem famoso. No entanto, esse destino negou o reconhecimento: os três amigos estão com os rostos ocultos por bonés, quase nada se vê de suas fisionomias. Inteiramente desconhecidos, sem nome e sem rosto, dentro da biografia de um escritor maior que recebeu o prêmio Nobel. Personagens desconhecidos surgem nas fotos de pessoas célebres, como cracas em navios. Pena que Lenira não teve uma idéia maior. Pesquisar sobre os anônimos, os não identificados, os "amigos", que estão nas fotos históricas. Na verdade, não tinha dinheiro para o projeto. Literatura não recebe patrocínios de empresas. Só a música, o teatro, o cinema. Coisas que dão visibilidade, dizem. O termo visibilidade está em alta.*

Estar plugado

Necessidades midiáticas.

Quanto dinheiro para estar como a mídia gosta de nos ver e apresentar. Se não estamos assim, nos deixam de lado.

Bermudas Moschino Mare, Docker Khakis, Emenegildo Zegna, Thomas Burberry.

Meu Assessor de Esportes ou meu Personal Trainer precisam me orientar imediatamente sobre o hacky sack, jogado com uma bola de pano. Será a volta da bola de meia? A bolinha é decorada. Ou seja, tem design. Como executar uma atividade na qual não exista um objeto design?

Com a bolinha design do hacky sack pode-se também jogar o footbag que tem duas modalidades: o freestyle e o footbag net.

O perfume *Allure*, da Chanel. Para homem. Não chegou ao Brasil. Logo chegará pirateado?

Depois de um dia no mar, o corpo pede massagem com Body Kouros, o spray relaxante de Yves Saint-Laurent.

Estresse, enxaqueca, doenças de pele, má digestão, insônia. Para o aiurvedismo, são problemas que aparecem quando estão em desequilíbrio as três forças, Vata, Pitta e Kapha que controlam os processos físicos e mentais. Nenhum medicamento fará efeito se os hábitos de vida não forem mudados.

De minha janela não vejo o mar, mas posso senti-lo. Letícia dizia: a cada quinze dias preciso ir ao mar, sentir o cheiro, mergulhar, tirar do corpo toda a energia pesada que a cidade nele deposita e impregna minha pele, penetra e me estressa, perco as forças. A pele de Letícia cheirava mar salgado, sensual. Ela me excitava tanto! Por que mesmo ela não gostava de fazer abdominais? Era algo relacionado com a energia. Seriam os chacras?

A MANEIRA DE SER FELIZ

O meu passado.
Ninguém sabe nada, jamais saberá.
Preciso decidir o que é melhor. Penso em um passado obscuro, com pistas fugazes que indiquem um homem contraditório (como saber quem era minha mãe?), com ligações desonestas, espúrias (o que excita o público). Fatos assim encantam, conferem um espírito aventureiro, radical. Gente que vive nos limites. Em cada pessoa existe a inclinação à transgressão e à violência, contida pelo que se chama processo civilizatório.* Ou simplesmente pelo medo.

Os que não têm este medo sabem que as normas civilizatórias, o bom tom e a educação são determinantes castradoras. A maioria vive sob o temor, abriga-se debaixo da lona do grande circo do receio, proclamando: sou cortês, bem-educado, tenho consideração pelos meus semelhantes. Fraudes.

Só existe uma maneira de ser feliz:
desbundar totalmente,
se descontrolar,
se desorganizar,
se rebelar,
subverter,
anarquizar,
conturbar.

No entanto, para muitos (e muitos, muitos, muitos), que vivem de mãos e pés atados às normas, regras, princípios e éticas, o descontrole traz desconforto, enxaqueca, alvoroço, alergia, inquietação, sofrimento.

Cujo resultado é a vida pacífica,
inodora, insípida, incolor, morna, regular,
asséptica, esterilizada, pasteurizada,
sem sustos, sobressaltos e prazer,

prazer
prazer
prazer
prazer
prazer

(Não é Letícia?)

Prazer

* Civilidade: tornar civis e brandos os costumes e as maneiras dos indivíduos, segundo Jean Starobinski em *As Máscaras da Civilização* (Companhia das Letras, São Paulo, 2001).

O ROSTO RETORCIDO DE MINHA MULHER

Há cenas que marcam nossa vida. Permanecem para sempre. E nem são significativas. Esta de outubro de 1991 deve ter algum detalhe porque é recorrente. Às vezes, penso que foi sonho. Não foi. Lembro-me, estávamos ouvindo um disco com músicas ciganas, cheias de violinos, era aniversário de nosso casamento.

Estava ligado a essa mulher havia 12 anos, hoje são 23. Somente eu sei por que não posso abandoná-la. Se me perguntam por que não nos separamos digo que é assunto íntimo, privado. Talvez fosse mais fácil responder: não posso deixar uma mulher entrevada, com um tumor que está a devorá-la vagarosamente.

Tenho uma faceta de integridade e gostaria que os outros conhecessem, fosse publicada. Lavínia nunca aparece. Não quer, tem vergonha, as dores repuxaram os músculos de seu rosto, tem momentos em que sua face parece a de um personagem de filme de terror.

Nesse outubro de 1991 (que dia foi?) ela estava irritada:
– Ele está lá, ocupou o espaço dele. O que você quer?
– Ele é um impostor.
– Só porque se parece com você?
– Quem é o verdadeiro?
– Verdadeiro o quê?
– Qual de nós devia ocupar aquele lugar?
– Que culpa ele tem de se parecer com você?
– Ele me destruiu.
– Ingratidão, a sua.
– Sou um anônimo para ele.
– E daí? Viva a vida.
– Minha vida é a televisão, a interpretação, viver mil personagens.

– Tem tantas emissoras.
– Uma só faz boas novelas, novelas que vão pelo mundo. Sabe o que me disseram quando fui fazer teste?
– Faz quantos anos?
– Não interessa. Me disseram: para que precisamos de dois? Já tem um com sua cara, muito bem situado, é dos maiores salários, dos maiores ídolos. Nem precisamos de você como dublê! Já existem quatro. Há uma fila de standby. Ele tem uma cara comum, são tantos os parecidos. Daí o sucesso, o povo se identifica com ele.
– Desencana, homem.
– Desde aquela tarde me considerei morto. Como se alguém me dissesse: você não deveria ter nascido, está errado. Você não é você.
– Vá... vá fazer outra coisa. Vá... qualquer outra coisa.
– Que outra coisa posso fazer? Só sei interpretar.
– Qual o quê? Fez aquele cursinho truqueiro. Truqueiro. Dado por um ator de rádio decadente que não se deu bem na tevê. Decadente. Pensei que era brincadeira sua, hobby.
– Nunca me entendeu, Lavínia. Nunca quis me entender. Nunca me incentivou, me amparou.
– Ah! E quem sustenta a casa? Quem?
– Com essa aposentadoria de inválida? Isso é sustentar? É vida?
– Você gasta tudo nessas revistas, livros, álbuns. O que sobra para comer? O que sobra? Nesses vídeos.
– Espere! Espere só o dia em que eu o substituir. Substituir, não! Retomar meu lugar usurpado.
– Como você gosta dessa palavra. Usurpado. Usurpado.
– Vou sustentar a casa, a casa da praia, o sítio, vamos visitar o castelo de Caras, o cassino de Punta Del Este, vamos dançar o tango, que você tanto gosta, em Buenos Aires, sei passos incríveis.

– Também, não pára de assistir àquele filme daquele espanhol, como se chama? Como? Um filme até bonito, mas chato, não tem história, não tem.
– Do Saura. Carlos Saura. Bom, paca! Foi casado com a filha do Chaplin! Na Europa, as pessoas se casam com a filha do Chaplin, com a filha do Rossellini e da Ingrid Bergman, com o filho do De Laurentis, se casam com a Mônica Bellucci... se casam com a Grace Kelly... e nós aqui? Só tem gente mixa! Brega, como o Brasil é brega!
– Santo Expedito, me dai paciência! Tudo, e ainda mais essa! Por que esse carma?

Lembrete: Abro minha agenda Pombo. Antiga, de papel. Preciso seguir as instruções de Lurdete. Me eletronizar. Hoje, dia 12 de outubro: em alta a tendência: gente famosa empresta a voz para mensagens eletrônicas. Você liga e ouve AP, o amaldiçoado (que tenha câncer na garganta) falando. Adoraria gravar mensagens. Vão para assinantes do caralho, mas ganha-se bem!

Na cama desfeita nasciam flores

Não sei, Letícia, se esta carta chegará a você. Em você.

Desconfio que a minha correspondência não passa da portaria do estúdio, do departamento de correspondência, fica em algum lugar, retida por um anônimo (voyeur?) que assim exerce seu poder. Ou alguém que coleciona as cartas sabendo que no futuro elas valerão muito, pelo que serei. Somente o não receber minhas cartas explica por que as suas ou não chegam ou chegam sem respostas às perguntas que faço. Nosso amor pode estar confinado em uma gaveta, armário, caixa de sapatos ou o lixo. Dói. Sejamos realistas. Pode ser também que nada mais tenha importância, depois que aqueles aviões mergulharam nas costelas gigantescas das torres gêmeas nos Estados Unidos. Disseram que o século 21 começou ali, que o século 20 terminou ali, que o mundo não será mais o mesmo.

Tive vontade de vomitar, me deu enxaqueca.

O mundo está sendo o mesmo. A humanidade fodida continua a mesma. O mundo muda com as guerras que travamos dentro de nós, meu amor.

A guerra que não combati.

Esta última carta pode chegar ou não, pouco importa.

Está sendo escrita para te contar/dizer a poesia que encontrei em um livro de capa azul de Neide Archanjo, *As Marinhas*. A editora tem um nome cheio de sugestões: Ibis libris. Textos me chegam, inesperados, ocasionais, fortuitos, de uma maneira ou outra, no tempo em que devem chegar.

Sempre uma pessoa nos diz o que sentimos e não conseguimos expressar.

Ontem

noite alta

na cama desfeita

tua imagem surpreendia

cravando um punhal doce

no meio do meu corpo

onde o desejo renascia.

Ninguém nos via

nem o sono

que diante da tua presença

bruscamente se evadia.

Ontem

noite alta

na cama desfeita

nasciam flores

nasciam flores

P.S.: Flores aquecidas e iluminadas pelo raio de sol que rompe de manhã através da fresta de sua veneziana, meu amor!

Olá, como vai?

Eu vou indo e você, tudo bem?

Tudo bem, eu vou indo correndo pegar meu lugar no futuro.

Sinal Fechado, de Paulinho da Viola.

O ENIGMA DA TELEVISÃO BRASILEIRA

Se alguém me matasse.
Se eu fosse abatido a tiros por uma namorada, pelo marido de uma de minhas amantes, por um enfermeiro que errasse na dose do medicamento, por um fã neurótico pela fama, por um serial killer americano que tivesse vindo ao Brasil, pelo engano de um traficante, por um assaltante num cruzamento,
por uma das milhares de balas perdidas que cruzam a cidade,
por uma dessas motos enraivecidas que alucinam o trânsito, por um colega de profissão inconformado com a minha fama.
Se morresse numa inundação, atingido por um raio ou por uma árvore derrubada por um vendaval.
Por um remédio com data vencida, por uma comida estragada.
Seria uma tragédia noticiada por toda a mídia, alimentada e realimentada, provocando manchetes vorazes, devoradas com prazer pelo público, estruturando a minha legenda.
Melhor que fosse algo misterioso. O noticiário duraria mais tempo, o caso seria revisto por curiosos dispostos a desvendar enigmas. Provocar a necessidade de uma autópsia, de uma exumação.
Alguma coisa que, daqui a anos, resultasse em um documentário como esse que acabo de ver sobre o suicídio de Kurt Cobain,* em que se aponta Courtney Love (tão linda, boa atriz, adorei aquele filme sobre Larry Flint e a revista *Hustler*) como a provável assassina. Até o pai dele acredita que a filha era uma cavadora de ouro, não uma cavadora de mídia e sucesso. Cobain era atormentado pela fama e pelo dinheiro, dizem as reportagens. Courtney teria sido a Yoko Ono do rock atual.

Quem pode ser a minha Yoko, a minha Courtney? Lenira, talvez. Ela está me conduzindo ao AP, ele não vai morrer já, não vai morrer nunca. Nunca vou substituí-lo. A menos que eu o execute. Estranho falar assim, como sou frio e indiferente quando se trata da morte dele. Vivo, nunca serei ele, portanto, nunca serei eu. A menos que... não... a menos que... como posso pensar nisso? A menos que... não tem outra solução, não suporto mais essa pressão que já me comeu inteiro... a menos que... tenho de pensar... o que posso perder, se não tenho nada? A menos que... a idéia não é desagradável... não, não é, confesso... eu seria capaz... Pessoas morreram misteriosamente depois da morte de Cobain... quem sabe pessoas possam desaparecer depois de AP, criando-se um enigma que daria o que falar por anos e anos. Do mesmo modo que ainda se fala do Tenente Bandeira e do Citroen negro, de Aida Cury despencando do edifício, da Dana de Tefé, de Cláudia Lessin. Mídia perpétua. O que mais posso querer?

Ser o enigma do século, essa é a minha glória.

Se eu tivesse essa certeza, não me incomodaria de estar morto.

* Kurt & Courtney, documentário de Nick Broomfield, exibido pela GNT, canal de televisão a cabo.

IMPIEDADE

Ser máquina fria, despida de emoções.
Arrancar de dentro os sentimentos, atirá-los ao lixo.
Liberar-me dos empecilhos.
Não me comover com o choro, a dor e a tristeza alheias.
A dor do outro é do outro, não pode penetrar em mim, me algemar.
A dor do outro é uma camisa-de-força, grilhões, uma cela, britadeira a abrir um buraco em nosso peito.
Marlon Brando, quando o filme *Apocalypse Now* estreou no Brasil, foi definido por Glauber Rocha, um jovem raivoso que não deixava barato: "Ator narcisista, egoísta, romântico, boçal, pretensioso, petulante como todo ignorante e, como tal, patético, sublime, mas invariavelmente reacionário." Agora, Coppola acrescentou seqüências eliminadas na época, ampliou o filme, chama-se *Apocalipse Now Redux*. Não entendi o redux. Reduzido?
Esse reacionário fica de fora, quanto a mim. Encarnar esse modelo, sem o político. Não sei de política, não me interesso, não me misturo, não dou opiniões.
Que ninguém conheça a falsidade deste pensamento.
Basta saber que sou frio. Não conhecem o esforço que faço para isso, a repressão interna, o estraçalhamento.
O público se decepciona com pessoas fracas.
(Mas também se comove, apóia).
Na verdade, preciso ser ator o tempo inteiro. No set de gravação e na vida real. Meu papel da vida real é mais pesado de suportar.

O MEDO QUE ELA TINHA

Se eu parava um pouco enquanto fazia amor, costume que tenho quando sinto que posso gozar rápido, Letícia se preocupava: "Está sentindo alguma coisa? Sente-se bem? Tudo bem? Quer parar?" Tinha medo de que eu pudesse morrer ao lado dela. Dentro dela. Sabe-se lá por quê. Era comovente a sua preocupação, os olhos amedrontados, o riso que brotava infantil e contagioso, quando me via rir, dizendo: "Não, não, só quero aproveitar muito, gosto de ficar dentro de você sem gozar, demorando, demorando muito, o tempo inteiro." Às vezes, quase sempre era sarcástica, vivia me cobrando, o que é uma bela forma para me perder: "Ah, é? Como se alguma vez as suas responsabilidades tivessem permitido que você ficasse a noite inteira! Não passa nem uma tarde comigo, precisa voltar ao estúdio." Responsabilidades. Ela acentuava na ironia. Para me provocar. Acho que no fundo queria mesmo me perder. Ou que eu a perdesse. Como se mexesse em meu peito com uma agulha de crochê pontiaguda. Que herança odiosa tive, geneticamente. Responsável. Palavra odiosa. Sou odioso. Não é o que o público admira? Lenira, Lenira, por que às 17 horas? Por que não me dá mais tempo?

DOCUMENTAR PARA O AMANHÃ

Ah, como se perdem ações, palavras, conceitos que emitimos a todo momento. Como se desperdiçam expressões que definiriam a vida cotidiana. Outro dia, almoçando com executivos da televisão mexicana, disse uma frase que os espantou: "No renascer, a montanha devora vulcões, engasga com a lava." Um deles abriu a agenda eletrônica, pediu-me. "Essa é uma comovente filosofia de vida, reflete o homem moderno, é um dos mais belos momentos que passei no Brasil. Instante de aprendizado. Este país é encantador." Quando levar um tiro na boca, dado por um bandido, vai ver o que é encantador.

O AR QUE SAI DA SUA BOCA

Meu amor.
Estou estranha, aérea, com raiva sentida, machucada, com ciúme, confusa, me sinto num beco sem saída. O que faço comigo? Não me reconheço, até minhas amigas estranham.
Hoje, durante nosso encontro, algo diferente aconteceu.
O silêncio, os toques, os beijos, a falta do riso e dos sorrisos, como se a penumbra do quarto tivesse invadido nossos corpos.
Mas, ainda assim, silentes, me impressiono com a intensidade, com o carinho, a ternura, o calor e o amor que emanam de nossos gestos, dos nossos beijos, nossos toques.
Quando estamos juntos, quando vc se solta, se modifica, tudo é tão intenso. Vc me faz tão bem. Vou viajar, um longo trabalho. Sabe como está a situação, todo o mundo desempregado. Como vou passar semanas, meses — sei lá quanto tempo — sem te ver e com a minha fantasia correndo solta?
Estou angustiada.
Por que a única coisa que me alivia é o ar que sai da sua boca e vem parar junto ao meu coração. Ele me aquece, me completa, me alimenta e me dá paz.
Nisso não tem nenhum exagero, só no primeiro parágrafo.
Te amo. Letícia.

Me faz tão bem reler esta carta.
Releio todas. As datas se confundem.

Modernidade

"O único problema é solucionável. A agenda deles. Sempre lotada. Por via das dúvidas, faço uma reserva. Posso?"
Meu guru para o Bem-Estar Pessoal anda muito inquieto, insistente. Viram? Disse guru. Estou me modernizando. Meu guru garantiu que os videntes, os bruxos, os futurólogos, os numerólogos, os cabalistas, os jogadores de búzios e de tarô são fundamentais, peças chaves na vida de hoje. Se não tiver preconceitos, há um bom número de pais-de-santo com endereços na internet, estão informatizados... aconselham grandes políticos.

"Podemos escolher, os consultórios se espalham pela cidade, são todos hipados. Claro, os que se localizam nos Jardins são caros, assim como os de Vila Olímpia e os dos condomínios de luxo. Mas tem gente boa e honesta no subúrbio, posso descolar nomes, um publicitário amigo não começa nenhuma campanha sem consulta. Vamos? Isso é estar plugado, inserido dentro do seu tempo. (*Puxa, ele disse inserido, há quanto tempo não se usa essa palavra.*) Leitores de borra de café, de restos de chá, dos desenhos que você faz enquanto telefona (guarde tudo), da formação das nuvens na tarde do seu encontro, do som do vento, dos ruídos de seu intestino, das formas de seu cocô, da cor de sua urina, do tamanho dos congestionamentos, do desenho que a comida deixa em seu prato, do cheiro do seu peido, do tártaro que se forma em seus dentes, dos erros que você faz digitando."

Sábios e sensitivos podem penetrar minha mente, visualizar meu passado, contemplar meu futuro e bloquear a malevolência, a nequícia, a malquerença, a mesquinharia, os intentos nefandos e o vilipêndio.

Porque a anonimidade é produto das más intenções e baixos instintos dos que me rodeiam.

Caderno de crueldades

– Precisamos nos preparar de acordo.
– Não me basta decorar o papel, representar?
– Isso, era antigamente.
– Às vezes, pergunto se vale a pena. Nunca vou tomar aquele lugar. Não vou conseguir. Melhor me contentar em ser o segundo. O que tem papéis secundários, quando tem. Ser apenas figurante. O que vai na formatura, no churrasco, no comício político. Para que tanto trabalho, aprendizado?
– Nada mais é como em outros tempos, quando atores eram intuitivos, importava o texto, a interpretação, o sentimento. Vivemos em 2002... por favor... por favor... preste atenção... A modernidade chegou. O ator transcende o estúdio, o palco, o set de gravação ou filmagem. É também o que você faz na vida. Principalmente como age na vida. Por isso devemos compor outro personagem, o real. Criar a imagem, aparar arestas. Na vida, você terá de fingir mais do que no set de gravação.
– Quer saber? Foda-se!
– Sabe de uma coisa. Sabe o que o público quer?
– Éééééé... Hum... Sei lá...
– As espectadoras querem saber de modelos bonitinhos, sem camisa, mostrando o peito musculoso. Eles estão em alta, não sabem nada, mas estão com a pele queimada e dão tesão nas mulheres. Homens que repetem a mesma cena: suados, deitam na cama com atrizinhas siliconadas, não decoram um diálogo, gravam frase a frase, são tapados.
Acho que ele está com inveja. É um homem feio, ressentido, cara murcha. Inteligente, mas se eu fosse mulher não dava para ele. Para quem as mulheres dão? Como fala esse meu Assessor de Cultura! Parece que estou no colégio e tenho vontade de estar na última carteira, como sempre estive, cochilando. A única aula que me interessava, ficava vidrado, era a de

história, com todos aqueles personagens, Júlio César, Nero, Alexandre, o Grande, Anibal, Gengis Khan, Nabucodonosor, Tutankamom, Nefertiti, Rei Sol, Ulisses, Sócrates, Filipe V da Macedônia, John Booth, Beda, o Venerável, Petrarca. Ou Mesha, rei de Moab, que se viu sitiado em duro cerco. A fim de se salvar, ofereceu o filho mais velho em sacrifício, numa fogueira. Os deuses responderam e o sítio foi levantado. Ouvidas suas orações Mesha massacrou 7 mil israelitas em sinal de gratidão. Ou Cambises que mandou arrancar a pele de um mau juiz e com ela forrou a cadeira em que os magistrados sentavam. Hoje, Cambises aqui no Brasil forraria platéias de shows de rock, com milhares de poltronas. As crueldades me encantavam. Fiz um caderno repleto delas, guardei, ampliei. Deve estar numa dessas prateleiras. Somente crueldade pode me conduzir para cima, para a segurança. Para um lugar onde nada me atinja, nada me atormente. Se eu encontrasse aquele caderno, poderia transformá-lo em Manual. Como esses para combater estresse, recuperar a auto-estima.

– Ei! Ou! Você aí! Pode me ouvir?
– Do que a gente falava?
– De moda.
– Moda? O que tenho com isso?
– Você pode ditar moda.
– Eu? Ficou maluco?
– Usando o que quiser, achar bonito, confortável, cômodo. O que combinar contigo.
– Qual é?
– Se usar certas roupas e sapatos, de certas marcas, pode ficar com elas e, ainda por cima, faturar
– Não vou andar feito boneco de vitrina o tempo todo.
– É a sua chance de criar uma tendência. Entrar na mídia, ser citado no futuro.
– Quero ser citado hoje, agora.

— Vai ser, porra que impaciência, ansiedade...
— Como vou saber se uma coisa é de bom gosto, ou bonita aos olhos do público?
— Interessa ser bonita para você. Não precisa ser bonita para o público, para os jornalistas. Se você usar, e for publicado, todos vão usar. O que você usa tem valor de mercado.
— Não significa que será bonito.
— Não importa o bom gosto e sim o gosto. O seu gosto passa a ser o gosto do público. A sua força e seu carisma transformam produtos feios em belos. Você produz beleza. Ela será ditada pelos cachês que recebe para usar o que se pretende vender.
— Mal sei que meia devo calçar. Meia combina com o quê?
— Não precisa. Tem gente que escolhe por você. Cada peça, cada lenço.
— Roupa... roupa... caralho, as mulheres hoje querem ver os atores de peito de fora, sem camisa. Por isso contratam os manequins, gente com traquejo de passarela. Bonitinhos, pasmadinhos. Lenço? Não se usa mais lenço.
— Maneira de dizer. Se você usar, todos vão usar. Você nunca pode sair sem que a gente olhe cada detalhe. Há a imagem para o jantar, o coquetel, o vernissage, a estréia.
— E o meu gosto?
— Quem se incomoda com isso? Qualquer cretino famoso que use a cueca no pescoço vai provocar, no dia seguinte, a moda das cuecas no pescoço. Nem que sejam cuecas usadas. Sharon Stone usou cuecas como calcinhas e o mundo imitou. Esse é um dos grandes temas do mundo atual, lembre-me de falarmos sobre isso com profundidade.

Vivo, morrendo

E se eu te oferecesse outra vida?
A possibilidade de morrer, estando vivo? Disse Lenira, a japonesa, me salvando.
Há quanto tempo foi? Eu ainda não estava aqui, cumprindo este contrato.
Está me parecendo um contrato longo demais, eu gostaria de ser mais livre, fazer outras coisas, não ter tantas pressões, obrigações, compromissos, ligações.
E da mesma maneira, mais tarde, no seu jeito brusco e inesperado, fria como só ela sabia ser, Lenira me trouxe a perspectiva inversa: permanecer vivo, morrendo.

Só o fracasso é sucesso no Brasil

Coloco meus óculos Oliver Peoples e me pergunto: Por que tudo isso? Por quê?
Se, no Brasil, o fracasso é o sucesso!
O verdadeiro sucesso é o inferno, o talento é execrado. Quem faz, faz direito, sabe fazer, é condenado.
Quem fracassa recebe as carícias, a paixão, o afeto, ganha espaços incomensuráveis.
Este País ama as vítimas, solidariza, ergue nos braços, coloca no colo.
A cena me lembra a *Pietá*.
O escritor Joaquim Ferreira dos Santos é um que poderia me compreender, se soubesse de minha existência. Vejo que está ao meu lado, quando comenta, no *Jornal do Brasil*, dois fatos de repercussão: a exclusão de Xaiane do Big Brother, por ter o corpo mais bonito do programa. E o desfile do sambódromo carioca, este ano, quando a Imperatriz Leopoldinense, maravilhosa, com uma apresentação impecável, foi vaiada: "O Brasil não perdoa também o talento, a beleza e, quando for chamado novamente, punirá a riqueza por mérito próprio e qualquer outro valor notável que ouse colocar os cornos acima da manada. A pena que se deseja para esses infelizes do sucesso pode ser o rebaixamento para os desfiles das escolas do segundo grupo ou a simples exclusão do jogo global... O Brasil, sempre cordial para com os fracassados, não perdoou. Vaiou na avenida... pediu, pelo amor de Deus, que os jurados não consagrassem tamanha beleza com mais um título... O Brasil não merece o Brasil, cantava Elis Regina, também amaldiçoada por ser técnica e, conseqüentemente, fria."

Resgatando anônimos: bailarinos da Sagração

Noite fundamental para os tempos modernos. 29 de março de 1913. Theatre des Champs Elysées, em Paris. Com música de Stravinsky e coreografia de Nijinsky, encenou-se A Sagração da Primavera. Um espanto estarrecedor dominou a platéia, dividida entre intelectuais de vanguarda, ansiosos para aplaudir o novo, e uma elite esnobe e enfarpelada que vaiou, bateu os pés e provocou o maior escândalo até então presenciado na história do balé e da música. Os notáveis dessa noite, Nijinsky e Stravinsky – se já não estivessem –, entrariam para a História. Até hoje fala-se deles. No entanto, havia no palco quarenta bailarinos. Apenas um teve destaque, a senhorita Piltz que representava a virgem sacrificada. Nunca houve referências ao resto da trupe. Nada sabemos de suas vidas e carreiras e do que aquela noite representou para cada um. Foram sensíveis para perceber o que se passava, o marco que representavam? Ou se deixaram abater pelas vaias, pelos apupos? Alguém encerrou a carreira, traumatizado? Dali para a frente, cada vez que entravam no palco, tremiam ante a possibilidade daquela noite se repetir? Ousaram participar de novos balés de vanguarda, tomaram o gosto pelo choque, experimentalismo, inovação? Permaneceram anônimos, talvez aturdidos, talvez divertidos. O que pensaram, como agiram? O que foi a vida deles depois nunca se soube. Parceiros desconhecidos de um grito que a arte dá, de tempos em tempos. Grito que marcou a entrada de uma nova era que evoluiria rapidamente. Imaginem a dor de ter ajudado a transformar a arte e ninguém colocar seu nome na história futura. Eu me rasgaria todo.

Pessoas que se amam não estão juntas

Letícia me olha, fuzilando. Conheço esse olhar, tenho medo. Ela me faz viver na defensiva.
— Por que não vem comigo?
— Não posso. Deixar tudo aqui?
— O que você tem aqui? Diz!
— Vida... carreira...
— Acomodação, rotina, tédio, conformismo.
— Futuro, carreira. Está próximo a acontecer. Espere!
— Acontecer o quê? Espero há dois anos, você diz coisas, diz. Ou se cala.
— Gosto daqui, é seguro. Nada me ameaça!
O olhar mudou. Agora, a intensidade suavizou, transformou-se em medo. O problema dela é que não pode penetrar minha mente, onde tudo acontece, tudo se passa, tudo dá certo, se arranja.
— Se eu me for, o que vou fazer?
— Viver.
— Estou vivendo.
— É o que você pensa.
— É o que sei.
— Não me ama?
— Não diga isso.
— Tudo o que eu queria entender é por que duas pessoas que se amam não podem estar juntas.
Começa a chorar. Uma tortura para mim. Perco o jeito, não consigo enfrentar quem chora. É tão profundo o choro de Letícia. Chora sentido, como uma criança desamparada. Sabe que não vou responder. Não posso ir embora, deixar este camarim onde está minha vida, o que fui e sou, o que estou preparando para ser. Para me perder basta alguém me colocar contra a parede, me obrigar a decidir.
— É a última vez que venho aqui.

– Veio tão pouco.
– Já terminamos e recomeçamos dezenas de vezes. Não suporto mais.
– Nunca entendi por que se apaixonou por mim.
– Foi você quem começou, naquela noite em que se declarou apaixonado. Maldita noite. Eu bem pensei, disse, gritei: é encrenca, encrenca. E me deixei levar.
– Entramos os dois. Nunca prometi nada. Você sabia.
– Você não pode amar aquela mulher. É compaixão. Piedade. Rotina! Esse casamento não existe.

Ela não sabe que Lavínia é entrevada, o tumor vai terminar por levá-la. Não sabe que o mal de Alzheimer corroeu seu cérebro.

Letícia deu as costas, deixou a porta aberta. Camarim 101. Caminhou devagar pelo corredor com suas pernas levemente arqueadas. Engordou um pouco, será ansiedade? Gosto assim mesmo. Nunca mais vou acariciar essas coxas lisas. Por que ela me assusta? Será a sua franqueza? A maneira como me deixa descoberto, derruba minhas máscaras? Do que desconfio? Por que não me entrego de vez, rompo com tudo? Tudo o quê?

Minha vida é uma sucessão de nuncas. Todas as perdas e nenhum ganho, parece a Mega Sena, uma coisa impossível, uma possibilidade contra milhões. Mas se desistir de jogar, jamais ganharei.

LENIRA REVELA SUAS TARAS

Encostar-me em um cliente numa livraria, por trás das estantes. Com as megastores, agora, tudo ficou mais fácil. Finjo que estou procurando uma palavra no dicionário de Mário Souto Maior. Abro ao acaso em caranguejo e pergunto para o homem ao meu lado:

— O senhor tem idéia que caranguejo quer dizer boceta no Acre?

A palavra boceta, dita assim, assombra os homens. Ficam intimidados, perdem o jeito. Olho séria para a cara dele:

— E cardan? Sabe o que é cardan no nordeste?

Ele não está refeito e fica sem jeito. Jogo em cima:

— Quer dizer bundinha. Não é curiosa a nossa língua?

Viro algumas páginas e pergunto:

— O senhor não está me considerando uma leona, por estar dizendo tais coisas, está?

— Leona?

Não conto o que é. Termino:

— E que tal o tuchupa no tubi?

Sorrio, fecho o dicionário, coloco na prateleira e me vou. De longe, observo. Ele apanha o dicionário e descobre que leona é puta, tuchupa é o cacete e tubi o rabo. Imediatamente, olha em volta e sai a me procurar, excitado. Fico em outro corredor e logo o vejo se aproximar.

Nunca erro, os homens são previsíveis. Ele se surpreende ao me ver com um livro de física quântica. Coloquei meus óculos de lentes fundo de garrafa. Sem grau, o mesmo usado na novela *Panos nos Varais da Mooca*, sobre a imigração italiana, um sucesso, todo o mundo falando como torcedor do time do Juventus na rua Javari. Ao ver o título do livro, ele hesita, perplexo. Homens hesitam sempre. Agora tenho uma atitude indiferente, finjo procurar alguma coisa perto dele. E me ajoelho, de modo que minha cabeça fique na altura do seu pau. De vez em quando, jogo os cabelos para trás, para que ele veja a tatuagem na nuca e para que os cabelos façam leve massagem no caralho do sujeito. Caralho duro, claro!

Então, me viro devagar e olho o cacete volumoso. Aproximo meu rosto das pernas, dou um beijinho rápido na ponta, por cima das calças, levanto e vou para o canto do corredor. Já perceberam que, antes, estudo a geografia do local, como diretores estudam a marcação no cenário.

Fico longe, como se nada tivesse acontecido. Se ele chegar (e chega, homem sempre chega) todo cheio de si (é assim que chegam), não dou abertura. Sem chance. Finjo interesse por filosofia. Leio alto: *Visto que todo prazer é apetite, e que o apetite pressupõe um fim mais distante, só poderia existir satisfação na continuação. (...) Por conseguinte, a felicidade (pelo que entendemos o prazer contínuo) não consiste em ter atingido o sucesso, e sim em atingi-lo neste instante.**

Passo a língua pelos lábios (homens acham isso sensual), coço um pouco o seio, abrindo levemente a blusa para que ele veja os biquinhos duros. Deixo que ele chegue bem perto, enfio a mão pela abertura lateral de minha saia (especial para as ocasiões), acaricio minhas coxas, vou abrindo o vestido, até ele quase ver a xoxotinha. Quase.

Se ele toma coragem e entra firme, dou uma gemidinha, como se estivesse gozando e grito: **Tesão!**

Saio do corredor, vou para o meio da livraria, para perto das caixas, um lugar cheio de gente, rodo por ali e me vou, sem dar um olhar.

Ele pode vir atrás, não consegue, o chofer está me esperando, safo-me. Ele anota a chapa, tenta o Detran, mas a chapa é fria, o carro é de meu chefe, o ator, que tem autorização para chapas frias.

Será que os caras se masturbam depois?

Eu sim, pensando neles acariciando os paus.

* *Hobbes*, Élements de la loi Naturelle et Politique, citado por *Monique Labrune e Laurent Jaffro* em A Construção da Filosofia Ocidental, *coleção Gradus Philosophicus, Editora Mandarim, São Paulo, 1996.*

Sem egos monumentais, a arte não passa de prendas domésticas

A frase me ocorreu hoje quando tranquei a porta do camarim e a fechadura quebrou. Fiquei horas preso à espera dos serralheiros que a arrombaram e me libertaram. Todos nervosos. Bobagem, fico numa boa sozinho, dedico-me aos livros, ao mundo que construí aqui, cheio de atmosfera. Mergulhei, fascinado, na resenha do livro *My Grandfather*, de Marina Picasso, neta do pintor. Ela conta que Picasso necessitava de sangue para assinar suas telas e "para criar precisava destruir qualquer coisa que estivesse no caminho da criação". A relação de Marina com o avô foi uma "combinação de promessas não guardadas, abuso de poder, mortificação, desprezo e falta de comunicação". Ele exigia "servidão de todos; isolava-se no trabalho e desligava-se da realidade". Duas de suas mulheres se mataram, Jacqueline e Marie-Thérese Walter. Olga, outra esposa, morreu de paralisia. O neto Pablito bebeu uma garrafa de água sanitária e morreu. Marina viveu na miséria por anos. Picasso me deu uma grande lição. A obra é que sobrevive e vai encantar o mundo. Dias atrás, eu tinha recortado uma página da revista EU, que vem dentro do jornal *Valor*. Preciosa para a minha constatação transformada em axioma para todos os célebres. Lewis Mumford, um dos maiores críticos da arquitetura moderna, em 1946, escreveu uma carta ao poeta John Fletcher, sobre Frank Lloyd Wright: "... um dos grandes gênios arquitetônicos de nosso tempo; não apenas isso, de todos os tempos... Ele tem mais imaginação no dedo mindinho que a maioria de seus contemporâneos em todo o seu organismo... Mas este grande gênio tem também grandes fraquezas... A maior delas é um ego monstruoso; embora fale de democracia, ele tem modos e crenças de um príncipe da Renascença: no íntimo, ele é um déspota. Seu despotismo é tão absoluto que ele se ressente da própria existência de seus clientes... arrogante, violento, despótico, arbitrário e ainda assim com um brilho ocasional de autocrítica ou um ato ocasional de transcendência de si mesmo que o redime..."* Elaborei o pensamento (fundamental) sobre prendas domésticas, e passei à minha assessora para que distribua à imprensa. Ela ficou comovida com o brilho, a lucidez e o realismo com que relaciono arte e a vida. Lenira vai usar numa tese. Quando ela procederá a essa troca de corpos, essencial à minha vida? Quando me libertarei do Ator Principal? A idéia de matá-lo é agradável. Começo a me inquietar!

* Valor. 25 de janeiro de 2002. Tradução de Celso M. Paciornik.

Escolher o cenário

Minha ex-mulher (esclareço, a primeira) quer marcar um encontro. Precisa conversar comigo. Nada de dinheiro, ela recebe muito, é uma das melhores pensões do Brasil e nunca atrasei. Não porque sou generoso e sim pelo medo da prisão. É uma das poucas coisas desse país que conduzem à cadeia, sabe-se lá por que, a justiça é misteriosa. Artigo 272. Será isso? Se não for, que se fodam! Tenho sorte com as ex. A segunda e a quarta se dão bem, até abriram loja juntas na Oscar Freire, associadas a um arquiteto de interiores. A quinta nunca mais vi. Curioso, dançava flamenco tão bem. Também Letícia adora o flamenco, tem aulas duas vezes por semana, às vezes penso em esperá-la na porta do estúdio. A segunda... quem foi? Como pode?

Pedi a Lavínia, a primeira, que me desse dois dias. Não por estar ocupado. Não estou e não posso dizer por quê. A questão é a da escolha do cenário. Onde me encontrar com ela? Precisa ser um lugar onde nos vejam juntos. Fica bem para a imagem mostrar as boas relações com as ex-mulheres, ainda que algumas delas eu gostaria de ver mortas. O público considera isso generosidade.

Devo ser visto num cenário adequado, que impressione, já que sou visto tão poucas vezes em público. Não consigo pensar direito, helicópteros infernais enchem os céus. Por que inventaram helicópteros e por que o tráfego lá em cima é tão congestionado? O que querem, aonde vão essas pessoas, que pressa é essa, e como suportar tal barulho?

Preciso de um bom cenário para este encontro.

Tudo na vida é cenário.

(Isto tudo me parece fora de lugar. Intuição!)

ODIOSA LUCIDEZ

Há quanto tempo Letícia passou por minha sala? Há quanto deixei de contar o tempo? É inútil.

São vários os tempos e dentro de mim são incontáveis, eu os divido da minha maneira, segundo necessidades, momentos, pressões. Um tempo não se liga ao outro. No entanto, dois podem acontecer simultaneamente. Três se interpenetrar. Como explicar a vocês, se pensam diferente de mim? Muito claro, existe para mim o momento de preparação que me conduzirá àquele instante fatal, garantido por Lenira.

A partir dele, haverá um tempo só. Meu. Instante fatal. Ela empregou essa expressão. Lenira é inteligente, tem uma tese sobre os anônimos, linda, de chorar. Terá sido a primeira vez que uma tese universitária provocou lágrimas. Apesar de doutora, ela usa frases clichês. Instante fatal. Título de novela, melodrama, filme da sessão da tarde. Instante fatal para ele, o miserável AP.

Fiquei constrangido, Letícia se mostrou decepcionada com o meu camarim/estúdio, ainda que tenha admirado a organização, os volumes catalogados, as pastas de recortes, as caixas de papelão resistente (de uma mesma cor), os disquetes classificados, as coleções de revistas e livros, as fotografias, os documentos. Soubesse como consigo esses documentos. Menti para ela: são parte de meu trabalho.

Não posso revelar a verdade.

Tenho medo do julgamento de Letícia. E se eu a perder? Única coisa forte e verdadeira que tive na vida; tenho; não tenho.

Clara, precisa, deixa-me constrangido, suas idéias são abrangentes, fala muito sobre as relações, o amor e o sexo. E eu não sei conversar. Lembro-me de uma declaração de Cássia Eller que me pegou na veia: "Não sei me impor, não sei conversar nem resolver nada pela palavra. Sou horrível para explicar as coisas! No palco não tenho o que falar! Nem tento. Me atrapalho toda para formular uma frase. Sou muito tímida, vai ver é por isso que tenho essa intensidade no palco. É um jeito de compensar a dificuldade que eu tenho de me expressar na minha vida, no meu dia-a-dia."*

– Como pode trabalhar num cubículo desses?
– Trabalho.
– Podiam te dar condições! E esses corredores? Tudo cinza!
– Passo a maior parte do tempo fora daqui.
Mentira, mas me envergonhei, o lugarzinho é de doer.
– Você tem talento. Merece coisa melhor. Vi duas participações suas como ator. Você é bom.
– Bom! De que me adianta? Aquele sujeito está no meu caminho.
– Qual?
– O Ator Principal. Pareço com ele.
– Não acho!
– Dei azar na vida ao nascer. Como fazer carreira? O cara é bom.
– Bom? De quinta! Um homem que ainda usa foulard? Que se deixou fotografar na banheira para a capa de Caras?
– Tem nome.
– Médio. É o último trunfo dessa televisão. Todo mundo sabe que não vai durar muito.
– Fodeu com a minha carreira.
– Nem é tão parecido... Vai... Encanou!
– Somos a cara um do outro.
– Exagero. Você sempre se diminui. Cai fora! Arrisque tudo.
Letícia não tem idéia de que ele é meu último trunfo. Ele não pode se acabar antes. Eu o substituo muito mais do que todos podem imaginar, mas é confidencial. Coisas escondidas do público. Como as vozes anônimas que dão suporte a apresentadores ou à nossa vida diária. O Lombardi para o Sílvio Santos. As vozes dos serviços de televendas, as que anunciam

as horas no 130 da Telefônica, as que avisam as partidas nos aeroportos.
Quase me vem a vontade de revelar como tudo vai se inverter. Não quero mentir para Letícia. Como esconder coisas de uma pessoa que me ama?
– Esta é uma empresa forte...
– Quem você quer enganar?
– Ela se sustenta, tem audiência.
– Acredita? Essa emissora está se devorando. Vai te consumindo. Não percebe? Tem medo do que? Deixa isso! Vi os curta-metragens que você fez. Bons!
– Esquece.
– Todo mundo sabe os expedientes dessa televisão. Como ela sobrevive.
– E você sabe? Sabe tudo! Como?
– Os mídias das agências nem recebem os contatos. Vendem comerciais por qualquer banana. Arrancam dinheiro do governo. Só produzem programas patrocinados. Não investem em nada. Os donos trocam cotas por contas de supermercado, restaurantes, concessionárias de automóveis, agências de viagens, hotéis, lojas de decoração. Acho que nem pagam médicos, dentistas, escolas dos filhos. As mulheres deles vão às lojas, usam roupas dos estilistas e não devolvem, fazem cabelo de graça, buscam quadros nas galerias de arte. Tudo é permuta! Tudo! Cai fora, meu amor. Tudo é fake nessa casa!

Ela é odiosa. Por que me mostra a verdade? Tem lucidez. Me incomoda. Me faz bem. Letícia tem razão, vê tudo, conhece, talvez porque trabalhe em publicidade, sabe do mundo. "Meu amor", ela disse. Quando diz meu amor, o mundo se agita, entra em turbulência. Como tive coragem, naquela festa, de chegar e dizer: "Sou apaixonado por você?" Como aquilo me fez bem, me aliviou. Não sei como ela conseguiu gostar de mim e percebo que gosta cada dia mais. Preocupa-se comigo, quer me tirar daqui, não sabe que esse não é o meu sonho, nem será meu final.

— E aí na porta? Está escrito camarim MM. Marilyn Monroe ou o chocolate MM?
— Era o camarim dele.
— Coloque o seu nome.
— Deixa para lá!
— Coloque o seu nome.
— Que diferença faz?
— Você deixa de ser anônimo.
— Antes deixasse...

Não posso revelar que meu nome será colocado, mas em outro camarim, em outra emissora. Assim que o instante fatal acontecer cairei fora. E AP ressurgirá dos mortos. Porque AP serei eu. Eu no lugar dele!

— O que você diz? Quem vai ser o quê? Não posso acreditar! Não entendo. É uma novela? Um filme? Minissérie?

Incrível. Letícia nem percebe como AP se parece comigo. Qualquer palavra minha e ela descobre, e essa história não pode vazar.

Ou percebeu e deixou passar batido?

Desconfia de alguma coisa? O público não sabe quando sou eu, quando é ele. Eu sei.

E quando sou ele (e tenho sido bastante, ele desaparece por períodos cada vez mais longos; o que há?) não sou eu.

Deixo de ser eu.

Sou um anônimo dentro dele.

---

* Cássia Eller foi entrevistada por Déborah de Paula Souza na revista Marie Claire. Guardo o recorte na pasta Meus mitos.

Estar plugado

O verão e o *Manual das Necessidades Midiáticas*. Revistas: a espanhola e a alemã *GQ*, as brasileiras *Vip* e *Playboy*.
Indicaram-me também uma curiosa. Chegou hoje ao meu arquivo: *Technikart*.
Leituras de bordo de vôos domésticos advertem: o verão é o período ideal para a prática do fetichismo.
Este ano, cuide dos pés (dele ou dela). Massageando, beijando, chupando os dedos, acariciando, coçando, mordiscando. As unhas das mulheres estarão coloridas. Cada unha de uma cor. Ah, Letícia tinha um cuidado especial com os pés. Mas eu não podia tocá-los, ela morria de cócegas. Gosto de pensar nisso.
Tênis: Air Presto Faze, Air Presto Chanjo e Air Presto Cage. Da marca que parece meia-lua.
Contratar um professor de golfe. Comprar uma Supertorch para não se perder na obscuridade, quando a noite cair. Nunca imaginei que se pudesse jogar golfe na escuridão, com aquela bolinha diminuta.
Ouvir Astrud Gilberto, *Look the Rainbow*.
Moto, importar a Blackhawk 400, da Esarati. Moto elétrica para pequenos passeios. Ideal para deixar o camarim e chegar ao estúdio para gravar.
Óculos com lentes coloridas. Oakley, Calvin Klein, Cuttler & Gross, Giorgio Armani, DKNY, Web, Polaroid Eyewear, D&G, Lowe. Quadrados, triangulares, redondos, de inspiração esportiva como os para a neve, mergulho, ciclismo, natação. Lentes amarelas, marrom esverdeadas, lilás, azuis, verde oliva, cinzas. Dégradés ou não.

VOCÊ EM MIM, NO MOMENTO DA VIGÍLIA

Meu amor. Já te contei, várias vezes, as sensações que tenho quando estou num certo momento de meu sono. Não sei se este é o tal momento de vigília. Aparentemente estou dormindo, mas o sensorial está funcionando a mil por hora. Geralmente, percebo isso de manhã bem cedo. Tenho consciência, mas não estou desperta. Nesses momentos sempre senti suas mãos sobre minha pele. Consigo controlar meus desejos e vou criando e prolongando com a cabeça essa coisa sensorial. Nesta madrugada, por volta das quatro da manhã, entrei neste estado, meio dormindo, meio acordada, com a exata sensação de que vc estava deitado ao meu lado. Sentia o calor que emanava do seu corpo, sentia até mesmo o volume dele, ao meu lado, na cama. Quando me encostei no seu corpo, senti a mesma eletricidade que meus dedos sentiram ao tocar seu peito pela primeira vez, naquela noite tão distante, parados naquela avenida sombreada. Ter encostado no seu corpo me fez acordar e permanecer acordada até a hora de levantar. Não consegui largar essa sensação até sair da cama e queria o tempo todo voltar atrás, rebobinar a fita para ficar só sentindo e sentindo, até a exaustão, a sensação de tremor, de choque, de eletricidade, de descarga que sinto quando tenho seu corpo ao lado do meu. Tive tanta certeza de que vc esteve presente essa noite em minha cama, que me deu muita, mas muita vontade de falar com vc e te perguntar se, por acaso, veio dormir comigo essa noite. Gostaria de acreditar que veio telepaticamente. Quando fui tomar o café da manhã, vi a hortência, que vc me deu, murcha, murcha, murcha, e fiz uma ligação qualquer que me fez ficar preocupada com vc. Espero que esteja feliz, tranqüilo, e tudo o mais, do melhor, que eu puder desejar para vc. Quando cheguei em casa, à noite, tinha um recado seu na secretária. Sabe de uma coisa? Quero acreditar que vc dormiu comigo hoje (ontem). Letícia

CADERNO DE CRUELDADES

Encontrei os cadernos. Eles me alimentam, me energizam. Esses homens do passado são modelos para mim. Espelhos. Na Assíria, os prisioneiros eram totalmente massacrados por causa da impossibilidade de alimentá-los. Ajoelhavam-se diante dos vencedores, que lhes arrebentavam o crânio com uma maça e depois lhes decepavam a cabeça. O rei, se tinha tempo, presidia o massacre. Os nobres recebiam tratamento especial. Tinham cortados os narizes, as orelhas, as mãos e os pés e eram arremessados do alto das torres. Seus filhos eram decapitados, esfolados vivos ou assados em fogo lento. É preciso ser forte, impiedoso. Ou estaremos condenados ao fracasso.

Lembrete: se penso assim em destaque é porque trata-se de dogmas, preceitos a cumprir, a marcar fundo, a impressionar. Leis que devem estar sempre presentes dentro de mim.

FALHAS A SER SANADAS

 Estourei com uma enxaqueca, lendo e relendo, o dia inteiro, a noite toda, o assunto que está nos suplementos e me foi recomendado como obrigatório pelo Assessor da Mente. Não compreendi. É o caso do filósofo Sloterdijk (assim que se escreve?) e a falsa consciência do esclarecimento (porra!), envolvendo a antropogenética, passando pela base fisiológica para a moralidade (caralho!) e "a pressão publicitária e imbecilizante da mídia", com enorme reflexo do campo intelectual e a mumificação da cultura acadêmica (cruzes!). Sloterdijk diz "que o tempo dos filhos de boa ou má consciência já se foi".
 – O que significa?
 – Não se preocupe. Fale, fale! Repita o que leu. Confunda!
 – Por que tenho de citar o assunto se nem sei quem são essas pessoas? Do que falam? E se me apertam?
 Grito com o assessor. Acostumado aos meus rompantes, ele não se perturba, vive o ofício.
 – Cite, apenas cite! Fale por alto. Repórteres e colunistas não sabem. Apenas se lembram de que o tema apareceu, mas não vão discutir, não vão pedir esclarecimentos, você será citado como um astro intelectualizado, que participa da discussão da sociedade e das grandes questões de nosso tempo, um ator globalizado. Essa imagem conta ponto, dá respaldo!
 – Mas eu entendo muito mais, porque me toca, a declaração de Linda Evangelista: "Não me levanto da cama por menos de US$ 10 mil."
 – E quem é Linda Evangelista, posso perguntar?
 – Que tipo de coisa você lê?
 – Tem segmentos do conhecimento moderno que me são obscuros. Personagens desconhecidos.
 – Não acredito, você é uma enciclopédia...
 – É impossível ter toda a informação disponível hoje. É uma catadupa! Nem sabemos o que fazer com tudo?

(Catadupa? Caralho, ele disse catadupa?)
– E por que me recomenda o saber?
– Não recomendei o saber! Só a menção basta. Fale dessa linda evangélica.
– Evangélica? Linda Evangelista! A modelo top model. Milionária, 36 anos. Dezenas de capas de *Vogue*, todas as Vogues, da americana à australiana, 19 anos de passarela. Sabe o que ela ouviu aos 17 anos? De seu empresário?
– É uma coisa que me escapou...
– Acredita que o homem jogou na cara dela? Teve a coragem de recomendar: "Aproveite, você só tem três anos nessa profissão!" Onde estava o olhar? Teve sorte, seu nome se perdeu na história da moda e da mídia. Teve sorte. Virou um anônimo imbecil.
– Estou impressionado. E... acredita? Coloca essa entre as grandes questões de nosso tempo?
– Não sei se é. Mas... vai. Me diga. Quais são essas grandes questões de nosso tempo? O que pode mudar o mundo, a gente?

Ele me olhou de maneira devastadora, gelei. Conhece minhas limitações. Se começasse a desfilar as grandes questões eu dormiria, esse homem é muito chato. Ele sabe que eu o acho chato, mas defende seu dinheirinho honestamente, procurando me orientar. Um velho professor chutado da universidade porque não sabia dar aula-show, dessas que empolgam os alunos.

– O tchan é uma das grandes questões de nosso tempo.
– Ahn? O tchan?
– O silicone nos peitos, na bunda. A bolsa de grife.
– Não entendo.
– A lipoaspiração.
– Muda o mundo?
– É só ir fundo. Refletir. A lapela curta dos paletós. O traje black-fashion.

– E o que é black-fashion?
– A discussão sobre Theodor Adorno e o 007. A ducha desenhada por Philippe Stark. As mantas de seda com franjas bordadas com contas. Os banheiros separados para homem e mulher. O *Diário de Bridget Jones*. As aventuras de Harry Potter. O acervo discográfico da Casa Edison do Rio de Janeiro. O elixir da juventude Sisleya...
– Sisleya?
– Da Sisley. O mais caro cosmético do mundo, cuja primeira remessa provocou filas e brigas no Rio de Janeiro. Os revolucionários tecidos, pesquisados em Dartmouth, que abrigam bactérias comedoras de secreções de suor, porra e mijo e bosta e células mortas, dispensando desodorantes e lavagem a seco. A tese da professora Laura Kipnis que sustenta que a pornografia, no contexto correto, tem caráter liberador. A necessidade de ter controle remoto para o DVD, o vídeo VHS, o som, o rádio, o videokê, as luzes altas e baixas, as portas, as camas elásticas de 5 metros para dar saltos e cambalhotas, as salas de 180 metros quadrados.
– Estou fodido!
– As menininhas que nas noites funk erguem a saia e sentam-se nos colos dos parceiros, transando nos bailes, moderna versão das orgias romanas.
– E eu que nunca fui a um baile funk! Tenho medo das gangues que vivem em guerra. Mas preciso dizer que ouço *Furacão 2000*? Você finge que não sabe. Sabe tudo. Está esperto olhando o mundo!
– Agora, com a Casa dos Artistas e o Big Brother uma nova era está sendo iniciada.
– Nova era? E o que ela significa?
– Ninguém sabe. Aí está o problema, o ponto de tensão!
E a guerra. Soldados americanos jogam bombas num país desolado, sem árvores, de cores áridas. Ele não falou nada sobre ela. O que pensa de mim? Meu pequenino aparelho de

televisão, 14 polegadas, preto e branco reprisa um filme americano, uma superprodução catastrófica.

Dois aviões furando as torres do World Trade Center em Nova York, e as torres despencando.

O que me chama a atenção é a poeira e os milhares de papéis voando, papéis e mais papéis cobrindo os céus, como se fosse uma festa e todos os escritórios estivessem atirando papel picado na rua.

O som está ruim, é hora do departamento de produção me mandar uma nova tevê, grande, 38 polegadas, tela plana, colorida.

Esta aqui pode mandar para os sem-teto que ficam debaixo do viaduto, do outro lado da emissora.

Resgatando anônimos: a aristocrata russa

Milhares de pessoas, a elite da aristocracia russa. Príncipes, condes, duques, a alta oficialidade do exército imperial, casta privilegiada. Dandis e sofisticadas mulheres no esplendor de suas jóias, perfumes franceses e vestidos importados ou feitos pela haute-couture da época. Na foto, publicada no Paris Match, *parte desse mundo dourado, nata da sociedade russa em 1914. A legenda diz que estavam presentes os condes Tolstoi e Orlov, bem como os príncipes Volkonski e Dolgoroukov. Ao fundo, perfilada, uma legião de maîtres e garçons impecáveis, destinada a manter o bom funcionamento do Baile das Perucas Coloridas, no palácio da princesa Chouvalova, no mês de fevereiro, em São Petersburgo, ou Petrogrado, enfim Leningrado (quando provavelmente a maioria dessas pessoas estava morta ou exilada) e outra vez São Petersburgo. Ali estava o que havia de melhor segundo critérios que podem ser discutidos, mas não se vai colocar aqui domínio ideológico da luta de classes. Naquele momento, nenhuma dessas pessoas era o que se pode chamar de desconhecidos. Cada uma era conhecida e figurava no who's who da Rússia. Brilhavam belos, elegantes, poderosos, odiados, admirados, invejados, ricos, intelectuais. Davam o que falar, provocavam movimento com cada frase, festa, chá, recepção, jantar, baile, sarau musical, duelo. Detalhe curioso: a maior parte dos oficiais em uniforme é prognata. Pode-se pensar num efeito provocado pela distorção do ângulo ou pela objetiva. Todavia, por que as mulheres não são prognatas? Seria uma característica da oficialidade arrogante? Quase todos têm o bigodinho preto, bem aparado, militares ou não. O prognatismo confere um ar petulante, superior, as feições misturam desdém com tédio. Estão se divertindo. A maioria terminou de comer. Taças de champanhe por todas as mesas. Há no primeiro plano, à direita, uma jovem de vinte e poucos anos,* ar distante e melancólico, alheia à festa, indiferente à excitação a sua volta. Absorta, ignora tudo, concentrada. Foi apenas um instante, sutil, enquanto o flash de magnésio espoucava (que palavra horrenda), ou ela tinha mesmo se desligado, penetrando em um momento todo seu, íntimo? Em que pensava? Quem era? Essa jovem não identificada se destaca dentro da foto, destoa do geral. Quebra a atmosfera, rompe o clima, atrai a atenção. Nosso olhar recai sobre ela como uma lente em zoom. No entanto, não há seu nome na legenda. Hoje, passado quase um século seu nome desapareceu. Quem saberá quem era ela? No entanto, está ali, perpetuada na fotografia, conservada no arquivo da Paris Match, encontrada em algum museu da Rússia. Está em um álbum familiar? Era de uma nobreza que ainda conserva remanescentes após tantos anos de socialismo. Pode-se dizer comunismo? Rússia, não. União Soviética. Não... Como é que o país se chama agora? Preciso conseguir um Almanaque Abril.

Reconhecer um astro

Eli Wallachi em um documentário sobre James Dean no *People + Arts* da tevê a cabo: "Começo da década de 50. Notamos que aquele jovem estreante, que ensaiava conosco, obscuro, vindo do Actor's Studio, cheio de teorias e perguntas, retardando os ensaios seria um astro. Pelo grau de exigências que fazia, tinha o estofo, o perfil do astro absoluto."

Se eu tivesse um vídeo, uma videoteca própria, poderia passar e repassar essas vidas, anotar tudo, ampliar meus Manuais, corrigir minhas posturas. Anotado.

Astro significa exigências. Muitas, descabidas.

Quanto mais absurdas, exóticas e irritantes mais impõem respeito, admiração.

A fraude que ele representa

Se pudesse provar que ele é um clone, talvez isso o destruísse junto ao público que o idolatra. Foi essa a palavra odiosa que li em um jornal: idolatria. Como podem amar/admirar uma fraude?

Ele sou eu.

Eu sou ele.

Eu é que sou.

Não ele.

A VIDA EM FOTOGRAMAS, UM POR DIA

Invejei Cláudio Claro, que foi modelo fashion, tornou-se empresário, comeu deusas e o mundo, prega a bissexualidade, está dirigindo seu terceiro longa-metragem, quer disputar o Oscar. Ele contou para a Marília Gabriela (ela extrai cada revelação das pessoas; ainda não me chamou, tenho de dar um pé na bunda dos meus gurus, precisam se mexer) que desde os 20 anos, pode rever sua vida através de fotos, porque cada minuto dela foi transformado em um fotograma. Não é fantástico? Câmeras o seguiram cotidianamente pela vida, ele deve ter hoje 42 anos. Botoques no rosto prejudicam a definição da idade.

Preciso comprar a calça de 7 bolsos. É a top de linha. Navego na Internet. *Cosmopolitan* é a bebida do momento em Miami: suco de lima, vermute triple séc, suco de grandberry e vodca Absolut Citron. Em Miami, ancoradas dezenas de Ferreti, o barco jovem, orçado entre US$ 3 milhões a US$ 5 milhões. Dentro de uma delas vou me sentir mais homem, mais macho, mais seguro, mais potente, mais dominador, mais agressivo, mais belo, insuperável. E moderno.

No site *Penetras* nada de novo. Nenhuma informação que eu não saiba. Há meses não aparece novidade, jogada original, um recurso diferente para furar festas, eventos de repercussão, modos de se conseguir convites. Atenção, andam usando cartão magnetizado no exterior, complicadérrimo de falsificar, para evitar penetras. Como lutar contra tecnologias de ponta?

Em minhas buscas bato na declaração de um cabeleireiro do São Paulo Fashion Week: *Quanto mais na moda você estiver, mais fora de moda seu cabelo deve estar.* A moda, em cabelos, agora é mullets.

Porque os cabelos caídos se assemelham as barbatanas de peixe. Mullets quer dizer tainha.

Serviço: consultem o site www.mulletsgalore.com

FREQÜENTAR SEM SER NINGUÉM

Meu Assessor de Mailings uniu-se ao de Convites a Ser Disputados. Convoquei para uma reunião, estava irritado:
— Tantas festas! As revistas noticiam e não estou recebendo convites. O que está acontecendo? Como é que vou freqüentar tudo?
— Tudo?
— Tudo! Não me interessa se é a inauguração da lanchonete de Vila Aricanduva ou do Shopping Internacional de Miami que os brasileiros estão montando. Onde estão os convites?
— Estamos trabalhando. Não é fácil.
— Trabalhando? Quero ver. Tragam relatórios do que fazem. Do que é preciso fazer. Mostrem o caminho das pedras.

Preciso tomar cuidado, uso expressões de quem não está nada plugado. Depois de meia hora, me deram os planos.

Subornar uma promoter. Se ela aceitar dinheiro, tudo bem. Se não, rodeá-la com flores, presentes, bombons, cartões simpáticos, telefonemas, jantares, almoços, viagens, diárias de hotel.

Transar com uma secretária disposta a colocar seu nome em um ou dois mailings. Duro é o primeiro.

Freqüentar eventos que dispensem convites. Se apresentar, levar cartões de visita diferentes. Como empresário, levantador de fundos para promoções culturais, *advisor*, conselheiro financeiro, milhares de coisas se podem escrever em um cartão.

Cartão de bom gosto. Algum designer há de fazer um. Impossível não se conhecer ao menos um diretor de arte. Faça um a mão, originalidade pode dar dividendos.

Mandar champanhe para um ator que estréia uma peça. Visitá-lo nos bastidores. Apanhar seu telefone prometendo qualquer coisa.

Ir aos desfiles de moda, sentar-se em lugar errado. Fingir que seu número é aquele, puxar conversas, ser gentil, dar o cartão, pegar. Não ser muito espaçoso. Revelar-se um não chato, um não inconveniente, mostrar-se levemente fora de lugar, intimidado. Mulheres gostam do tipo. Nem todas, cuidado.

Fazer um empréstimo, comprar umas roupas numa liquidação Daslu, na VR, no Armani, Hugo Boss.

Descolar um alfaiate que faça boas roupas. Ir aos bairros, a profissão ainda existe na periferia, nas galerias da rua Augusta.

Freqüentar restaurantes. Ficar perto de um célebre, ler um texto em voz alta. Digitar qualquer texto de um grande autor, fingir que está atento, falar em voz alta umas frases boas. Atrair a atenção.

Pedir uma bebida estranha no bar, quando estiver perto de um jornalista. Dar a receita, decorada. Quando o jornalista pedir o nome, faça-se low profile: "Não é preciso, faço pelo prazer." Descobrir se o jornalista freqüenta o mesmo lugar, aparecer incidentalmente.

Insistir com os promoters. Descobrir o celular deles. Telefonar, telefonar, telefonar.

Ser chato, pentelho.

Um dia, para se livrar, um vai te dar um convite.

Ficar de olho nas colunas sociais. Selecionar eventos. Aparecer, fingir que perdeu o convite. Dar nome na lista da porta. Mostrar-se decepcionado. Dizer: Vim do Rio de Janeiro, de Salvador, de Aracaju, de Novo Hamburgo só para essa festa. Mostrar-se desolado, ficar fumando um cigarro. O porteiro acaba tendo compaixão. Paciência. Tentar subornar seguranças, porteiros.

Fazer um empréstimo, oferecer um jantar a todos os promoters, os grandes e os bregas, os periféricos e os que contam. Inventar um plano, um projeto, algo que vai se passar, ser extremamente simpático, afável, inteligente, discreto quando necessário. Alguém será conquistado e o nome entra para o mailing. Descobrir gráficas que falsificam convites. Descolar cambistas de convites roubados. Existem vários, como os traficantes de drogas, os antigos doleiros ou contrabandistas de uísque.

TODAS AS FORMAS

"Forma após forma,
ele tomou todas as formas.
A forma própria
se encontra em toda a parte."

Rig-Veda, Grhyasutra, 1-6.

Festas exigem cartas de navegação

Meu Assessor de Imagem se mostra contrariado. Sentou-se à minha frente, no set de gravação, vou ter 50 minutos de folga. Minha próxima cena será com Fernanda Montenegro que está atrasada, chegou cansada dos Estados Unidos, voltando de uma estréia em Nova Iorque. No estúdio, respeitamos Fernanda, de maneira que não me incomodei com o atraso. Não é uma questão de temperamentalismo. Ela nunca se deu ares de estrela. Gosta de respeito no trabalho, quer contracenar com quem sabe o texto, quem interioriza a ação.

"Ela dá um up grade a cada cena", disse o diretor. Fico observando seu método. Quero aprender, copiar, roubar estratégias, maneiras de atuar. Pessoas como eu são chupins de interpretação. Quem me disse isso foi o professor de arte dramática, que me dá aulas três vezes por semana e gosta de usar o Método, ou seja, o sistema do Actor's Studio que, por sua vez, bebeu em Stanislavsky. Foi usado pelos teatros Oficina e de Arena nos anos 60, quando tudo era política.

Invejo Fernanda. Não ganhou o Oscar, mas recebeu fantástica mídia nacional e internacional, esteve no programa do David Letterman, nos Estados Unidos. O atraso vai me ajudar a dominar o nervosismo de enfrentá-la, temos uma cena difícil, ela é peso-pesado, pode me demolir em cena. Ainda que tenha me confessado, no início da novela, que gosta de contracenar comigo. Trago a inquietação e a serenidade que ela não encontra nos outros. Deveria ter gravado a frase, feito um diploma, divulgado nos jornais.

O diálogo de hoje é complexo, começa num instante de raiva e ódio – coisas que sei facilmente produzir dentro de mim, é meu estado permanente – e continua caminhando até a total tranqüilidade e choro prolongado. Se eu conseguir superá-la, a equipe vai se ajoelhar aos meus pés. Não acreditam em mim. Queria bater os diálogos, mas o assessor está furioso.

— De que adianta te levar a festas como a de ontem?
— Todo mundo me viu!
— Viu? Você nem sabe se colocar para ser visto.
— Circulei por toda a parte.
— Não é só circular. Tem macetes.
— É?
— Quando estiver conversando com alguém, não fixe os olhos o tempo inteiro no interlocutor.
— Interlocutor... porra!
— Só converse com quem conta. Quem significa.
— Pessoas inteligentes, quer dizer?
— Cago para a inteligência. Pessoas que se sabe que os fotógrafos vão procurar. Gente bonita, excêntrica, gente notícia. Gente que possa representar convite para um programa de televisão, uma festa, uma viagem à ilha de *Caras*, uma semana no Castelo da *Quem*, um contrato para desfilar nos lançamentos das coleções de moda.
— Não sou modelo!
— E daí? Os atores estão requisitados, produzem mídia. Sabe quanto ganha um ator para desfilar um modelito? Na festa, fique alerta, olhe em quem deve colar. Qual é a pessoa que representa investimento. Relações são investimentos. Cuidado com os que estão em baixa. Afaste-se! São aidéticos, terminais, zero.
— Os fotógrafos que me procurem...
— Se você ficar paralisado, não vão te procurar. Tiram uma foto sua, e acabou. O jogo é caminhar na direção precisa. Para mover-se em uma festa você precisa de uma carta de navegação que mostre os canais navegáveis, os rochedos a evitar, as boas águas. Um beijo aqui, um sorriso ali, um abraço. Atenção aos fotógrafos e cinegrafistas. Desembaraço, displicência fingida, naturalidade estudada. De que adianta ensaiarmos? Agora sabe por que recomendei aquele espelho.
— Fiz direito. Tudo!

– Ficou dando em cima daquela putinha que só vai à festa arranjar programa. Paga, ela te dá!
– Nunca precisei pagar para transar!
– Como enfiar coisas na sua cabeça? Conversando, mantenha os olhos vigilantes. Olho de cobra que vai dar o bote. Procure a porta, localize notáveis, célebres, modelos, cantores. Veja se estão observando, se existe outro que é o centro das atenções. Mova o olhar. Não fique fixo em quem conversa com você.
– Vão me achar mal-educado.
– Caguei para a educação. Ninguém mais é educado. Os educados estão no Museu do Ipiranga, velharias. Ninguém acha nada nessas festas, ninguém se preocupa com ninguém. Todos estão ali por uma razão. Aparecer. Sempre alguém provoca curiosidade pelo jeito de se vestir, de andar. Alguém que surpreende pela companhia. Novas namoradas ajudam. Comer a mulher de alguém importante e deixar vazar. Ter participado de um escândalo. Ser apanhado num canto do salão lambendo um peito, deixando uma mulher chupar o seu pau. Ter sido abandonado. Ou abandonar. Ou saber que você começou a dar o rabo.
– Dar o rabo? Vá tomar no teu.
– Por que a raiva?
– Surtou? Vou virar bichona?
– É machão?
– Todo mundo sabe que sou comedor. Mulherada faz fila.
– Mulherada faz fila... Bem que eu soube, disputam as senhas... Fica uma confusão! A polícia precisa organizar... Não me venha com essa! Orgulha-se disso?
– Nem me orgulho nem desorgulho. Sou o que sou. Por que ser o que não sou?
– Todo mundo não é o que é.
– Não vem com papo cabeça. Nem pensar que me imaginem gay.

– Por que o preconceito?
– Sem preconceito. Conhece alguém mais aberto do que eu?
– Ohhhhh!... Não percebe que essa espécie, o homem, está cada dia mais restrita? Homem. Está acabando, cara! Porra!
– Mas... gay...?
– Não percebe que o momento é gay?
– É...?
– Já viu quanta mulher quer dar para homens que parecem gays?
– É?...
– Eles estão em todas, se insinuam, são gentis, improváveis, divertidos, surpreendentes, animados.
– E se meu filho me perguntar: Pai! Verdade que você é gay?
– Seu filho?
– O meu, você sabe. Filho de Lavínia.
– Seu filho? Que caralho de filho é esse?
– Está com 16 anos.
– E quem é Lavínia? Existem pessoas com esse nome?

Indecifrável mistério. O que ela esconde?

Ela me mantém intimidado. Expansiva, ri, fala muito, tem um sotaque envolvente e eu sou de falar pouco, ainda que mostre humor e uma ironia defensiva. Tudo o que ela faz tem um jeito sedutor. Até mesmo a raiva que mostra do som do carro que não lê alguns CDs. Implicâncias eletrônicas. A música faz parte vital dela, a acompanha, como uma segunda pele.

Dessa maneira, Letícia se infiltrou na minha cabeça e no meu coração. A princípio, como desejo, que o tempo se encarregou de apurar. Foram quase dois anos de contemplação a distância e tentativas de surpreender um olhar que faiscasse. Depois, amor total. Fascinado pelo que ela diz, como diz, pelos interesses, opiniões, forma de ver as coisas, definir o amor, a mulher, as relações, os questionamentos, o sexo, o prazer do homem e da mulher, a vida no mundo de hoje. Tão diferente de todas as mulheres que conheci! Fiquei assombrado quando descobri que ela salta para ler o final de um livro, quando gosta do começo.

Há nela um quê de indefinível, impenetrável, escondido, inalcançável. Tem reações inesperadas, abriga um mistério que não decifro. Sem isso, as relações seriam monótonas, sem sobressaltos.

Quem está falando em sobressalto? Eu?

Ela foi me penetrando. Ocupando a pele e se inserindo nos nervos e músculos, de tal modo que posso senti-la por dentro, quando me movo. Todas as células de meu corpo tomadas, transformadas em Letícia, dependendo dela, vivendo por ela.

Uma pessoa é a outra. A outra, uma.

Tendências se criam à velocidade do som

Duas informações que devem ser lançadas/emitidas/soltas ocasionalmente em um jantar, coquetel, numa estréia, na platéia de um debate perto de jornalistas ou no cinema (para que as pessoas se voltem e olhem para você):
"Pensar que o rhythm-and-blues, ou R&B, que deu origem ao rock, agora está ganhando cara nova com o two-step, um estilo com elementos de drum'n bass." Copiado do *Jornal do Brasil*. Não entendi, mas deixa o interlocutor pasmado.

Lembro-me de um trecho do meu amigo Paulo Francis (mortos não podem desmentir a intimidade que proclamamos) que define o Brasil atual. Ele escreveu: "Nosso século tem grandiosidade e tragédia. Só nossa vida é fuleira." Que falta o Francis faz. Sobraram imitadores baratos e fuleiros.

Para meu camarim, mandei fazer placas de bronze com citações de Gianni Ratto. Uma delas: "Quem nasceu talentoso está frito." Ratto deve conhecer meu trabalho, o trabalho de AP, esse tenebroso que ainda encanta espectadores de televisão com o seu funeral, cujas reprises me esgotam.

Outra: "O ser humano tem de ligar todas as suas antenas na atitude de alguém que quer permanecer. Quero. E deixo que as pessoas coloquem suas antenas em mim. Atores saem da TV para o palco. São pessoas que se aproveitam dessa profissão para sobreviver. Ator de verdade não tem data, passa longe desses coisas." Poderia roubar essas frases, deixá-las como o meu legado. Mas sou honesto e respeito Gianni Ratto. Tenho essa qualidade, respeito. Precisamos proclamar nossas qualidades, senão as pessoas não reconhecem. Gianni deu sua entrevista ao *O Estado de S. Paulo* em junho de 2001. Quando foi esse mês, esse ano? Em que ano estamos?

As revistas semanais estão selecionando apenas as frases ridículas, as constrangedoras, que nos deixam de saia justa.

Quem sabe é melhor demitir meu Assessor para Frases Inteligentes. Ou, então, montar frases banais, idiotas, para que sejam publicadas, sem que eles percebam que estou gozando.

De que me adianta, agora, tudo?

Lembrete: Acabo de ler. Palavras que devem ser banidas, não podem mais ser ditas, é de bom-tom não ouvi-las, identificam desatualização: cybermanos, étnico, pit-boy, bombar, sonzeira, internética, papito. Ficam no freezer, para serem, talvez, descongeladas um dia.

FUI NA VIDA, FIZ NA TELEVISÃO

Minha experiência de vida me facilita a profissão. Já fiz de tudo e essa é a vantagem que poucos podem ter. Sei o que é ter um pai que perdeu tudo no jogo, sei calibrar pneus, consigo fazer uma rosca numa conexão de tubos, fiz pespontos e bainhas. A bainha italiana nasceu quando o Duque de Windsor, ao andar em terreno enlameado dobrou a bainha da calça; criou a moda; penso durante horas em pequenas coisas que poderiam ser hábitos copiados, depois modas que se eternizassem. Até hoje não consegui um Assessor Especializado no assunto. Sei pesar legumes, colocando o dedo na balança para ganhar alguns gramas. Enfim, vivi. Esses meninos que entram na televisão agora nada sabem. Nada viveram, nada provaram, nunca fracassaram, nunca foram sucesso, nunca foderam noites e dias seguidos, nunca broxaram. Participaram sim da Casa dos Artistas, foderam embaixo do edredom, tomaram banho diante das câmeras, choraram como criança no Big Brother. E daí? Muitos apenas andaram anos nas passarelas, passaram horas dentro dos estúdios de fotos – a câmera é um sopro vital para eles – posando, estáticos. Atores necessitam de um bom lastro de vida para representar um:

Cozinheiro. Marinheiro. Boxeador violento. Ferramenteiro. Publicitário *(adorei viver meses em uma agência para representar um diretor de arte; eu que nem sei desenhar um gatinho)*. Seleiro *(precisei ir a Barretos, ficar uma semana, suportar a Festa do Peão, um calor desgraçado)*. Digitador. DJ. Consultor de estratégias de patrocínio. Futebolista decadente. Síndico. Chaveiro. Diretor de eventos e promoções. Carteiro. Poeta. Golpista na bolsa. Médico. Cartorário *(adorei o papel; era um homem que adulterava todos os documentos e as datas de nascimento)*.

Feirante. Diretor de criação. Taxista *(comprei um mapa, percorri toda a cidade e conheci ruas; como essa porra de São*

Paulo é grande e caótica; sabem quantas ruas A existem? Duzentas). Garçom *(há quem escreva garção; horrível).* Programador de informática. Padre assaltante de bancos. Designer. Padeiro *(peidava na massa de pão, antes de colocar no forno; era um papel escroto, o sindicato protestou, boicotou, não entendeu a arte).* Jornalista. Jornaleiro. Country-manager. Corredor de motos que se dopa. Diretor de broadcast. Diretor de conteúdo. Frentista *(sabia misturar água na gasolina, na proporção ideal para o motor funcionar).* Bancário. Diretor de internet para os sites. Projecionista. Impressor. Fritador de pastel em feira. Lavador de carros. Agente funerário *(José Mojica Marins me orientou, grande figura).*

Agente financeiro. Encadernador. Pintor de placas. Letrista para cartazes de cinema. Recepcionista de hotel *(nunca é um grande papel, em geral informa o quarto, entrega a chave).* Cáften. Zelador de prédio. Paisagista

Floricultor. Manobrista *(Ajudei a roubar muito carro).* Encanador. Moldureiro.

Cobrador de ônibus *(embolsava centavos dos fodidos).* Batedor de carteiras.

Consertador de relógios em torres de igreja *(ainda bem que o cenário era ao pé do chão, tenho horror de alturas, sou como James Stewart em Vertigo).* Leiteiro. Limpador de vidraças.

Entregador de pizza *(no começo da carreira, trabalhei em uns vinte pornôs; eu entregava pizzas e comia as gostosas do bairro; entregava a pizza e como gorjeta elas me chupavam o pau; não me envergonho desses filmes e ainda não me chantagearam com eles; se vierem, mando divulgar, sacanagem hoje confere status)*

Vendedor de cachorro-quente. Camelô. Galã de praia *(enrolava um lenço no pau e usava uma sunguinha diminuta, a mulherada ficava olhando meu cacete).* Vendedor de sapatos. Político. Mágico.

Fingir é fácil. Mais fácil do que viver.
Adoro ser ator o tempo inteiro.
Acabo de anotar em meu *Manual de Falhas a Ser Sanadas*.
Com tudo o que sou, ainda possuo um grau acentuado de humildade, concordam? Representaria um gari com segurança, certo de que minha carreira não estaria ameaçada. É que acabo de ler no jornal que ele, o malfadado AP, recusou um papel de limpador de fossas, por considerá-lo indigno. "Eu", disse ele, enfático, "que já representei Hamlet, fiz Brecht, Becket e Osborne, Arthur Miller e Jorge Andrade, Ibsen, Gianfrancesco Guarnieri e Strindberg, não posso ser um limpador de fossas. Aliás, não há mais fossas no Brasil, somos um país em que o sanitarismo funciona desde Osvaldo Cruz".
Não tem fossas? Fossas negras se acabaram?
É que ele não conhece as profundezas de minha mente.
Mas vai conhecer.

UMA VEZ MAIS A PLACA

Pla pla pla pla pla pla pla pla pla pla pla pla pla pla pla pla pla pla pla pla pla pla pla pla pla pla pla pla pla pla pla pla pla pla pla pla pla pla pla pla pla pla pla pla pla pla pla pla
Obrigado, obrigado, muito obrigado

ÚNICA OBRIGAÇÃO, O PRAZER

Minha mão percorre cada curva, só não pode chegar aos pés, ela tem cócegas. Meus dedos procuram ser suaves, insinuantes, explorando recantos que a cativavam. "Quando amo fico com a pele macia e suave. Não existe tratamento melhor para a mulher do que estar apaixonada. Tudo o que devemos um ao outro é o prazer. É a nossa única obrigação. É isso o que eu quero dar. É o que desejo, dentro desse amor."

A velha desconfiança me domina. Como ela pode me amar? Por quê? Um sujeito sem graça, desajeitado. Homem nada brilhante como conversador. Não danço, não sei música, não guardo uma única letra de cor, nas discussões sobre filme ou política, não tenho uma idéia e se alguém me contesta, demoro um tempo para encontrar argumentos.

Prazer ela me dá, sempre. Parece nascida para isso. Calma, concentrada, solta, semicerra os olhos quando eu a toco, emite gritinhos abafados que vêm do fundo, como se, cheia de gozo, expirasse todo o ar contido em seu interior. Paciente, sorrindo, luta contra o que considera a minha impassibilidade, essa dureza, o interior petrificado.

– Solta o corpo. Relaxa!
– Estou solto.

Não estou e não consigo disfarçar. Penso que posso fingir, não conto com a percepção dela, aguda, com o instinto feminino, a noção acentuada que ela tem do prazer. Penso: É pressão! Assim não dá. Confuso, vejo como sou retorcido por dentro, quero me entregar, não oferecer resistência. Há quantos anos não me entrego? Como posso ser uma pessoa tão odiosa? Vou perdê-la, ninguém é tão heróico, pode me suportar por muito tempo.

– Solto? Está tremendo!
– É vontade.
– Vontade? Que vontade estranha!

– Tesão...
Tem momentos em que a palavra tesão soa grosseira. Ela, a princípio, não gostava de palavrões ou sacanagens, enquanto fazíamos amor. Odiava palavras como trepar, foder.
– Olhe como está tenso! Solta!
Paciente, alegre, sempre riu muito e aquilo começou a me transformar, a movimentar, a agitar o interior fossilizado que me atormenta, mas atormenta principalmente a ela.
"O que quer de mim? O que espera de mim? Como é esse nosso amor? Como vai ser? Não é assim a minha maneira de amar."

RESGATANDO ANÔNIMOS: IPANEMA X COPACABANA

Em dezembro de 1945 aconteceu uma pelada histórica, ainda que ridícula, no Rio de Janeiro, quando Ipanema e Copacabana se defrontaram. Os jogadores não foram "garotões de bronze, os atletas, os ratos de praia, que já viviam se defrontando na areia", relatou Ruy Castro em uma reportagem para O Estado de S. Paulo, *de 20 de maio de 2000. Os que entraram na praia foram escritores e artistas plásticos, arrebanhados pelo poeta e empresário muito rico Augusto Frederico Schmidt, dono de uma bola número 5. Entre os célebres jogaram Di Cavalcanti (goleiro), Rubem Braga, José Pedrosa, Orígenes Lessa, Moacir Werneck de Castro, Newton Freitas, Paulo Mendes Campos, Fernando Sabino, Vinícius de Morais, Carlos Thiré, Lauro Escorel, Carlos Echenique. Braga, Sabino e Mendes Campos escreveram crônicas sobre essa partida, tão histórica nas artes quanto o jogo em que o Brasil perdeu do Uruguai, em 1950, ou aquele em que perdeu da França, em 1998, ou o que perdeu de Honduras, em 2001, ou o que ganhou da Suécia (copa de 1958), o que ganhou da Itália (copa de 1970). Se houver erro nas citações futebolísticas, levem em conta a minha ignorância no assunto. Dos campos de futebol, só tenho na memória a noite em que Frank Sinatra cantou para 150 mil pessoas no Maracanã. 150 mil aplaudindo! As crônicas referem-se a um médico que completou um dos times, homem calvo e de óculos, bom de bola, o melhor em campo. Mais tarde, a teatróloga Maria Clara Machado imaginou reconhecer naquele desconhecido o seu tio Lucas, irmão do escritor Aníbal Machado, mas as dúvidas continuam. E o médico que poderia ter entrado para a história das artes, reconhecido no futuro em textos poéticos dos três maiores cronistas que o Brasil já conheceu, conservou-se na obscuridade, desconhecido, um sem-nome e sem identificação. Aquele foi um Brasil dourado, definiu Ruy Castro*

A ADORÁVEL ARROGÂNCIA DE JULIA ROBERTS

Leio na *Ilustrada* um texto de Mily Lacombe: "O que não se conseguiu explicar foi o tom de troça conferido à entrevista pelo elenco de ouro. Julia Roberts entrou na sala disposta a responder debochadamente a todas as perguntas, a se divertir tirando sarro do sotaque dos jornalistas estrangeiros. "Não sei por que ela estava daquele jeito, mas talvez alguma pergunta menos apropriada a tenha tirado dos eixos", tentou justificar o ator John Cusack, o outro astro de *Queridinhos da América* (Junkets, direção de Billy Cristal, 2001). "Tirar a estrela máxima dos eixos não é, entretanto, tarefa que exija esforço ou dedicação. Julia Roberts é, sob o ponto de vista da imprensa especializada em cinema, a atriz mais arrogante e dissimulada de Hollywood, sempre pronta a criticar repórteres menos preparados." Recorto e guardo no arquivo a notícia. Ilustrada de 12 de outubro de 2001. Pasta Julia Roberts.

O mundo inteiro deve ter publicado relatos como esse. Julia pode fazer o que quiser. E todos a adoram. Todos se lançam aos seus pés. Todos a idolatram, correm atrás, não ficam irritados, indignados, não podem dizer: "Nunca mais entrevistarei essa mulher." Não! Vão entrevistar sempre! Vão correr babando, sabujos, para encher as páginas dos jornais do mundo. Julia Roberts jamais olhará para mim. Não saberá que existo, porque não existo mais. Nem tem graça pensar que ela poderia se apaixonar por mim no Festival de Cannes. Coisas em que sempre penso a cada festival. De Berlim, São Francisco, Veneza, Bilbao, Nova York, e onde mais tiver mostras com estrelas. Em cima de quem descarregarei toda a minha arrogância? Dos ratos que circulam aqui pelos corredores com seus guinchos terríveis, assustando as calouras que esperam para se apresentar?

Uma graça por dia

– Alô? É Carlos Heitor Cony?
– Não. Meu nome é bastante parecido. Carlos Artur Coty.
– Coty? Como o perfume?
– Que perfume?
– Ou o ex-presidente francês?
– Que presidente?
– O senhor é escritor também?
– Escrevo minhas poesias. Todo brasileiro é poeta, amigo!
– Não é profissional?
– Profissional?
– Em poesia. Faz de encomendas?
– Que encomenda! Tenho uma empresa de telefones. PABX caseiros ou para pequenas empresas. Precisa de um? Sua casa é muito grande?
– Grande, claro que é grande. Mas não preciso de merdas telefônicas.
– Qual é? O senhor é que ligou. Vá tomar no cu!
– Vá se foder!!!!!!!!!
Filhas-das-putas de secretárias me deram número errado. Ligo para outro.
– Bernardo Massar?
– Sou eu. Quem é?
Dou meu nome, ele se emociona. É natural.
– Pois não? Pois não? O que posso fazer pelo senhor? Pois não?
Essa maneira de falar repetida me enche o saco, começamos mal, nem sei se quero trabalhar com ele. Mas disseram que o cara é bom.
– Preciso de um bom escritor. Você ganhou todos os prêmios da crítica. Está fazendo roteiros para a Globo. Deve ser bom pra caralho! Quero te contratar.

– Para quê?
– Redigir uma notícia diária a meu respeito.
– Nota diária...
– Quero alguém com imaginação como a sua para inventar uma boa notícia por dia.
– Para quê?
– Para ser enviada às rádios, televisões, para toda a mídia impressa.
– Mídia impressa? O senhor fala engraçado.
– Certas pessoas fazem uma prece por dia. Pedem uma graça. Preciso obter uma notícia por dia. Seja no rádio, na televisão ou mídia impressa.
– Isso é fácil. Com o senhor deve acontecer coisas incríveis.
– Acontece, acontece... Mas quero que invente, use a imaginação. Nem vamos nos encontrar, pode trabalhar em casa, me manda por e-mail.
– Inventar informações? De que tipo?
– Todos os tipos. Tudo o que vier à cabeça que possa me fazer aparecer. Um jantar com uma estrelinha, eu incógnito nos desfiles da Fashion Week, passeando sozinho pelo centro velho, desaparecido por uns dias, sem que ninguém saiba onde estou, visto tomando margaritas numa praia do litoral sul.
– Desaparecer?
– Desaparecer pega bem, excita a curiosidade. Eu comprando no shopping de Higienópolis... Não, só se me pagarem bem. Sabe que ganhamos para aparecer nos lugares, não sabe? Assim, quero qualquer nota que possa ser encaixada. A favor ou contra.
– Contra?
– Pega bem, não quero parecer um deus, um anjo. Detesto a imagem do bonzinho, preciso aliar a de sujeito imprevisível, ruim, de antipático.

194

– Preciso fazer isso também? E sua Assessoria de Imprensa?
– Ocupada com outras coisas. Ah! Não despreze os house organs, alguns têm milhares de exemplares em circulação.
– Vamos marcar um encontro, estabelecer um projeto.
– O senhor tem biografias de artistas, livros sobre cinema, revistas? Todo tipo de revistas. Jornais estrangeiros? Conhece a história do cinema?
– Posso me documentar, pesquisar. O que vamos fazer com esse material?
– Criar as notícias, amigo. Montar situações. Só que... que fique entre nós. Escritores e jornalistas são fofoqueiros, indiscretos. Use coisas esquecidas que foram de Marlon Brando, Frank Sinatra, Kirk Douglas, James Dean, Fred Astaire, Brad Pitt, Anthony Hopkins, Bruce Willis, Michael Douglas, Peter Coyote, Antonio Banderas, do Ralph Fienes... John Gilbert... aquele romance infeliz dele com Greta Garbo pegou bem, ficou na história. Como? Não sabe quem é? Qual a sua idade? Olhe, tragédias marcam mais do que a felicidade...
– Sabe quem seria bem útil para o senhor? O Ruy Castro, ou o Sérgio Augusto, ou aqui em São Paulo o Rubens Ewald Filho. Gente que escreve bem, tem humor, sabe tudo, fuça, conhece, tem onde buscar. Cinema não é minha especialidade. Nem televisão, que acho uma arte menor, cheia de uma gentinha burra, medíocre, repleta de meninas rebolando a bunda no tchan.

Ele estranhou. Acha que forjar notícias, inventar acontecimentos para minha vida seria uma fraude. É. Ele não vai fazer. Pena, poderia ganhar dinheiro. Escritores têm imaginação, fariam o trabalho direito. Estariam fazendo ficção da boa usando um personagem real.

Criar uma vida para mim seria para ele o mesmo que escrever um romance. E acreditaria na vida que ele imaginasse.

Gostaria de representar na vida real esse personagem que seria eu.

Eu personagem de mim.
Escritores! Andam morrendo de fome.
Bernardo Massar nem percebeu minha extrema generosidade.

MODERNIDADE

"Marquei dois, você vai adorar. Uma mulher que tem como clientes escritores e âncoras de televisão e outro que orienta economistas, políticos, líderes sindicais e banqueiros. Viu os lucros que os bancos tiveram este ano? Espantosos! A mulher cobra 200 dólares e o homem 500. Mas vale! Cada centavo. Olhe só essa lista de clientes! Só pessoas de sucesso."

O CADERNO DAS CRUELDADES

Letícia começou a se afastar, antes que completássemos sete meses. Ou teria sido três anos? "Não tenho preparo para viver um amor dessa maneira. Nunca tive. Minha vida tornou-se um caos. Amor para mim não é isso. É sair de mãos dadas, estar perto quando quero dar um beijo, quando preciso de um abraço, acordar e fazer amor, escolher um cinema juntos, viajar, comer bolinhos de bacalhau num botequim, dançar, fugir para casa e ficar ouvindo música, escolher um presente que você possa usar."
Cansada da solidão que vivia a dois. Dolorida por ter e não ter. "Como você pode estar tão próximo e tão distante?" Agoniada por manter o coração ocupado e sem futuro, sem possibilidades, numa dor avassalante, que a fazia dormir chorando e acordar chorando.

Um dia, disse, determinada: "Acabou. Não dá mais! Nem sei mais quem sou, o que quero, minha vida está desordenada, sem rumo." No fundo, para mim, a quebra tinha começado no dia em que descobri que o meu retrato tinha desaparecido do quarto e sumiram os bilhetes, que viviam pregados na cortiça do corredor.

No entanto, e isso me confundia, ela, de repente, mostrava-se, amorosa, empenhada, entregue. Dizia coisas que me deixavam enternecido, me alimentavam e quase faziam acreditar em mim como pessoa: "nunca encontrei ninguém mais sedutor", "nunca tive tanto prazer numa cama". Logo eu, desajeitado, precipitado!

Letícia respondia secamente ao telefone e eu ficava mal por ter ligado. Reclamava e ela: "Amor é feito também de dor."
Ela rompia, pedia, "deixe-me livre, eu odeio você. Pelo que está me fazendo".
Voltávamos, durava um mês. "Casa comigo?"
Rompia outra vez, suportávamos duas semanas.
"Por que não deixa esse emprego? É uma tortura, uma

coisa arrasadora. Você é mais do que isso, liberte-se. E sua mulher? Sabe?"
Íamos e voltávamos, uma gangorra.
Então, cometi a indelicadeza.
Não, covardia! Assumo. Mandei um e-mail. Terminando. Uma ligação como a nossa, eliminada pelo correio eletrônico.
Foi sem dignidade.
Ela não merece.
Mas fiz! Podem me odiar, vocês que conseguiram penetrar e recapturar meus pensamentos. Só não poderão me odiar mais do que estou me odiando, se isso é possível.
O que fiz foi uma vilania.
Essa é uma palavra forte para uma ação desprezível.

Penetrando o sol na grua Kurosawa

– O pai de Greta Garbo sofria de laborfobia e era alcoólatra. Tem melhor do que essa?
Não hesitei. Cinema é comigo.
– A mãe de Luchino Visconti era belíssima e o pai, um nobre, se maquilava e percorria os teatros, caçando a rapaziada.
Nunca vamos desempatar. Qualquer dia um de nós não terá uma boa para contar. Colecionamos episódios envolvendo essa raça maldita (existe gente mais desprezível?) constituída pelos pais e mães de artistas, misses, modelos, famosos. Das ambições e pressões paternas que levam os filhos à fama, ao estrelato, à neurose, ao suicídio, à depressão. Lenira me faz bem, somos iguais em muita coisa. Pouco a pouco, vamos destruir essa imagem odiosa do amor materno-paternal! Quem suporta programas de tevê, capas de revistas, suplementos de jornais nos dias dos pais e das mães, com aquela tonelada de anúncios fodidos, melados, gananciosos?
Penetramos no Estúdio 9, o gigantesco, por que nasceu da junção de três palcos amplos, os mais modernos, dotados de toda a tecnologia de ponta. Na porta minúscula, acessível pelo código eletrônico 938, a lâmpada indicava: *Não há gravações*. Ouvíamos Liszt, *Rapsódias Húngaras*, no minúsculo e constante walkman de Lenira. Ela separava os fones, um para ela, um para mim.
– Faz quatro dias que enfrentamos tempestades.
– Por causa da novela equatoriana sobre o pirata Baal. Também conhecido como Roberbal, o senhor de Hallebarde.
Como sabe dessas coisas?
– Li a sinopse, nas mãos de um assistente que me cantava.
– Deu para o cucaracha?
– Não queria comer. Só me olhar, para uma punhetinha. Subimos ao cenário da caravela. Mostrei a bundinha, ele gozou. Rápido.

Nunca sei quando Lenira diz a verdade. Ela adora mostrar que é desejada, todo o mundo a fim dela. Todo dia me conta uma tara, fantasia. Escreve tudo no seu laptop. Se tem em alta conta. Invejo. Operários montam o set para o seriado venezuelano sobre Simon Bolívar. Um porto em ruínas. Diretor e técnicos trocam idéias, consultam projetos estendidos no chão. Falam castelhano rápido e ininteligível. Lenira afaga o feíssimo cachorro chinês, cheio de papadas que dorme amarrado aos pés da cadeira do diretor. Cachorro chinês! Como tem gente fresca!

Tem sido lucrativo o aluguel dos palcos, equipamento e know-how para televisões da América Latina. Logo agora que os latinos americanos estão em baixa no mundo? Começou com a entrada de um grupo mexicano em meados dos anos 90. As equipes aportavam com diretor, roteirista, projetos dos cenários e atores e voltavam com os tapes prontos para o encaixe dos comerciais. Os projetos eram avaliados e reciclados por técnicos brasileiros, os cenários, às vezes, sofriam mudanças totais. Não é novidade o aluguel de estúdios. A globalização e o Mercosul incentivaram. Nos anos 60, alemães filmaram faroestes em Cinecittá, Roma. Japoneses ocuparam a Metro, em Hollywood, certa época. Na década de 70, americanos, ingleses, iugoslavos e japoneses circularam pelos palcos onde tinham passado Fellini, Visconti, De Sicca, Valério Zurlini, Alessandro Blasetti, Mauro Bolognini (morreu recentemente), Ricardo Fredda (a mulher dele, Gianna Maria Canale, era deliciosa), Vittorio Cotafavi, Elizabeth Taylor.

– O que há com a Elizabeth Taylor? A mãe aprontava?
– Como sabe que pensei na Liz?
– Está falando sozinho.
– Me lembrava da Liz em *Cleópatra*. Saiu tudo em DVD, agora. Começou a namorar Richard Burton, as filmagens atrasaram, deram um puta prejuízo. Isso é poder! Atrasar uma produção de milhões de dólares. O mundo falando deles.

Lendo sobre eles. Produziram a mídia mais fantástica dos anos 60. Hoje, se alguém atrasa, demitem, matam o personagem na novela!

— Aquilo era Hollywood! Você queria ser Richard Burton?

— Já pensei nisso. Por causa dos olhos violetas de Liz Taylor. Ela era casada com Eddie Fisher, corno na imprensa mundial. Burton era casado com Sybil. Todo o mundo ficou a favor dela, contra a Elizabeth.

— Liz! Que intimidade! Cleópatra. Você fala da pré-história. Esse filme foi feito antes, muito antes que eu nascesse. Vi no Telecine, é uma bosta. Cinemão para velhos.

— Cult. O kitsch histórico no potencial máximo.

— Teu sonho é ser cult. O meu é dar muito!

Diferentes pronúncias e sotaques pelos corredores, alamedas entre palcos, camarins e no restaurante, o refeitório comum, por quilo. O LL transformado em J. Ou LH. Caje ou calhe. Salta-se do México para Colômbia, do Peru ao Paraguai. Loiras portenhas se misturam a índios de pele azeitonada, olhos amendoados, puxados, o que leva Lenira a perguntar se algum dia os antepassados dela teriam circulado pelas Américas. Novelas brasileiras vendidas para outros mercados, dubladas em espanhol. Atores desempregados desembarcam no Brasil como dubladores, é um novo mercado

— Falando sozinha?

— Pensava dialeticamente.

— Dialeticamente?

— Resquícios da faculdade!

Cumprimentos daqui e dali. Hola, quê tal, buenos dias, oiga tchê. Filhos de uma boa puta. Pensam que sou ele. O canalha do Ator Principal! Tudo é feito para ele. Carrego o segredo deste estúdio. Posso, um dia, fazer chantagem. Lances de filme policial, entro em carros blindados, com vidros fumês. Todo mundo pensa que é o empresário da internet, cheio da grana, amante de Elesandra, a atriz ídolo das novelas das seis. Lenira espalha essas informações.

Eu, no lugar dele. Todo mundo não fala, mas nota a mudança de registros, o upgrade que dou. Uma tarde, Paulo Autran me agarrou pelo braço, logo ele que tem tanto sentido de privacidade, homem educadíssimo:

O que há?
Como o que há? (Dou um qual é nele!)
Quer me engolir?
Eu? Você que se cuide!
Você? Olhe como se dirige a mim.
O que fiz?
Tem dia que você está atacado. Por que não é sempre assim? Adoro trabalhar com desafios. Tem dia que nem sabe o texto. Tem dia que arrebenta.

Antônio Fagundes me interpelou no banheiro, estávamos de costas. Homem não gosta de mijar ao lado do outro:

Não entendo! Você é um mistério. Cheira muito? Toma pico?
Olhe como fala comigo! Lá sou de drogas? Sou é bom! Puta ator.
Tem dia que tenho medo de você na gravação, parece possuído.
E fico possuído, fico mesmo, um deus grego desce em mim.
Que deus grego! Não se dê tantos ares. Ainda que lembre o Marlon Brando dos bons tempos, doidão! A imponência de um Barrymore, a dignidade de Robert de Niro, o vigor de Raul Cortez.

Esses diálogos eu deveria gravar em bronze, colocar em meu camarim. Meu diploma, consagração. Meu Oscar. Pena que ninguém ouviu. Atos sem testemunhas não são levados em conta. Valem para mim, mas de que vale minha palavra? Meu Assessor de Imprensa não pode fazer um release para a imprensa, distribuir, foi uma conversa sigilosa, no intervalo de gravação. Fica em meus pensamentos, minha memória. Não sabem que somos o mesmo. AP e eu. Ninguém sabe. A não ser Lenira e eu. Nem Lavínia, minha mulher. Por isso ela não entende o meu ódio, o câncer que me rói.

Ele precisa desaparecer.

Para que exista somente um, eu! Não posso matá-lo, sou lúcido, não um assassino. Mas devo, é um imperativo da boa interpretação, do bom gosto. Enquanto ele existir, serei ele. Anônimo. Sou, sem ser. Se houvesse uma maneira de ele desaparecer, sobraria eu. O verdadeiro. E as interpretações em novelas subiriam a um nível esplêndido.

Não, não podem saber quando substituo o Ator Principal. Quando ele está tão drogado que não fica de pé, Lenira o esconde e me chama. Assim, vivo escondido. Não posso aparecer, não me deixam, vigiam. Chegam a me trancar no camarim 101, no setor 9. AP – não direi seu nome, vocês o conhecem, seu nome me provoca ânsias – vive na base da heroína pura! Ou que outras drogas ingere, nada conheço sobre elas, lamento! Autran e Fagundes são grandes, muito bons, sensíveis, percebem quando a interpretação cresce. Quando essa história, que parece capa e espada, terminará? Quanto suportarei? Não basta a dor de ter perdido Letícia? Esta amargura é suficiente para me aniquilar! E a paralisia de Lavínia, entrevada na cadeira de rodas, a me olhar com expressão mortificada, me acorrentando para que eu nunca me separe?

Aceno para as pessoas. Devo mostrar tédio, para que não invadam meu espaço. Conservá-los no lugar, para que respeitem a hierarquia. Chegamos ao fundo do Palco 9, colossal, para locações de cenas de batalhas, gravar festas do peão boiadeiro, montar cidades, guerras marítimas, jogos de golfe, todo o mundo joga golfe hoje. A grua Kurosawa está encostada num canto, é

uma das relíquias do estúdio. Contemplo o ciclorama, técnicos testam paisagens coloridas, montanhas, lagoas, oceanos, abismos, mesetas, vales, praias, o Pantanal, a Floresta Amazônica, cerrados do Centro-Oeste. As cenas permanecem minutos, o diretor de projeção murmura no transmissor, paisagens mudam. Uma delas, céu limpo, permanece. A tela luminosa transmite uma transparência que o céu verdadeiro não tem. Os homens podem produzir uma realidade absoluta, mais intensa que a própria realidade. O iluminador confabula com o diretor de projeção.
– Vamos gravar aqui os exteriores, ganhamos autenticidade.
– Não temos muitos tapes dos pampas, região que o senhor conhece bem. Este é o melhor. Era o que desejava?
– Nunca fui ao sul, nunca vi os pampas!
– Tudo igual. Ninguém percebe.
– Você é que pensa. Tem espectador que adora detalhe, fica pentelhando, escreve para jornais, reclama no Serviço de Atendimento ao Telespectador.
– Coloquem um céu ensolarado, com nuvens ocasionais.
O homem fala como as anunciadoras (lindas) de meteorologia na televisão. Nuvens surgem à direita, fiapos esgarçados avançam para o sol.
– Cinco e meia da tarde. Confere?
Os tapes são arquivados por hora e dia da gravação, devido as variações de época. Pode-se encontrar nos arquivos o circuito do sol em cada dia e hora do ano.
– Correto. Registro de câmera. Posição.
– Não podemos cometer erros. A associação geográfica fica de olho. Desde que alguém inverteu e colocou o sol nascendo no poente.
– Você acabou de dizer que ninguém percebe nada, sabe nada.
– Estou cagando, o público é imbecil!
– Tem uns pássaros no fundo.

– Deixe, todo mundo adora passarinhos.
– E se não são pássaros mexicanos?
– Não dá para reparar.
– E se a associação de proteção aos animais nos acionar?
– Pássaro é animal?

Trocam o tape. Surge um crepúsculo gravado no alto da montanha de Atalaia, em Arraial do Cabo. As cores fortes e açucaradas lembram *Duelo ao Sol*, com Jennifer Jones e Gregory Peck. Ele ousou fazer o vilão cínico, quebrando sua imagem de bom moço, no tempo em que em Hollywood tudo era estereotipado e uma carreira podia ser demolida por um papel mal escolhido. Nem posso murmurar o nome do filme. *Duelo ao Sol* (*Duel in the Sun*, 1946, direção de King Vidor) foi produzido 17 anos antes de *Cleópatra* (1963, direção de Joe Mankiewicz). Lenira vai rir. Adora rir de mim. Como Letícia faz, vez ou outra. David Selznick estava apaixonado por Jennifer Jones que era casada com Robert Walker. O mesmo de *Pacto Sinistro* (*Strangers on a Train*, 1951), direção de Hitchcock. Selznick era poderoso, tirou a mulher do outro, Walker começou a beber, estourou o coração. Pena que não tenha sobrevivido para ver Selznick se afundar em dívidas. Todas as grandes produções do cinema estão ligadas a uma história de amor.

Quando penso em Letícia, vejo que meu coração vai estourar igual, é uma dor muito grande. Ela me disse: "não vou ficar à tua disposição". Nem posso exigir. Penso no dia em que serei uma névoa em seu coração, minha imagem se dissolvendo, a memória me apagando. Suportarei vê-la com outro? E se algum dia me escrever: estou até me interessando por alguns rapazes ? Pessoas que mandem flores, dêem pulseiras, brincos, anéis, coisas de que ela gosta. Uma tarde, perguntei se ela saía com mais alguém. Respondeu com a secura e ironia incontroláveis que a dominam, de vez em quando: "Se alguém não pode exigir fidelidade é você!" A diferença é que Letícia me espera, não vou, me impeço de ser feliz. Como me separar de Lavínia? Nem sei quanto tempo ela tem de vida, já perdeu o movimento das pernas e nenhum médico diz nada.

— Os hippies se reuniam em Ipanema para aplaudir o pôr-do-sol. O Brasil já foi um país engraçado, não acha? Alegre!

— Os hippies? Minha mãe foi hippie.

— Japonesa hippie?

— Minha mãe não é japonesa.

— Vamos voar.

— Voar... Você vive voando...

Sentamos na grua. Eu no lugar do câmera, ela no banquinho do diretor. Aciono o painel, a grua começa a subir. Grua japonesa, poderosa, peça de museu, deu muita mídia na época. Akira Kurosawa a teria usado nas cenas de batalha de seus filmes. Quando as primeiras novelas gravadas em exteriores substituíram o período claustrofóbico, designação da crítica para novelas que se passavam inteiramente em interiores (sala, quarto, cozinha, banheiro, escritório), a grua de Kurosawa foi muito utilizada. Para os planos que exigiam grandes profundidades, horizonte ilimitado. Essa fase coincidiu com a indústria colocando no mercado aparelhos com monitores de 29, 38 e de 51 polegadas, tela plana, DVD. Ninguém sabia que a grua não era de Kurosawa, porém um crítico de cinema garantiu que tinha participado do filme *Ran*. Mais tarde, descobriram que foi montada nas oficinas do estúdio, brasileiro é fodido para copiar, até melhorar. Pequenas mentiras não fazem mal a ninguém, o marketing as utiliza impunemente. Nos anos 50, centenas de italianos chegaram à cinematográfica Vera Cruz, dizendo-se assistentes de Rossellini. Todos falsos, nunca tinham visto sequer uma foto do pai do neo-realismo.

O estúdio alimentou a lenda Kurosawa. Talvez o crítico tivesse sido pago, jabás são instituição oficializada. Legiões de cinéfilos e curiosos, conduzidos por cicerones, surgiram para ver o equipamento. Visitas pagas. Muitos curiosos não queriam ver nenhuma porra (eu devia trabalhar no cinema americano, gritando toda hora, fuck you, fuck) de grua, estavam à cata de artistas, perguntavam pelos camarins. Nas pesquisas, eu era o mais procurado. Eu, não! Ele, o AP. Às vezes, grupos me viam; outras, era ele mesmo, com aquele ar apalermado. Jovens escreviam artigos para jornais e revistas. Técnicos do estúdio, primeiro, se referiam a grua como a do japonês. Não guardavam o nome Kurosawa, a maioria nem sabia quem ele era. Logo, se dizia apenas a grua do Ku, abreviando numa gíria interna, particular.

Pode-se controlar a velocidade e ao mesmo tempo que o carro avança a torre da câmera move-se lateralmente. No walkman, Emma Shaplin canta *Une Ombre Dans le Ciel*.

– É como se estivéssemos sobre nuvens.

Lenira sente o meu olhar gelado.

– Você é tão sério. Sem graça. Me deixe ver o seu sorriso. Quando ri, fica bonito. Vejo seus dentinhos. Não me olhe desse jeito. Não sei, nunca, o que seus olhos querem dizer.

O sol na tela se põe e os dois movimentos, o da grua e o do sol adquiriram tal coordenação que é como se estivessem parados. Uma cor vermelha, violenta, transforma o céu em laca. Estamos de frente e na mesma altura, a intensidade da luz no ciclorama é cegante, mais intensa do que a natural. Técnicas para se conseguir a atmosfera real da natureza eliminam as perdas ocasionadas por objetivas. O computador traz de volta a realidade, em tons bem definidos, corrige a natureza. O real é uma ilusão e pode ser conseguido, com melhores resultados, por meio de bom equipamento. Basta fotografar o real com um filtro que o artificial desaparece, diz o encarregado dos efeitos especiais. Efeitos que ele define como a caixa-preta da tevê – a que esconde segredos, como na aviação. Ou a garrafa das histórias orientais que abriga o gênio capaz de proezas sobrenaturais.

O motor silencioso conduz a grua, nos empurra para o céu que nos protege, o ciclorama se fecha em torno de nós, as nuvens ficam próximas.

– Por que você quis este encontro longe de todo mundo?
– Agora, está chegando a hora.
– Hora?
– Daqui a pouco, ele não vai poder trabalhar. Mal se levanta, não tem recuperação.
– A substituição.

Comecei a tremer. Sempre pensei nisso, desde aquela tarde em que me apresentei para o teste e disseram: "Negativo. Você é igual ao AP. Igual. Igual. Igual." Riam, como se tivesse graça. Passei um ano deprimido. Minha vida travada por um espelho.

Agora posso ser ele. Quando as coisas devem acontecer, a gente se assusta. Como aquele dia em que Letícia disse: "Vem jantar comigo." Perguntei: "Onde?" Ela: "Em casa." A emoção, a antecipação, a vontade foram violentas e me paralisaram. Em casa, mal entrou ela foi direto ao som, colocou um disco cubano, acho que Rafael Gonzáles... não, não é Rafael... é Ruben. Eu não conhecia a música cubana, ela tinha dezenas de CDs, empilhados sobre uma mesa baixa. "Está tudo bagunçado, não gosto que mexam neles, mas não posso evitar, os amigos vêm, querem ouvir, trocam capas." Sentamos no sofá branco, diante de um quadro enorme mostrando folhas azuis, ela me abraçou, fiquei incomodado, a empregada olhava da cozinha, Letícia percebeu: "Vamos para o quarto." Tirou a roupa vagarosamente, tirou também a minha, me desabotoando lentamente, cheirando minha pele, os olhos cerrados. "Sua pele me dá choque." Sempre gostou de tocar minha pele.

— Estamos voando.

Lenira, feliz. Às vezes, parece uma menina de doze anos. Não dez, nem treze. Doze.

— Voando... voando... alto.

Estou eufórico, o momento se aproxima. O momento da troca. Tão esperado. Tem de ser feita antes de sua morte. Como? Lenira tem os planos prontos. Não me revela, adora mistérios. AP representa dinheiro para a emissora, é requisitado para comerciais, tem mil contratos, gente na fila, ele vende bem, é afável, boa gente. Não me aproximo, para não gostar dele. O que me mantém vivo é o ódio. Ele é minha energia. Entendo Ballin Mundson e seu conceito sobre o ódio. Mundson. Vocês viram *Gilda*? Se AP morre, muita gente fica sem sustento, perde status, poder, as contas ficam no negativo. Lenira mesmo usa o cartão de crédito dele. É tão improvável esta história. Esta troca, ah, meu Deus! Eu serei eu, finalmente. Ainda que sendo ele. O que me angustia é pensar que sendo ele, continuarei anônimo, deixarei de existir. O que me importa? Serei, sairei às ruas, célebre. E ele se tornará o anônimo. Dois homens em um.

— Voando, voando...

— Como aviões.

— Helicópteros.

— Planadores.

— Asas-deltas.

— Ultraleve.

— Balões.

— Sem asas.

— Humanos podem voar.

— E não temos bola na cuca!

— Anjos... anjos sem asas...

— Como no filme do Wim Wenders?

Sons de marteladas sobem do cenário venezuelano. Vão se extinguindo, substituídos por um serrote elétrico, agudo, monótono. Queria, agora, silêncio, estamos flutuando, imobilizados. Lenira aumenta o volume do walkman, penetramos entre as nuvens, ouvindo Brahms. *Aimez-vous Brahms?* Perguntou Françoise Sagan. Ela está distante, foi tão famosa aos 18 anos, o mundo falava dela. Terei tal celebridade um dia? Ou é tarde? Os mitos se fazem cedo.

 A grua chega à altura máxima. Manejo de modo que ela descreva um círculo por dentro do recôncavo do ciclorama. Envolvidos pelo crepúsculo, não olhamos para os lados, sabemos o limite da paisagem, não queremos destruir a ilusão. Nem olhamos para trás, de onde sobe o escuro. A brisa do ar-condicionado arrepia. No alto, estamos perto dos condutos que gelam o ambiente. Lenira treme, tenho vontade de beijá-la, tento, ela evita com um sorriso malicioso. Provoca, o tempo inteiro.

 – Esse sol não esquenta!
 – O mundo devia ser mantido embalado em ar-condicionado. A natureza é uma chatice.
 – Queria pegar nuvem.
 – Com uma prancha?
 – Surfista da nuvem. Surfando pelada... Mostrando minhas coxas, minha bundinha ... Sou muito gostosa, não sou?
 – Girando, girando.
 – Nuvens se fechando como um tubo, eu dentro.
 – Viver aqui em cima, fora do mundo. Chega desse mundo fodido.

 Lenira estende os braços, vejo os pelinhos que ela oxigena, eles me deixam excitado. Como ela será, na xoxota? Letícia tem poucos pelos, tem horror deles, fica constrangida quando passa muito tempo sem depilar.

 – Vamos entrar no sol.
 – Podemos tocar o sol.
 – Só nós.
 – Estamos entrando.

– Puta sol, puta que o pariu, é de foder de bom.
A claridade é alucinante, penetramos na bola incandescente.
– Vamos gozar dentro do sol.
– Entre.
– Vem.
– Vamos... juntos...
Dentro da luz, somos a luz, na velocidade da luz.

– Ei! Puta que o pariu! Vocês aí!
– Saiam da frente, porra!
– Que estan haciendo arriba, cuernos?
– Saiam da frente, merda! Temos de medir a luz.
O grupo de técnicos vocifera, lá embaixo.
Filhos de umas putas!
Queria tanto entrar nesse sol frio.
Misturar ao gelo que trago dentro de mim.

DESCULPE-ME POR NÃO ESPERAR ETERNAMENTE

Meu amor.
Voltamos, uma vez mais, no entanto reconsidero.
Há pelo menos um ano que me preparo para tomar a decisão que tomei. Passei muito tempo trabalhando isso na minha cabeça, já tinha tentado outras vezes, vc sabe.
Quantas vezes já terminamos? Quantas voltamos?
Tenho tido muitas coisas para me preocupar, tenho sublimado a saudade, insisto e dou ordens ao meu corpo para que ele se desacostume de fazer amor e ter prazer todos os dias.
A esta altura da vida já sabemos que o desejo é irracional, mesmo assim insisto. Senti, pelo seu recado, que está passando pela mesma coisa que passei por mais de ano.
Querer ter algo que não se pode ter.
Vc está sentindo concentrado o que senti diluído, durante todo este ano. Às vezes, desesperadamente. Às vezes, doloridamente.
Às vezes, com uma certeza horrível:
De que vale o horizonte se estou no beco? Não estou plagiando Manuel Bandeira, estou remodelando, adaptando para minha solidão o triste poema dele. Afinal, ele escreveu para todo mundo.
Para quê? Só posso desejar que isso tudo passe.
Temos de saber escolher, temos de tomar decisões, temos de andar para a frente e temos de nos mexer.
O mundo gira, o movimento é parte da vida.
O tempo, infelizmente, não pára, portanto não dá para ficar parado. Desculpe-me por não poder esperar eternamente. Beijos. Letícia.

Estar plugado

Sinergia. Holística (me alertaram que entra em baixa). Empatia. Hipado. Tribo. Terminologia do segmento celular: WAP (Wireless Aplication Protocol). NTT Docomô (Empresa japonesa). Palavras a ser usadas em conversas:
A duração das palavras é efêmera, me garantiu o assessor. Que puta saco! Tem hora que perco a paciência. Saio do sério, por mais que adore minha carreira. Não chegam os roteiros, os textos a decorar? Quanta coisa mais a ler, a guardar, a anotar. Estar atento. Os irmãos Campana são o must atual em design. Não cometer deslizes.
Uma expressão pode indicar que você está fora de moda, fora do tempo, do contexto. Pronto, grita o meu Terminólogo, esta é uma palavra despropositada, anos 70, sociologia, não a pronuncie.
Ele gosta de falar assim: as pronuncie.
Revistas que meus Assessores de Cultura Vazia devem assinar:
Wallpaper, Esquire, Vanity Fair, Visionaire, GQ, V, Nova, Studio, Trip Contigo, Carícia, Speed, Glamour, Premiére e a W.
Pega bem ser visto com a *National Geographic* americana debaixo do braço. O *Cahiers du Cinem, Le Point, Le Monde, La Republica*. Para não dar impressão muito artificial é bom misturar um jornalzinho sensacionalista. Ou um fanzine. Printar textos da internet.
Conseguir uma publicação dos manos da periferia.

CONDECORADO COM GRIFES

Os três a minha frente, felizes.
– Fechamos belos contratos. Contratos hipados! Você está vestido, calçado, comido, banhado até o final do ano. Até cagado se topar usar certas marcas de papel higiênico. Mas vai ter de cumprir a programação. Vai ter de chamar um Assessor para Organograma de Roupas Contratadas.
– Mais um filho-da-puta comendo à minha custa?
– Você vai ter prazer de pagar. Olhe a programação.

Dia 1 será Versace.
E no 2 a Fórum.
3 para Ellus.
4 fica para a Zoomp.
5 reservado para Ricardo Almeida.
6 coube a Richards.
7 ao Armani.
8 a TNG.
9 foi escolhido por Calvin Klein.
10 concedido a DNK Homem.
11 a VR.
12 entra a Dior.
13 sorteado, por causa da superstição. Ganhou Ermegildo Zegna.
14 é de Gianfranco Ferre.
15 da Stone Island (Letícia acha que não faz meu tipo).
16 do Hermes.
17 ficou para Jean Paul Gaultier.
18 saiu para a Windsor.
19 para René Lezard.
20 concedido para Toni Gard.
21 é do Hugo Boss (Letícia me odeia nestas roupas; mas ela brigou comigo).
22 é Romeo Gigli (as mesmas que Caetano Veloso usa, fico bem).
23 será sempre Kenzo.
24 caiu paraTommy Hilfiger.
25 para a CP Company.

26 para a Strell Sun.
27 quase final, mas ainda entrou a Prada.
28 coube a Doce & Gabbana (gosto, e basta).
29 é da Gucci.
30 fica para Ralph Lauren.
31 no finalzinho, a sorte é de Helmut Lang.

– E o do dia 31? Nem todo mês tem 31. O contrato dele é mais barato.
– Ainda ficaram na fila Schneiders, Joop Jeans, Patrick Hellmann, Artigiano, Cerrutti, Baumler, Lanvin. Todos de stand by.
– Quando viajar vai ter de usar malas Montblanc.
– Estamos vendendo patrocínios para o boné, os óculos, a gravata, o cinto, o relógio, a pulseira, o colar, o alfinete de gravata, as meias, o celular, o lenço de papel (vai ter de fingir que assoa o nariz nove vezes por dia), o anel (Natan está interessada). Cada centímetro de seu corpo vale dinheiro. A cueca, a sunga, a camisinha (vai ter de mostrar à mulher a marca; vai ter de comer quatro por dia, esquecer camisinhas nos banheiros dos bares), a escova de dentes (terá de escovar os dentes em um banheiro público – pode ser de shopping – uma vez por dia), o colírio (terá de fingir que põe colírio nos olhos em lugar público, também), o isqueiro (abandone um de vez em quando, deixe com alguém, as pessoas são loucas para afanar isqueiros), a caneta-tinteiro (Montblanc fez a melhor oferta). Topa usar piercing? Acho que não, você é careta.
– Careta é a boceta da sua mãe que nunca fodeu com ninguém a não ser seu pai. Como vou me lembrar de tudo isso?
– Planilhas, planilhas colocadas nas paredes do quarto.
– Vou ter de aumentar meu closet. Posso ficar com os quartos das empregadas.

215

O TERAPEUTA SILENCIOSO

Tantas vezes Letícia insistiu, mandou, pediu, ordenou. Fui. Quatro sessões.
– Gostou?
– Não!
– Sabia. Você resiste. Conta. Como foi?
– Fui lá, ele disse: pode contar. Respondi: pergunte. Ele: fale. Como começar? Pelo começo. E eu: me oriente. O terapeuta: você é que veio me procurar, se abra. Ri, estava já ficando emputecido: vim aqui aprender a me abrir. O analista do cão: então, comece a se abrir, fale. Um puto. Não me dava a brecha. Não vai perguntar? Ele disse que não. Então, vamos ficar olhando um para a cara do outro. Pois fique, disse o cão chupando manga. E me olhou. Olhei para ele. O analista canalha não desviou, ficou me enfrentando. Não desviei os olhos. Sabe como meus olhos fuzilam, quando estão com ódio. Ficam quentes. Se tive ódio de alguém, um dia, foi nessa tarde. Um truqueiro. Esses terapeutas são truqueiros. Se preciso ficar falando, falo com motoristas de táxi, são loucos por uma conversinha. De repente, ele olhou para o relógio, como se estivéssemos jogando xadrez e marcando o tempo, e me disse: terminou por hoje. Volte amanhã. E eu: Pensa que vou voltar? Nunca, nunca. Voltei, foi igual. Por que o cara não arranja uma revista de sacanagem, dessas cheias de bocetas abertas e não fica lendo, enquanto espera o paciente falar?
– Em todas as sessões não avançou nada?
– Podia?
– Pagou para ficar calado?
– Sustei o cheque.

Resgatando anônimos: as girls

Quatro moças rodeiam o jornalista, crítico de artes plásticas e escritor Luís Martins. Girls de shows noturnos, estrelinhas do rebolado, figurantes ou bailarinas, destinadas a participar dos "quadros artísticos" dos anos 40/50, quando jovens se apresentavam seminuas, porém estáticas, por força da censura. A legenda fala somente de dois personagens, o jovem Luís Martins sentado à vontade, satisfeito mesmo, entre quatro mulheres e, olhando para ele, com ar malandro, o comediante Grande Otelo. Publicada em O Estado de S. Paulo, de 27 de maio de 2000, a legenda não informa onde e como a foto foi tirada e em que circunstâncias. Nos bastidores de um teatro em que Otelo se apresentava em São Paulo? As mulheres seriam apenas curiosas, estavam ali por acaso? Nas legendas breves da imprensa ou dos livros de história se moldam as histórias dos ignorados. A omissão dos nomes cria um gênero.

A foto pertenceu ao arquivo do jornalista Martins, falecido em 1981, e agora faz parte do Centro de Estudos Luís Martins, da Biblioteca do Museu de Arte Moderna de São Paulo. Otelo e Martins são célebres, têm seus nomes na história do teatro e do cinema, da imprensa e das artes plásticas. Martins, com 36 livros publicados, escreveu 10 mil crônicas para o jornal O Estado de S. Paulo e deixou um clássico para a literatura brasileira, Noturno da Lapa. Ele viveu com Tarsila do Amaral e foi retratado por ela em quadro. Depois, foi casado com Ana Maria Martins, excelente contista da São Paulo moderna. Lúcido, abandonou a crítica por considerá-la ineficaz, inócua.

Estas quatro jovens não passam de desconhecidas cujos rostos se eternizam, anônimas-famosas também, uma vez que a foto faz parte da história de uma vida, a de Martins, e de uma trajetória, a do Museu de Arte Moderna. Não há nomes. Somente alguém da época poderá identificá-las.

Ao morrer, em 1981, Luís Martins tinha 74 anos. Na foto, ele ostenta, no máximo, 40. Portanto foi batida, hipoteticamente, 34 anos antes, ou seja, cerca de 1947. E se ele tivesse 35, porque antigamente as pessoas pareciam mais velhas e maduras, a foto foi batida há 39 anos, portanto em 1942. Difícil determinar. Uma pesquisa nos arquivos de jornais poderia nos remeter a um espetáculo interpretado por Grande Otelo na época. No entanto, se estas moças são apenas girls, faziam figuração, mostrando belos corpos, não estarão identificadas nos jornais nem nos programas. Dependendo do espetáculo, seja de boate ou teatro de bolso,* nem havia programas.

Elas viram essa foto agora em 2002? Ela consta de seus álbuns? Teriam/têm idéia da importância do homem a quem rodeavam, fora o fato de ele ser bonito, bem-apessoado?

Jovens de 22 a 24 anos em 1947, terão hoje entre 77 e 79 anos. E se optamos por 1942, terão 82 ou 84 anos. É isso? Me confundo um pouco em contas.

Quais estão vivas?

* Não pensem que podem saber minha idade por esses detalhes. Li sobre o teatro de bolso. Teatro de revista em minissalas de 50 lugares e um show modesto com bom texto e principalmente belas mulheres.

Cerejas de mamão colorido

– O que está fazendo, eu perguntava ao telefone.
– Ouvindo música. Sempre que estou sozinha, ouço música.
– O que está ouvindo agora?
– A trilha sonora do *Mahabarata*. Conhece?
– Como não conhecer? Quando estávamos deitados a nos acariciar, você colocava o CD e deixava rodando e repetindo.
– Estávamos... a nos acariciar... Como você usa esse tempo de verbo! É tão afetado. Você é tão artificial, às vezes, que duvido desse teu amor... a nos acariciar... parece que meu namorado é um português...
– Estávamos. É o pretérito imperfeito.
– Pretérito imperfeito? Meu Deus, como te suporto? Uma palavra dessas me seca a boceta.
Fiz que não ouvi. Quando quero, não ouço nada.
A empregada me chamou.
– Vai comer agora o seu creme de abacate?
– Já não ensinei?
– O quê?
– A me chamar de senhor? Não me venha com intimidades!
– Sim, senhor...
Todas as tardes, como um, me reforça a energia, me retempera o apetite sexual, sempre tão ativo.
– Bateu como, hoje?
– Com um pouco de limão. A cor está linda. É um abacate saboroso, de abacateiro natural. Não é fruta de japonês.
– Se você soubesse como os japoneses têm frutas deliciosas, apetitosas.
Ela não tem idéia que me refiro a Lenira.
Doce Lenira. Nome árabe numa japonesa.
Acho que a mãe dela era libanesa.
Não sei, nunca se consegue tirar nada de Lenira.

Gostosa, apertadinha, a pele de uma perfeita japonesa criada à sombra das cerejeiras, tem sempre um leve cheiro suado que me evoca surubas de juventude.

Cerejeiras! Lenira nasceu em Marília e tudo o que tinha em volta eram cafezais decadentes. Lenira nunca viu uma cereja na vida, a não ser em coquetéis doces que ela toma (ou tomava) no final da tarde.

Tomava tantos que vomitava e tinha dor de cabeça.

Não sabia que as cerejas de bares são feitas de mamão colorido.

Amável Lenira e sua coleção de pequenas taras.

VIDA NORMAL, REPETITIVA, REPETITIVA, REPETITIVA (*)

Preocupar com imposto de renda – abatimentos – recibos de médicos – escolas – farmácias – firmas reconhecidas – preencher cheques – pagar contas em restaurantes – examinar a conta do telefone do celular – restituição – inflação – preenchimento de cadastro para crediários – pagamento de carnês de todos os tipos de compras – esquecer cheques prédatados – pagar condomínio – contas de luz – gás – eletricidade – tevê a cabo – carnês de assinaturas de jornais revistas – compras a crédito – canhotos de cheques – fazer cálculos para saber se paga a vista em três cinco ou dez prestações – levar aparelhos para consertar – comprar lâmpadas – suprir a geladeira – preocupar-se com vazamentos – reparar interruptores – esperar ônibus no ponto – examinar os extratos de banco – ler o contrato do convênio médico várias vezes tentando entender – hesitar diante do cardápio da pizza delivery – fazer pesquisas de preços em lojas supermercados – apanhar todos os folhetos – ficar atento às promoções de eletrodomésticos camisas sapatos meias cuecas iogurtes sabão sabonete creme dental camisinha sal de fruta refrigerantes – estar atento ao melhor serviço de táxi – às passagens de ônibus mais baratas para o litoral – apagar todas as luzes antes de sair de casa – saber onde está o vazamento de água – cuidar da compra de ticket transporte – descobrir um bom restaurante por quilo – trocar lâmpadas – chamar assistência técnica da televisão fogão geladeira microondas freezer som vídeo – ler manuais de eletrodomésticos (sem entender) – montar móveis em casa porque montar por conta própria barateia – apanhar cuecas na gaveta – pregar um botão na camisa – atender a campainha interfone – concorrer a sorteios jogar na megasena dupla sena lotomania esportiva telesena – conferir resultados semanais – comer pastel na feira – pedir verduras na quitanda – cheirar um peixe para saber se está fresco – vomitar no elevador – limpar cabelos presos na escova – bater pó do tapete – engasgar com ossinho de frango – ficar preocupado com enchentes inundações boeiros tampados – colocar o travesseiro na janela para pegar sol – estar atento o tempo inteiro para sobreviver – se uma pessoa tiver e cuidar de todas essas minúcias onde usar sua potencialidade para se transformar em mito? – cotidiano é prisão sobrecarrega abate – caminhamos sufocados pelo sol – respirando poeira e fumaça – enojados com o cheiro de suor das pessoas – assustados com o burburinho – tropeçando nos buracos – chutando merda de cachorro – dando encontrões – sendo empurrados – atentos para não sermos roubados – como ser criativo gastando todo o tempo na solução dos problemas que os normais enfrentam no dia-a-dia?

Pesquisa: Nietzsche escreveu sobre a realidade cotidiana: "produz em mim (...) realmente nojo e repugnância...nem me parecia mais real, mas espectral". Carta ao amigo Erwin Rhode, 21 de dezembro de 1871, citada por Robert Safranski em Biografia de uma Tragédia (Editora Geração Editorial).

TORNAR-ME MALDITO

O que posso fazer para me tornar odiado? Eartha Kitt canta *I Want To Be Evil*. Ser amaldiçoado. Para que, em certo momento, todos, em todas as casas, todos os jornais, televisões, rádios, me abominem, não acreditem que sou capaz de estar fazendo o que faço. Uma coisa nojenta, repulsiva, uma atitude, ação, uma provocação, declaração politicamente incorreta. Um ato indecoroso, um gesto pusilânime. Assim, ficar na história. As pessoas odiadas ficam na história. Pessoas odiadas são amadas pelo público, invejadas, tornam-se mitos, todos têm medo. Gosto de sentir a inquietação em quem se aproxima de mim. Os odiados são temidos e amados pelo público. Os bons são esquecidos. Os bonzinhos, corretos, são pessoas monótonas que não excitam, não provocam a adrenalina, não representam perigo, não despertam o gosto pela aventura. Bonzinhos são moluscos que vivem grudados no muro, deixando uma gosma inofensiva como rastro. Não ameaçam e são esquecidos.

PORTA PARA CONHECER O MUNDO

Por que temos de esconder as coisas mais importantes? Richard Stengel (li em uma revista), escreveu: "A estabilidade social depende de um certo grau de dissimulação." Não sei quem foi Stengel, mas sei que a estabilidade pessoal também depende da dissimulação. Conservar na clandestinidade o que nos toca, as emoções que nos impulsionam, nos fazem sentir vivo. "Se eu pudesse penetrar no que você pensa", disse Lavínia, minha ex-mulher, a primeira, aquela com quem me casei no cartório, na igreja, demos até uma recepção para os amigos, que horror! Correram proclamas, acreditam? Poucos sabem que naquela tarde em que disse o sim em uma igreja, me deprimi por ter cedido a tudo que as pessoas consideram necessário.

FINGIR NA COZINHA

Não sei cozinhar. Grande falha, já que as publicações, a cada semana, trazem um conhecido na cozinha e o mostram de avental diante de temperos, panelas, óleo (tudo muito produzido, dá para desconfiar). Em seguida, a foto mexendo as panelas (vazias, desconfio), até o produto final, esplendidamente decorado. Quem fez tudo aquilo foi uma cozinheira anônima que ganha por hora ou não ganha, sente-se honrada em cozinhar para o célebre. O povinho é bajulador, carente. O prato fotografado é oferecido aos leitores, que adoram ver como suas distantes e inacessíveis personalidades são iguais na vida cotidiana, vão à cozinha, se sujam no fogão. Mais maquilada e produzida do que estava aquela estrelinha Marilei Marinalva, impossível. Se fosse cozinhar de verdade, a cara se derreteria, misturando pancake, blush, rímel e toda a tralha que põe na cara de graça, sob permuta. Famosos têm tudo, não gastam nada, formam uma aristocracia.

GALERIA DE PERSONAGENS: FLITCRAFT (3)

Flitcraft sabia o porquê de suas ações.
Cada um de nós sabe, ainda que não defina claramente.
Flit, em inglês, significa movimento leve, vôo rápido, mudança de residência, partida, ir-se, emigrar.
Craft é igual a arte, habilidade, destreza, astúcia, manha, artifício.
Hammett criou um nome simbólico, etimologicamente.
A astúcia de emigrar de si mesmo.
A habilidade na mudança.

PARA SALVAR UM CORAÇÃO

– É uma alegria muito grande não te ver mais!
Dizia, pelo telefone. No entanto, a voz não demonstrava a habitual firmeza. Letícia é linda, honesta, determinada. De atitudes. Forte. Tinha resistido tanto. Suportado a solidão dos finais de semana. Ia ao cinema sozinha, jantava sem ninguém ao lado, freqüentava concertos tendo uma cadeira vazia junto dela, não podia me abraçar ao dormir, imaginava viagens, sabendo que eu não a acompanharia.
Estar comigo era estar condenada ao dilaceramento. Carrego comigo a infelicidade. "Porque você rola seus problemas, não resolve nenhum, não decide." A única coisa que restou a ela fazer, para salvar o coração, foi se recusar a me ver, não atender aos meus telefonemas, mentir que não recebia minhas cartas. Tratar-me duramente quando eu telefonava, a voz trêmula.
Como podia querer me ver? Se nem eu me suporto! Fui sempre sofrimento para ela, apesar de todo o amor. Um enigma, uma dúvida, um mistério. Impenetrável. Nenhuma esperança.
No entanto, eu que cultivo apenas coisas ruins, tenho na memória um arquivo especial de nossos momentos. Tão bonitos.
Pena que nunca vá ler isto. Não pode ler meus pensamentos.

Resgatando anônimos: amigas de Kerouac

Os pioneiros da literatura beat, Jack Kerouac, Allen Ginsberg, Gregory Corso e Peter Orlovsky, se encontraram na Cidade do México, em outubro de 1956. Kerouac tinha publicado um livro (The Town and the City), escrito outros (Visions of Cody, Doctor Sax, México City Blues) e guardava há cinco anos os originais de Pé na Estrada (On the Road).

Na Cidade do México, os quatro leram poemas na universidade, beberam, se drogaram, escalaram o Teotihuacan, passearam nos jardins de Xochimilco, se entediaram e decidiram voltar. Tédio (o spleen de Baudelaire) foi uma característica dos beatniks, provocado pela náusea (algo sartriana) que a sociedade americana estimulava neles.

Para combatê-lo, punham o pé na estrada, circulavam por toda a América, atravessavam para o México, sem objetivo definido. Em busca de um bar, uma droga, uma platéia, um deslocado como eles, uma jam session, um poeta vivendo à beira-mar. Escreviam muita poesia e prosa, vociferando contra o cotidiano prosaico da sociedade industrial, contra o american way of life. Somente tédio gigantesco podia gerar a energia que possuíam para produzir tanto, beber tanto, experimentar quantas drogas aparecessem.

Eles esperavam, como Kerouac disse que "Deus mostrasse o seu rosto". Não será o que esperam os freaks, os darks, punks, manos, góticos, os sem-teto, os miseráveis brasileiros, os anônimos, os fodidos da vida, sufocados por economia, política, ideologia, consumismo, globalização, fashionismo, modismo, tendências, mídia, grifes, necessidade de celebridade?

Finalmente, os beats conseguiram carona, com um americano pentelhíssimo que falava sem parar, dizia só merda. Insuportável. Viajaram 6 mil quilômetros, três pessoas no banco da frente, três no de trás. "Um suplício", revelou Kerouac. Em uma manhã gelada de novembro, ele foi deixado numa esquina de Nova York. Qual? Estava enregelado e duro. Foi levado por Ginsberg para a casa de duas amigas. Uma delas simpatizou-se com Kerouac, deixou-o ficar no apartamento por algum tempo, até estar em condições de ir embora. Ele pretendia passar o Natal com a família em Rock Mount.

    O que teria feito Kerouac se a amiga e Ginsberg não o recebessem? Se ela estivesse na rua? Ou na cama com um homem ou uma mulher? Podia não ter atendido a campainha, estar de porre, drogada. Quem foi essa anônima que o abrigou? Seu nome, o físico. Loira, morena, preta, ruiva, alta, baixa? O que fazia? Estudante, garçonete, comerciária, bancária, secretária, modelo, poeta? Transou com Kerouac? Ele não se refere ao episódio nas cartas. O que ela fez esses anos todos? 46 anos, sendo hoje o ano 2002. Que idade esta anônima tinha na época? Está viva? Terá lido a biografia escrita por Ann Charters (Kerouac. A Biography. 1973) e se identificado na página 245 (edição brasileira)? Hoje é uma velha com recordações? Casou-se, teve filhos, netos? Tornou-se mística, revoltada, bem-sucedida, alcoólatra, acomodada? Um momento da literatura beat (e mundial) passa por essa anônima, personagem involuntário. Há um destino que lança a isca e recolhe as pessoas, retirando-as do lodaçal em que passam a vida, incógnitas? À espera desse instante deslumbrante: o ser reconhecido na foto, inserido na página da história, na trajetória do mundo?

    E o motorista pé no saco que falou sem parar? Nem sequer sabemos a marca, a cor, a chapa do carro.

SEMPRE PLUGADO

A tendência é expor arte nas vitrinas dos shoppings. Esculturas, objetos, pequenos quadros misturam-se a roupas. Em alguns casos, as instalações se confundem com os gadgets eletrônicos e eletrodomésticos.

Body modifications. Rituais corporais. Piercing nos lábios. Números gravados no braço com bisturis incandescentes (*branding*), cicatrizes de todos os tipos, feitas por estiletes, canivete, pregos, alfinetes. *A dor é curta e intensa; o efeito é para toda a vida,* escreveu a revista *Time.*

Ecodesign: trepadeiras na face poente das casas, com a vegetação decídua (palavra anotada; pesquisar significado), iluminação zenital, pinturas solúveis em água, calhas para captar a água da chuva. Horta ajardinada, água reciclada para descargas, jardins e piscina, argila chique (usadas pelo alemão Minke).

Outra corrente na decoração: objetos religiosos e esotéricos, imagens de Ganesh e Shiva, prismas de cristal, filtros sinos de vento, santos católicos. Jogar fora tudo o que não é mais usado para libertar-se de energias negativas, organizar os livros, CDs e fotografias na ordem determinada pelo feng-shui, iquebanas, botões de flores, fechados, e uma pequena fonte de água, desenhar o mapa astral. Voltou o velho rattan. Mas rattan com design. E nomes pós-modernos (lembrar de pedir uma aula sobre moderno e pós-moderno, ultramoderno) como *Gás gás* e *Pod.* Desenhados, por exemplo, por *Kaname Okajima.*

ENROSCADOS UM NO OUTRO

Acontecia. E quando acontecia era de uma beleza insuportável. Acontecia. E enquanto acontecia éramos de tal modo felizes que nada mais importava.
Acontecia. E enquanto acontecia aqueles momentos eram únicos, insuperáveis.
Um dentro do outro.
Um enroscado no outro.
Cada pedaço da gente se adaptava com perfeição. Os braços se colocavam na posição certa, os ombros acomodados, barriga com barriga, e os dedos dos pés entrelaçados.
Dissemos um dia: Somos como as costas da África e do Brasil, o mesmo recorte de corpo, duas peças de quebra-cabeça.
Estávamos unidos da ponta dos dedos ao olhar.
Porque nossos olhos se penetravam, assim como nossas línguas e nossos dentes se tocavam.
Nem precisava penetrá-la.
Se bem que havia dias que mal deitávamos, eu estava dentro de você, e assim permanecíamos colados.
No entanto, as pessoas não sabem viver momentos.
Não se contentam nem se satisfazem.
Querem projetos, futuro, programas de vida, desejam ampliar aquele instante que é único. Porque é daquele jeito, fugaz, veloz, efêmero, e, portanto, dolorosamente feliz, transformando-o no cotidiano, no conviver diário que, tornado concreto e compromisso, massacra e destrói qualquer paixão, qualquer beleza, qualquer ligação.

FLITCRAFT. A EXPLICAÇÃO

Flitcraft, um homem de negócios, considerado bom marido e bom pai, um dia deixou o escritório de sua empresa na hora do almoço. Nunca mais foi visto. Cinco anos mais tarde, a mulher de Flitcraft procurou um detetive (Sam Spade, interpretado no cinema por Humphrey Bogart) dizendo que alguém tinha visto o marido dela em outra cidade.

Contratado, Sam foi em busca de Flitcraft e realmente o encontrou. Conversaram. Nem por um momento o homem fugido recorreu a subterfúgios ou tentou disfarçar. Simplesmente admitiu que tinha ido embora, depois de ter deixado a família amparada. O que era verdade, seus negócios estavam em ordem, quando ele sumiu.

Spade não atinou, imediatamente, com as razões do fugitivo. Flitcraft tinha deixado uma família, casa, uma empresa, uma cidade, uma vida solidamente estabelecida, e cerca de 70 mil dólares em dinheiro. Cerca de 3 ou 4 milhões em dinheiro atual. O novo Flitcraft tinha família, casa, um negócio. De qualquer maneira, não havia crime e a primeira senhora Flitcraft não quis saber de escândalos, aceitou conciliação, pediu o divórcio e fim.

Mas o que aconteceu com esse homem que o levou a desaparecer? Dashiell Hammett conta que, naquela tarde em que saiu para almoçar, Flitcraft passou por um prédio em construção. Um andaime, ou coisa parecida, caiu de oito ou dez andares, e arrebentou o passeio. Passou perto, sem atingir nosso personagem. Flitcraft se assustou. Na verdade, ficou chocado. Teve um trauma.

Hammett define: "Sentia-se como se alguém tivesse tirado a tampa da vida e o deixasse ver o funcionamento." Flitcraft era um homem correto, cidadão honesto, pai de família correto, marido sincero. Assim era porque se sentia melhor "quando de acordo com o ambiente". A vida que ele conhecia "era uma coisa limpa, ordenada, cheia de responsabilidade". No entanto, o inesperado aconteceu, porque a vida é como ela é, e não como desejaríamos que fosse, tem seus caminhos e ninguém interfere.

O inesperado foi o andaime que negou todos os conceitos que Flitcraft tinha de vida. Varreu suas certezas, reduziu-as a inseguranças, questionamentos. Podia ter morrido por acaso.

Em segundos, a vida se modifica, independente de nossa vontade, desejo, determinação. Talvez houvesse, na vida do Flitcraft, uma pontinha de descontentamento, uma ponta de iceberg de insatisfação com toda aquela vida organizada, metódica, sistematizada, perfeita nos trilhos.

O andaime, ao não atingi-lo, atingiu-o profundamente. A tal ponto que a decisão foi tomada ali e a volta para casa não aconteceu, Flitcraft seguiu o rumo de uma outra vida. Que pode ter sido igual à anterior, mas exigiu recomeço, luta, fazer tudo de novo, e esse pode ter sido o encantamento. Destruir, reconstruir.

O ponto crucial foi aquele: não ter voltado para casa. Tivesse, a vida teria sido igual. Deixar para trás, se desembaraçar do passado, abandonar, cancelar a familiaridade de situações, gestos, palavras exige muita força. Mesmo com o andaime caindo, os estilhaços nos ferindo levemente e nos advertindo.

POOOORRRRRRA! 24 HORAS AO LADO DE UMA FÃ?

A emissora obriga a fazer merchandising em programas femininos, durante as manhãs livres. Esses programas matinais não têm audiência, mas vendem dezenas de produtos cuja origem ninguém identifica. Anúncios de vitaminas, remédios contra a impotência, hérnia de disco, doença do meio, bursite, sangue grosso, depressão, gastrite, dores musculares, obesidade, anorexia, mau hálito, gases, sinusite, frieiras, micose, saco grande, boceta fedida, unheiras, berne, unha encravada, torcicolo, reumatismo, estômago virado, nós nas tripas, erisipela, impingem, cobreiro. Tenho uma participação financeira mínima, a emissora lucra os tubos.

Serei obrigado, esta semana, a passar 24 horas com a fã que ganhou o privilégio no concurso de um programa de auditório.

Faz parte de nossos contratos.

Ela vai me ver despertar, espreguiçar, fingir que fumo o primeiro cigarro (todos sabem que sou politicamente incorreto, devo sustentar o mito), levantar, escovar os dentes, cagar, tomar café da manhã, ir para o estúdio, bater o texto, me maquilar. Presenciar (o que me excita), talvez, eu dando uma rapidinha atrás do cenário, tem sempre uma estrelinha necessitada, ou uma maquiladora, costureira, até faxineira já peguei, tem umas periféricas bem ajeitadinhas.

Ela ficará de boca aberta ao me ver interpretar, descansar, atuar de novo, errar e refazer, tirar um cochilo, dar bronca no diretor, gritar com algum companheiro que não está conseguindo comicidade ou dramaticidade, gritar com o iluminador, bater a porta na cara de um jornalista.

Vai me ver correr ao bar, tomar um uísque, depois uma cerveja preta, uma grapa, um vinho do porto, algumas doses de Havana (a pinga mineira que custa 150 reais a garrafa). Vou trazê-la ao meu camarim, o 101. Duas salas contíguas, como diz o diretor de patrimônio, bem decoradas (pedi que chamassem o Sig Bergamin ou Chicô Gouvêa). Essa fã nunca mais esquecerá esse dia. Ficarei em sua memória até morrer. É um pensamento doce e aconchegante saber que estaremos nas memórias para sempre. Só peço que essa fã sortuda do caralho não me convide para sua formatura, ou para padrinho de casamento em festa com cerveja quente, tremoço, churrasquinho na vareta de bambu, maionese e salgadinhos.

E vocês sonham ser atores, célebres, famosos, de óculos escuros! Dar entrevistas, posar na piscina de cobertura?

Serão famosos no dia em que receberem, como acaba de acontecer, um e-mail solicitando uma entrevista mais profunda. A minha será lida pela Internet e publicada em treze revistas internacionais, simultaneamente em inglês, francês, chinês, japonês, paquistanês (se os americanos não arrasarem tudo, segundo estou me informando por aí), alemão, italiano, tcheco, polonês, castelhano, espanhol, basco. Será adaptada também para o português de Portugal. Querem esgotar o assunto, me revelando.

Respondam, se souberem:
1. *Qual era seu apelido na escola?*
2. *Se pudesse pedir desculpas a alguém, o que diria?*
3. *Se pudesse escrever somente uma carta, para quem escreveria?*
4. *Qual foi o seu pior corte de cabelo?*
5. *Você é infiel?*
6. *Qual o livro que já leu?*
7. *A palavra de que mais gosta?*
8. *Mente?*
9. *Fofoca?*
10. *Qual é a sua cor favorita?*
11. *A melhor hora do dia?*

12. Dê sua opinião sobre Alfonso Bovero.
13. Qual é a mulher de seios mais lindos do Brasil?
14. Qual é o bumbum mais lindo do Brasil?
15. Quais são as pernas mais gostosas do Brasil?
16. Você reza? Ensine uma boa oração.
17. Se masturba?
18. Cospe muito? Como aqueles jogadores de futebol que, focalizados em close na transmissão dos jogos, estão sempre cuspindo.
19. Qual é a coisa mais boba do mundo?
20. O melhor lugar para se fazer amor?
21. O melhor buraco de uma mulher?
22. O que é elegância?
23. O que é estilo?
24. Dê um exemplo de grosseria.
25. Tem tiques nervosos?
26. Listar suas manias.
27. Indique cinco restaurantes prediletos.
28. Indique dez bares que você freqüenta.
29. Os melhores sanduíches da cidade.
30. Qual é o refrigerante que não falta em sua casa? (Com sua indicação obteremos patrocínio para um projeto cultural que o senhor esteja à frente.)
31. Um bom pronto-socorro (permuta grátis para emergências).
32. Um convênio médico (idem, ibidem, permuta).
33. Cite Cinco Spas (permuta de uma temporada anual).
34. Hotéis em que se hospeda no Brasil e exterior (idem, ibidem para permuta).
35. Suas companhias aéreas habituais (idem, ibidem, permuta).
36. Listar oito praias preferidas.
37. Uma loja de curtição.
38. No que acredita e no que não acredita?

39. *Seria capaz de se suicidar?*
40. *O que acha da violência em nossas ruas?*
41. *Está a favor da greve da polícia?*
42. *Daria terra a um sem-terra? Teto a um sem-teto?*
43. *O que é a solidão?*
44. *Qual é o creme dental favorito?*
45. *Você mesmo corta as suas unhas?*
46. *O senhor faria o parto de sua mulher?*
47. *O senhor rejeitaria um filho que tivesse nascido muito feio?*
48. *Já se fantasiou de mulher?*
49. *Usa urinol debaixo da cama, à noite?*
50. *Quantas palavras conhece? Tem idéia?*
51. *Está racionando a luz, em um ato de civismo e patriotismo?*
52. *Faz palavras cruzadas? As difíceis, médias ou fáceis?*
53. *Come sanduíche de mortadela?*
54. *Considera-se uma pessoa simples, aproxima-se do povo, ama sua mãe?*

Meu assessor precisa me ajudar a responder. Preciso tomar cuidado. Não posso questionar a mídia, mesmo ela sabendo que sou um temperamento difícil, não convencional, avesso a falar de mim. Sabem que não me exponho.

Finjo ser low profile (e como este fingimento me faz o estômago se rasgar). A mídia tenta, tenta sempre. Neste Brasil ninguém aceita não. É preciso dar uma no cravo e uma na ferradura.

Aqui estão perguntas aparentemente banais, no entanto são armadilhas letais. Todas pegam de jeito, expõem.

Verdade que ninguém mais tem medo de se expor. Adoram falar de arrotos, peidos, vômitos, cagadas, mijadas, corneadas, broxadas, perversões, pecados ocultos, defeitos íntimos, prisão de ventre, mãe tirânica, pai ambicioso, irmão aproveitador, filhos bastardos, com naturalidade. Sorrindo.

Homens e mulheres,
gays e lésbicas
revelam como fazem amor,
com quem fazem,
as melhores trepadas,
as especialidades,
preferências, taras, perversões, defeitos,
como chupam, as bocetas mais gostosas,
se engolem ou cospem,
o tamanho do pau,
as melhores mulheres (ou homens).
Dão nomes e até endereços.
Eu não queria ser assim.*
Mas preciso ou não terei o contrato renovado.

* Queria, sim. Para que fingir? Todos querem!

Incrível! AP vem propor um assassinato

Desconfio. Esse homem não dá ponto sem nó. O que traz o Ator Principal ao meu camarim, se – tenho certeza – ele nem imaginava que este lado esquecido da emissora existe? Ou que eu existo. Claro, Lenira o conduziu. Deve estar admirado. Os corredores e camarins vazios devem ser para ele como os bastidores e porões de O Fantasma da Ópera. Entrou sem bater, no momento em que eu relia um artigo sobre o Museu Balzac, em Paris, no bairro de Passy. Bairro que ficou famoso com o filme O Último Tango em Paris (The Last Tango in Paris, Bernardo Bertolucci, 1972), que revelou Maria Schneider, por quem o mundo se apaixonou. Maria tornou-se estrela instantânea. Desapareceu no momento seguinte, lançada de volta à voragem (bela palavra, sonora) do anonimato. Na época, falava-se (tenho todos os recortes) de Maria, da interpretação de Marlon Brando, antes de desaparecer atrás de uma montanha de gordura, e da manteiga. As pessoas olhavam manteiga nos supermercados ou nas mesas e riam, ficavam excitadas.

– O que quer?
– Te conhecer.
– A mim?
– Lenira me disse que você se parece comigo.
– Não. Você é que se parece comigo. Sou mais velho.

Não nos olhávamos diretamente. Conversávamos, nos olhando pelo espelho, um analisando o outro. Não virei o rosto. Não acreditava que ele tivesse vindo. Tem a pele amarelada, os olhos mortiços, a boca doentia.

Um homem frágil, triste.

Como alguém pode ser triste tendo a fama que tem, o sucesso que desfruta? Se eu estivesse inteiramente pronto, poderia matá-lo agora, escondendo o corpo e saindo daqui como o AP. Como esconder? Sei lá! Penso depois. No momento, meu pensamento é outro, caminho por etapas. A emergência traz soluções maravihosas, vemos nos filmes e nas novelas. Ao atravessar a porta, ele morto, estaria encerrando uma vida dentro desse camarim. Terminado o ciclo de ansiedades e desejos. Passaria a ser ele, famoso como desejo ser. Morto o anônimo que existe em mim. Só eu saberia que não sou ele, o público não. Quem me confere identidade são os outros. Torno-me alguém pelo olhar do meu próximo. Seria uma pessoa que queimou sua cédula de identidade, todos os documentos, certidões de nascimento, de casamento. Casei-me? Quando? Com quem? Já começo a esquecer quem sou? Armei tão perfeitamente o processo para me desfazer de mim, me incorporar nele. Queimar fotografias, papéis, notificações de impostos, contas. Tudo, tudo, tudo.

Anular-me. Porque seria AP e AP passaria a ser eu. O nome? O que importa? O nome dele é falso, artístico, nomes nada significam. Ao olhar as fotos na mídia, ao me ver na telinha (telinha? E as tevês de 51 polegadas, tela plana, verdadeiros cinemas?) saberia, feliz: sou eu! Estaria consolidada minha segurança, minha afirmação. Seria um existente.

– Vim para falar de Lenira.
– Lenira?
– Precisamos tomar cuidado.
– Com o quê?
– O jogo dela. Está me jogando contra você. Acho que você contra mim.
– Por que faria isso? Não sou nada. Jogar você contra mim? Não vejo sentido.
– Ela me disse que você quer meu lugar.
– E por quê?
– Disse que somos parecidos e você é perigoso, vem armando um projeto.
– Quantos filmes Lenira viu? A história está cheia de trocas, de gêmeos, agora de clones. Besteira, faço meu trabalho... Vai dormir, parece cansado.

(Deve ser droga, o filho-da-puta cheira feito louco.)
Ao conversar, AP não me olha, examina o próprio rosto ao espelho, aproxima-se da luz, cotuca a pele, passa a mão nos cabelos. Gestos clichês.
– Pode ser uma jogada de Lenira. Ela adora jogar. Tem imaginação.
– Jogar cartas, roleta...
– Não, jogar com as pessoas.
– Tudo é besteira, parece novelinha de autor principiante. De quem não conhece a história da arte, do cinema, da literatura. O outro. Um tema antigo.
A conversa parece absurda, assim como não tem sentido AP estar aqui a falar comigo. Eu deveria ter lido e relido vinte vezes mais do que li *Crime e Castigo*. Para me encharcar dos motivos que levam um homem a cometer um crime, sem se considerar assassino. Crimes da Necessidade. Um bom título. Ninguém deve saber que o dublê veio aqui. Situação ideal, já perceberam os que lêem livros policiais.
– Gosto do jogo. Mais do que Lenira. E vim te propor jogarmos contra ela. A japonesa é perigosa. Desde que viu *As Ligações Perigosas*,* ficou deslumbrada com a possibilidade de manejar pessoas, manobrar, montar esquemas, urdir estratégias.
– Incrível! Uma pessoa que usa a palavra urdir.
– Bonita, não? Fez parte de um diálogo que gravei ontem.
– Para que Lenira urde tais estratégias?
– Para se emocionar. Tudo anda frio, mecânico, sem emoções, adrenalina. Por que não se junta a mim, contra ela?
– Para fazermos o quê?
– Matá-la? O que acha?
– Porra! Assim na lata? Matar por matar?
– Com meu nome envolvido, imaginou a mídia?
– Seria o fim da sua carreira!
– Você não conhece o mundo em que vivemos! Meses e meses de noticiário. Vale, vale! Tenho fama, dinheiro, o públi-

co comigo, bons advogados. Viu? Todo mundo liberado nos escândalos do governo, das estatais, construtoras. Saímos fácil.
– Eu envolvido?
– Se quiser, vai ter sua porcentagem de mídia.
– Não, sei... Matar por matar?
Finjo espanto, incredulidade. Olho-me no espelho, sou melhor ator do que ele, é uma injustiça a posição em que nos encontramos. Devo reconhecer, ele conhece o *Manual das Necessidades Midiáticas* tanto quanto eu. Com uma diferença. Ele viveu a experiência, eu montei tudo a partir da observação, da análise e da metodologia. Sou, ainda, somente um teórico.
– Matar por matar... É o que todos fazem.
Abriu a porta, num gesto novelesco. Ouvi seu patinete motorizado se afastando na penumbra do corredor. Não sabe que ele é que vai morrer. Estou tranqüilo.

Pesquisa: *As Relações Perigosas* (Lês Liaison Dangereuses), 1782, é um romance de Pierre Choderlos de Laclos. Em 1959, Roger Vadim, no auge da fama por ter lançado Brigitte Bardot em *E Deus Criou a Mulher*, adaptou o livro, e realizou um filme em branco em preto (no Brasil, *As Relações Amorosas*), tentando fazer de Annette Stroyberg uma nova Brigitte. Não deu certo. Vadim era certamente medíocre, mas comeu mulher para caralho e teve fama mundial. Laclos teve uma versão muito bem-sucedida em 1988, *Dangerous Liaisons*, realizada em cores por Stephen Frears com Glenn Close e que se chamou no Brasil *Ligações Perigosas*, obra-prima de sutileza. Já *Valmont*, outro filme baseado no mesmo tema foi um fracasso, apesar do roteiro de Jean Claude Carriére, o mesmo de *Mahabarata*.

Sempre plugado

Hit do verão é a *short pant* para homens.
Mulheres esculpindo corpos com fisioculturismo e anabolizantes. *Ortorexia*: gente que come o dia inteiro.
Usar o *natureba*. Evitar enlatados, comidas industrializadas. Descartar carne vermelha e frituras. Comer só maçã e tomate para não engordar. Beber muita água de coco.
Nova profissão: *food designer*. Jogo de cores e formas no prato que vai à sua mesa. Sucesso. Um dia, temos Kandinski, no outro algo impressionista. Jackson Pollock, não. Pode parecer *disgusting* aquele abstracionismo. E não se diga mais macarrão ou massa. Usar *pasta* confere a diferença.
A musa do verão avisa: a curtição é explorar trilhas, bater ponto nos circuitos modernos e alternativos, amar os bichos, estudar cinema. Preferir para esta estação a *caipirouge*: frutas vermelhas com vodca.

Lembrete: as palavras em itálico, devo decorar, utilizar, introduzir em uma conversa.

Meu Assessor de Atualidades e Tendências está com o bolso cheio de recortes amassados de revistas, jornais e prints de textos da internet. Se pago para que ele recorte informações da imprensa, caio fora. Eu mesmo leio, anoto, marco, recorto, monto meu *Manual de Necessidades Atuais*. Tenho material no arquivo da emissora. Todos aplicam truques hoje em dia.

Jovem, é louco e está na cama com facas

Sabe como é: você é jovem, é louca e está na cama com facas. Sabe como é: você é jovem, é louco e está na cama com facas. Adapto. Roubo. Repito a mim mesmo a frase de Angelina Jolie, porque parece perfeita como construção, síntese, conceito. Foi publicada em todos os jornais americanos, traduzida para o mundo, citada em televisão e em artigos, como o do *The New York Times* por Ricky Marin. "Sabe como é: você é jovem, é louco e está na cama com facas." Foi ela quem disse ou o assessor preparou? Não penetro ainda em certos meandros da mídia, o que me deixa com um travo na boca. Porra, daria um quinto de minha vida por uma frase assim que faz pensar sobre a vida no hemisfério ocidental. "Sabe como é: você é jovem, é louco e está na cama com facas." Angelina, aquela que anda com um vidrinho de sangue do marido, é uma das sensações da nova Hollywood, filha do ator John Voigt, lembrado por um grande filme *Perdidos na Noite* (Midnight Cowboy, direção de John Schlesinger, 1969). Quantas novas Hollywoods existiram? Tenho um caderno de frases, escrevo e reescrevo, elas precisam ser claras e evasivas. Talvez vocês possam me ajudar a pensar, melhorar, enviando sugestões para meu endereço eletrônico. Como realizar a interação com pensamentos? Que porra de nome mais esquisito, endereço eletrônico. Vejam esta: "A simplicidade reside no oculto transparente, na revogação do eu dispensável, na alteração de estruturas anacrônicas." Dará o que falar, será repetida. "Eu dispensável" pode até pegar, entrar para o coloquial. Quando uma expressão faz parte do cotidiano, você se consagra. Sabe como é: você é jovem, é louco e está na cama com facas. Sabe como é: você é jovem, é louco e está na cama com facas. Adeus cotidiano mesquinho! Aplausos Pla pla pla pla pla pla pla pla pla pla pla pla.

POBRES, SUJOS, FECHE A JANELA DO CARRO

Há também outro caminho para reconstituir (forjar) o meu passado.

Imaginar, já que vida é fraude.

Cada um conhece bem a sua, sabe onde patina em falso. O ideal será transparecer que fui pessoa nascida pobre, sem as condições para ser alguma coisa. Pobreza emociona. Desde que seja a dos outros, esteja longe, restrita aos noticiários, não nos atinja. Pobreza é curiosidade quando estamos distanciados dela pelas grades das casas, pelas janelas fechadas de nosso carro, pelas portas travadas, gozando o ar-condicionado.

A babaquice predomina: fazer-se por si mesmo.

Do it yourself.

Os que se fazem emocionam os incapazes e os sentimentais e são considerados excepcionais e modelos. Paradigmas. Pessoas que, como vencedoras, escrevem artigos para revistas, fazem palestras em convenções de empresas (nesses encontros onde há sempre um show com as bundudas do tchan), cagam regras sobre o que se fazer, pregam a autoconfiança, publicam livros e escrevem manuais que se tornam bestsellers. É o que pretendo com estes fragmentos de vida.

O público precisa das imagens dos vencedores, para sonhar. E adoram as histórias dos perdedores para sofrer, pensar e se consolar: não sou assim.

Percebo minha confusão. Necessito de um Assessor para o Passado. Um especialista que me dê as coordenadas do que fiz, do que deveria ter feito, de como teria me comportado, vivido. Cuidado, regras de comportamento mudam! O que era escândalo nos anos 60, provoca risos e deboche hoje. Leyla Diniz abalou o Brasil posando de biquíni; estava grávida. Abalou o governo. Norma Bengell mostrou os pentelhos em *Os Cafajestes*. Multidões correram para ver. O presidente Itamar posou ao lado de Lílian Ramos que estava sem calcinhas, exibindo a xoxotona. Deu o que falar.

    Um homem deve ter atitudes que mostrem coerência de ações e pensamentos, li numa revista de laboratório, onde fui fazer ultra-som da próstata e do fígado. Estava desconfiado de uma hepatite, tenho bebido muito, devido à pressão interna que sofro. De tempos em tempos vivo um período difícil, complicado.

    Agora, tomo bebidas baratas, Cynar, vermute, Fogo Paulista, conhaque de alcatrão. Quando for célebre, poderei tomar absinto (voltaram a fabricar), como Toulouse Lautrec ou Modigliani, comprar drogas, das leves às pesadas, injetar na veia, tomar ópio (existe no Brasil?), fumar haxixe em narguilés.

    Aqui, droga barata é o crack, mas só vendem para crianças no centro da cidade. Tentei comprar, os policiais que dominam o mercado desconfiaram, me deram um chega para lá, apanhei muito mesmo.

    Porra! Dói apanhar!

    Me machucaram bem.

    Nunca mais quero comprar drogas da polícia, só de traficante mesmo!

Rendas, frufrus, retrô, desfiados

Se Letícia me visse, na primeira fila do São Paulo Fashion Week, não acreditaria. O que vim fazer aqui? Ela está em alguma parte, nunca perdeu um desfile. Por que não veio me ver? Certamente, está numa dessas fileiras. Ainda usa aquele anel de ouro e cristal rutilado e as pulseirinhas gêmeas de ouro e turquesa de Francisca Botelho, inspiradas na Mulher Maravilha? Se a conheço, vai se sentar de frente para mim, cruzar as pernas e deixar a saia escorregar, para que veja suas coxas. Assim ela começou a me conquistar. As coxas e o sorriso, o olhar cheio de picardia, as palavras levemente escandidas, a maneira como conversava comigo, uma forma direta e lúcida de encarar a vida.

Deixo meu camarim cada vez menos. O desfile atrasa. Os fotógrafos passam por mim, não estão me vendo. Incompreensível. Tenho as mãos cheias de folhetos, cada estilista imprimiu seu folder, escrito numa linguagem cifrada, destinada a uma tribo. Tendências. A palavra aparece 67 vezes. E se referem somente aos desfiles de hoje.

As editoras de moda das revistas e da televisão, canais abertos e a cabo, mais produzidas que as modelos das passarelas, entram ao mesmo tempo, nenhuma quer ser a primeira nem a última. Sentam e se olham, verificam qual está melhor acomodada, em posição mais confortável e estratégica. Por desfastio leio os folders, as modelos são lindas, algumas magras demais, outras com olhares doentios. Vejo Ana Hyckman, Fernanda Tavares, Fernanda Lima. Deslumbrantes. Nem me olham! Não convidaram Gisele Bündchen, argumentam que ela está em descenso, mas não é o que vejo nas revistas estrangeiras. Coisa do Brasil. Já estão elegendo outra para o lugar. Aqui se sobe, aqui se desce. Daqui enviam para o inferno.

Tiras, drapeados, desfiados, látex, smok, tactel, twist contemporâneo, brincadeira do contraste, assimetria nas barras, intergalático, ciclistas mais longas, sandália gladiador, lavagens e formas, rendas, frufru retrô, padrões étnicos, romantismo de laise.

São palavras necessárias?

Consultar meu Assessor de Terminologia. Ainda que tudo esteja me cansando. No *SPFW News*, boletim diário (que não me leiam escrevendo boletim, é um termo brega), uma entrevista com um convidado especial, o historiador inglês Colin McDowell. Com uma cara de Hemingway magro, sentado na primeira fila, reclamando que os desfiles deveriam ser no Rio, uma cidade mais charmosa do que São Paulo, ele descarrega: "Vivemos uma época de atitude classe média. Levamos todos mais ou menos a mesma vida, com um certo nível de gosto e internacionalidade. Sei que no Brasil existe gente muito pobre, mas eles também querem ter acesso ao conforto médio, com boa casa, bom carro e roupas bonitas. Os Estados Unidos são o exemplo perfeito desse comportamento, com todo o mundo querendo parecer ter saído da Vogue."

Nem sei se os desfiles foram deslumbrantes como nos outros anos. Ninguém veio falar comigo. Também não me localizei estrategicamente.

Sou um nonceleb.

Ele, AP, está para morrer, me disse Lenira. Com a virose, com a porra que o atacou e que os médicos não detectam. Se ele morrer, e todos souberem, e certamente saberão, não existo mais. Como impedir essa morte? Ou chegar junto?

Devolve
meu
amor
devolve!

Sofrendo, quem pensa em vírgulas?

Saída dos desfiles. Na confusão da multidão que se misturou a que esperava a próxima apresentação, do Fause Haten acho, um estilista dos muito bons, Letícia se aproximou, me enfiou um envelope nas mãos e se foi. Com um homem que tanto pode ser seu novo amor quanto alguém com quem ela trabalha. Ou não havia homem algum? Ou será que ela mandou pelo correio? Ou será que Lenira me entregou? Às vezes, quando estava com raiva de mim, Letícia deixava cartas e bilhetes na portaria, aos cuidados de Lenira. Trocávamos tantos e-mails, era parte de nossa história. Agora, nunca mais. Mesmo Lenira está calada. A fonte secou. O que será dessa gente? O que farei com meus assessores? Começar a demitir, pagar indenizações. O que é este bilhete? Leio. Não sei o que li. Leio outra vez. Não compreendo nada. Não quero ler, não quero saber.

Meu amor.
Vc vê como ainda te trato? Apesar de tudo, que merda! Não deixo de te amar! Aqui está a letra de uma música de Mário Lago, cantada por Carlos Galhardo. Ouvi por acaso, estava na casa de meus pais (ele fez 70 anos e comemoramos com uma grande festa) apanhei o CD gravado ao vivo no show gray power, Cantores de Chuveiro, parte II. A princípio, me pareceu uma letra sentimental, melosa, até perceber que falava de nós. Mário Lago, um gênio! Como pode uma canção de 50 anos refletir uma paixão que não aconteceu plenamente, porque vc fugiu, não enfrentou, não mudou, continuou no tédio, na mesmice, naquilo que você é? O amor que vc desperdiçou. Já pensou nisso? Como vc pode desperdiçar tanto amor? A canção se chama Devolve.

Anotei trechos. Talvez faltem palavras, a pontuação esteja errada, porque eu chorava e anotava. Sabe, choro fácil.

"Mandaste as velhas cartas comovidas, / que na febre do amor te enviei.

Mandaste o que ficou de duas vidas, / o romance e uma dor que eu provei.

Mandaste tudo, porém, / falta o melhor que eu te dei. Devolve, toda a tranqüilidade, / toda a felicidade que eu te dei e que perdi. / Devolve todos os sonhos loucos, / que eu construí aos poucos e que ofereci. / Devolve, eu peço por favor, / aquele imenso amor que nos teus braços esqueci. / Devolve que eu te devolvo ainda / essa saudade infinda / que eu tenho de ti."

Devolve meu amor! Letícia.

Devolve, meu amor!
Essa vírgula significaria que ainda sou seu amor.
Devolve meu amor.
Devo devolver o amor que ela me deu e não quer mais me conceder.
A vírgula faria a diferença, mas quem pensa em vírgulas quando está sofrendo?

RESGATANDO ANÔNIMOS: OS ANABATISTAS

Nem sempre os incógnitos da história são pobres coitados, desprezados pelo destino. Existem os que causaram males, protegidos pelas sombras. Leopold Ranke, na sua História da Reforma na Alemanha, e Karl Kautsky, em O Comunismo na Europa Central no Tempo da Reforma, citam o episódio do anônimo de Munster, o homem que conseguiu retardar um processo histórico. Por sua causa, quem sabe o mundo moderno teria sido diferente? A cidade de Munster viveu um processo original de comunismo no século XVI. Precário, mas com lampejos de tentativas igualitárias e distribuição proporcional de riquezas. Envolvidos no processo estavam os anabatistas, corrente que pregava o rebatismo da pessoa na vida adulta. Forças conservadoras se opuseram à situação, tiveram o apoio do bispo Waldeck e a cidade se viu sitiada e em posição penosa. Dentro das muralhas, fome e desespero. João de Leyden, que governava a comunidade, autorizou: quem quisesse abandonar Munster poderia fazê-lo. Assim que as pessoas saíam, era mortas pelas tropas do bispo. No entanto, houve um anônimo que salvou sua vida, em troca de mostrar aos inimigos um ponto vulnerável na muralha. Milhares de pessoas foram assassinadas. O episódio pode figurar no Caderno de Crueldades, pois João de Leyden foi amarrado sobre uma fogueira, enquanto carrascos, com tenazes, arrancavam pedacinho por pedacinho de seu corpo. Depois, cortaram sua língua e, para completar, cravaram punhais em seu coração. O cheiro da carne queimada era tão enjoativo que a multidão – que se delicia com tais espetáculos – se retirou nauseada. Os anabatistas recuaram e a "experiência comunista" teve de esperar mais 500 anos para ser retomada. E se esses cinco séculos tivessem sido experimentais, que tipo de comunismo encontraríamos hoje?

Quando eu morrer

Lembro-me, vez ou outra, daquela ficha policial em que fui fotografado de frente e de lado. Ela é uma verdade. Quem se lembrará dela? Perdida em uma delegacia distante. Com o nome que dei naquela época e nem sei qual foi. Só não foi o meu. Quero, antes de meu caixão descer ao fundo do túmulo, que meus amigos (Quantos restam? Vou fazer uma lista) joguem sobre mim páginas dos roteiros das novelas que fiz. Foram os poemas de minha vida. A minha vida verdadeira, a única que vivi, única que reconheço. Depois de Letícia, sou feliz apenas no set de gravação, fora de mim, dentro dos personagens que outros criaram para mim e encarnei com perfeição (leiam as críticas). Quero levar comigo meus personagens, meus amigos, para não me sentir solitário, quando as pedras se fecharem sobre o caixão e eu ouvir o coveiro cimentando e aprisionando para sempre este meu corpo atormentado.

SEMPRE PLUGADO

Apresentadoras de televisão namoram ídolos do futebol e obtêm um espaço enorme em todos os meios. Valerá para os homens? Posso namorar uma das jogadoras da seleção de vôlei? Estou vendo jogos e freqüentando o Ibirapuera. Cantoras ficam grávidas de presidiários e circulam por toda a mídia. Como faço para ir a uma penitenciária feminina?

Para usar, talvez, em uma festa. A mais recente referência cult no mundo da moda é o rock-Zurique, que foi vanguarda nos anos 60. A influência sobre o fashion nasceu do livro *Karlheinz Weinberger Photos 1954-1995*, a partir das fotos expostas no Museu de Design de Zurique em março de 2000. Devo consultar meu personal stylist. Weinberger clicou as gangues suíças que cultuavam Elvis Presley e James Dean, que não eram bem-vistos na pretensa, bem-comportada, careta e reacionária sociedade suíça. Jeans, cintos com fivelas gigantescas trazendo o retrato de Elvis, botas de caubói, correntes. O termo clicar é atualíssimo, sinônimo de bater a foto.

Cantando velhas canções. Assistir à peça *Cantores de Chuveiro II*, o hit do momento. Veio do Café-Teatro de Arena do Rio de Janeiro e ressuscitou os grandes dias do Teatro de Arena de São Paulo. Um grupo de pessoas do denominado *gray power*, a turma acima dos 60 anos, montou um espetáculo com um repertório de canções que vai de Chiquinha Gonzaga a Lamartine Babo, Noel Rosa, Herivelto Martins, Dolores Duran. E Chico Buarque. A platéia também é dominada pelo gray power. E a diferença é que todos sabem todas as músicas, muitas vezes cantam juntos. Músicas de 50 a 100 anos que ainda são cantadas. Assistir a este show é o must. Fotógrafos clicam a platéia. Pega bem mostrar que se esteve lá.

Vida sem sustos

Minha vida muda quando transponho a porta do set de gravação e sinto os cheiros. Umidade, concreto frio, madeiras, cordas, pinturas, tecidos, o metal aquecido dos spots, plásticos, ar condicionado, couro, isopor, o pó que se deposita por trás dos cenários, o suor da equipe técnica, perfumes, desodorantes, cremes, o blush, o rímel, batons, loções, lavandas, águas-de-colônia, o gesso e, às vezes, quando se usam os aparelhos de produzir vento, chuva ou neblina, o enjoativo odor adocicado de óleo que os filtros não eliminam completamente.

Começo a viver, e meu sangue flui rápido, quando transponho as espessas paredes impermeáveis, acusticamente isoladas. Quando são eliminados os ruídos de fora, afastando a vida real. Essa que abomino.

O que me interessa acontece nessas casas de fachada, nas ruas que só adquirem tonalidades verdadeiras quando as luzes se acendem, formando sombras, claro-escuros e delineando atmosferas e climas.

Constroem-se cantos que o sol não consegue produzir, a estética dele não obedece às necessidades do diretor de fotografia, não desenha os efeitos necessários à cena.

O sol se move e tudo muda, ele não penetra nos cantos ideais, sua luz é crua, impiedosa, destrói o rosto.

Luz e sombra, tom e meio-tom, preto, cinza, cores, penumbras. Impressiona o poder do diretor de fotografia, construindo e paralisando o tempo, por quanto tempo desejar. É um técnico com recursos para reproduzir o clima de um dia de novembro de 1937. Ou a sordidez* de um puteiro de 1953, no tom exato com que imaginamos ou com que velhas fotos ou documentários nos transmitem.

Quem viveu naquele dia e se lembra como era, frio ou quente, chuvoso, nublado? O que vale é a versão da tela. Fascina olhar o cenário sob as luzes mortas, iluminado pelas lâmpadas de espera. Depois, vê-lo pronto, arestas de luz rebatidas, a câmera em posições insólitas, de modo que um arranha-céu se ergue a partir de minúscula maquete de gesso, feita pelos artesãos. Os mesmos que fizeram o busto que adorna meu (dele) túmulo.

A vida, para mim, é a felicidade, a paz, nessa realidade falsa, verdade fictícia. Viver sem sustos, contratempos, perguntas, pressões.

Aqui, a luz do sol pode-se prolongar por dias e semanas na mesma posição. A noite se torna eterna.

A vida é copiada, mas alterada, ajustada. Dias, semanas, meses se dissolvem. Temos um calendário nosso, mexemos nele, como se fôssemos novos papas Gregório, a modificar a contagem dos anos.

Quando esses cenários são derrubados, pedaços dele se tornam outras cidades e ruas e continuo adorando.

É como se eu viajasse sem sair daqui, sem deixar meu abrigo confortável e envolvente.

Estou bem. Sinto-me confortável nas salas decoradas, nas mansões, ferrovias, rodoviárias, igrejas, apartamentos, cortiços, hospitais, delegacias, repartições, escritórios, pregão da bolsa, redação, central telefônica, livraria, recepção de hotel. No mercado central, farmácia, sinuca, vestiário, castelo (se bem que o Brasil produza poucas novelas de época com castelos, como os europeus), ponto de táxi, ambulatório, oficina mecânica, açougue, padaria, leiteria, restaurante, vidraçaria. Para citar apenas parte dos papéis diferentes que vivi.

Numa novela ou num filme, somos os donos do tempo e da história.

Nunca fui feliz em ser eu mesmo, viver a minha vida.

Prefiro a dos outros, elas têm duração temporária.

Ao me cansar, o personagem acabou, é como se tivesse morrido, sem ter. E penetro em outro.

Meu problema são os intervalos entre personagens.

Aqui, a coisa pega!

---

* Sórdido? Que preconceito! Sempre freqüentei putas, só não gostava de ter de pagar antes. As novas putas, agora conhecidas como garotas de programa aceitam cartões de crédito, é menos aviltante. É como se déssemos a elas nosso cartão de visita. No Rio de Janeiro, aos sábados, acontece o evento (palavra favorita dos promoters) Pessoas do Século Passado, na Casa Rosa (Rua Alice, 550). Foi um dos mais concorridos bordéis cariocas, nos anos 50, freqüentado por deputados e senadores que chegavam (e saíam) por uma porta de emergência entre o segundo e o terceiro andares. Um dos clientes mais notórios foi Oswaldo Aranha, braço direito de Getúlio Vargas, ministro, eminência parda e freqüentador de cabarés e belas mulheres, segundo matéria de *O Globo*, assinada por Daniela Name, a 4 de novembro de 2001.

CREATE DELETE CANCEL INSERT PAGE DOWN

A era do monoego chegou ao fim, as pessoas querem coisas mais alegres, declarou Jean-Charlesa de Castelbajac (quem é ?).

Pompoarismo-tantrismo, o prazer da arte sexual, o poder erótico.

Lesbian chic, pobre chic, radical transcendental, executiva andrógina, minimalismo sóbrio, mood Brasil sensual, novo luxo é clássico, revisitação do clássico, lúdico feminino íntimo, look bugigangueiro pop.

Ambígua sedução inverteu o ícone máximo masculino, a gravata.

Mega hair, implante sintético.

O polonês Arkadius designou sua coleção, com um nome simples: *Prostituição*, crítica sutil ao compromisso comercial (marketing) que os estilistas são obrigados a ter, nomeando, batizando, titulando criações.

Anos 40 e 80 de volta e podem ser vistos na androginia e na alfaiataria, smoking e terno como roupas básicas nas cores preto, ameixa, bege, vermelho, verde-militar.

Couros misturados com tecidos nobres (lindo isso, tecidos nobres, condes, marqueses, viscondes, como no baralho), neo-punk, militar-sexy, executiva-andrógina.

Para os pés, abotinados inspirados nos sápatos de boliche.

Em Nova York, o grafite colorido dos muros foi para as camisetas Cavendish que mistura anos 80, punks com o caubói.

A Dockers aposta na casualização.

Decoração: Espaços conceituais, junco pintado em laca, móveis de aço com acabamento levigado (polido e sem brilho).

Levar nas viagens pedaços de pano, tecidos, mantas, até mesmo um cobertor para jogar displicente sobre os sofás bregas dos hotéis.

Trazer tecidos de Bali e cobrir sofás e poltronas em casa, disfarçando o brega design industrial, linha de produção das lojas de departamentos.

Para guardar comprimidos (Aspirina, Dorflex, Vitamina C, Viagra, excitantes, Prozacs, emagrecedores) é imprescindível ter à mão as caixinhas de metal Helmut Lang.

Woof!, lontras, husbear, cubby bears, chasers, terminologia da tribo dos homens gordos e peludos que se autodenominam ursos e admiram Marlon Brando e lutam contra a ditadura Barbie, os bonitinhos bombados.

No restaurante peça a Sopa Paraguaia que é na verdade um bolo; você será notado, a sopa está em alta.

Essencial ouvir o politizado Asian Dub Foundation.

Conceito de transgeração.

Admirável! Devem ter lingüistas assessorando, criadores especializados em inventar denominações, designações. Filólogos debruçados sobre dicionários e mídia.

Ficando impossível, as coisas ultrapassam a velocidade do som, atordoam, nos deixam ansiosos, como saber tudo, estar hipado? Não, antenado. Por que estar, por que, para quê?

Quanto tempo devo dispender por dia-semana-mês-ano-década para aprender, assimilar tudo, sabendo que a duração é efêmera?

Quantos arquivos devo abrir em minha mente, criar quantas pastas novas, quantas deletar?

Criar deletar cancelar inserir criar deletar cancelar criar cancelar.

Elegância até para comer o doce de leite

"A energia do vácuo brota espontaneamente do vazio e torna a sumir rapidamente no nada." Terá relação com o *Tratado do Vazio Perfeito*, de Lie Tse, obra chave do taoísmo? Seja o que for que o ensaísta, Flávio Dieguez* queria dizer, certamente se referia à minha vida, ao meu modo de existir. Se fosse escrever a meu respeito – e quem vai? – ele sabe que para mim a vida é abominável fora dos personagens. Penso nisso enquanto arrumo a mesa para comer o doce de leite uruguaio que me trouxeram. Coloco a toalha de linho passada, sem um vinco. No centro, o castiçal de cristal e uma vela azul. Um prato do Copacabana Palace, presente de Vera Ciangottini, a estrela da novela das oito, recordista de capas de revista deste ano. Vera me disse que comprou no momento em que o hotel renovava sua louça. Ela, uma saudosista dos tempos em que não viveu, confessou que adoraria ter morado ali na época em que Ava Gardner jogava móveis pela janela, Orson Welles tomava banho de água mineral, Jayne Mansfield – que Hollywood inventara para ser rival de Marilyn – tirava os volumosos seios para fora nos bailes de carnaval. Escândalos que soubemos pelas revistas retrospectivas. O que é escândalo hoje? Nada. Outro dia, um sujeito armado, dentro do metrô lotado, obrigou uma mulher a tirar a roupa e se masturbou diante dela, de todos. Ninguém moveu um dedo. Quem quer levar tiros? Ninguém se escandalizou, olharam para a moça pelada, para o cara com o pau de fora, como se fizesse parte do cotidiano. Trago para a mesa uma flor e um copo de água Perrier. Uma pessoa, mesmo sozinha, deve se cercar de bom gosto, manter a estética, até para comer um doce de leite envelhecido, no meio da tarde. É sofisticação.

Pesquisa. Em *A Gazeta Mercantil*. Cortei mal, estava escuro, eliminei a data.

FORTUNAS NAS PATAS DOS CAVALOS

Sabe como é: você é jovem, é louco e está na cama com facas. Conduta um. Ir ao Jockey Club no final da tarde, aproximar-se dos jornalistas que cobrem turfe, pedir palpites, conversar sobre cavalos, apostas. Passar nos guichês, recolher pules atiradas ao lixo pelos perdedores. Fazer montinhos, colocar nos bolsos. Situar-se de maneira que a imprensa veja, durante alguns páreos. Ao final de cada corrida, apanhar as pules, adotar expressão de raiva e rasgá-las, sentando-se desanimado. Assim começa a se espalhar a lenda de que sou viciado e perco fortunas nas patas dos cavalos.

Jogadores causam atração, provocam fascínio. Pauline Kael, em *Criando Kane*, refere-se ao escritor Herman Manckiewicz, irmão de John (prometi falar dele, me esqueci), um dos roteiristas mais célebres dos anos 30, top dos tops, o escritor que ficou na história do cinema como o autor do roteiro de *Cidadão Kane*. Uma grande obra e Herman entrou para o panteão. Muitas bebedeiras e muito dinheiro perdido nas cartas.

Dorothy Parker também bebia muito. Aí a pessoa se mitifica. Precisamos de vícios e defeitos, erros, desvios e pecadilhos. Colocar tortuosidades em nossa vida. Os bonzinhos são esquecidos, atirados na vala comum, como aborrecidos, previsíveis. Descartáveis.

Grandes alcoólatras em minha lista: o ator Richard Burton, Tarso de Castro, Vinícius de Morais, Ernest Hemingway e William Faulkner que dizia: "Quando bebo o primeiro Dry Martini sinto-me maior, mais sábio e mais alto... Quando bebo o segundo vou além, nada me segura." Receita: copo short drink, 8 partes de gim, 2 de vermute branco seco, uma azeitona no palito, um zest de limão. Zest? Um perfume, um toque leve, levíssimo.

Conduta dois. Saber que um ator é álcoolatra inspira sentimentos desencontrados. Muitas vezes fui aos hotéis, abri as miniaturas do frigobar, derramei na privada, larguei os frascos vazios. Abri cervejas, joguei na pia. Espalhei garrafas pelo chão, no banheiro, embaixo da cama, dentro do guarda-roupa, como se tivesse escondido. Uma vez, amarrei dois litros de uísque por fora da janela, truque que aprendi com Ray Milland em *Farrapo Humano* (The Lost Weekend, de Billy Wilder, 1945). Acontecia de entrar no hotel com duas malas, uma delas cheia de garrafas quase vazias (bebidas fortes, uísque, conhaque, gim, vodka, rum, grapa, tequila, pisco), contendo restinhos de bebidas. Para dar o toque, deixar cheiros pelo aposento. Colocava garrafas dentro do boxe do banheiro, esparramava tocos de cigarro (catava pelo chão da emissora, todo mundo fuma), espalhava cinzas pela cama.

Descobri que iogurte natural jogado sobre a roupa de cama fica com a aparência de porra. Lambuzava colchas, travesseiros, deixava camisinhas por toda a parte. Quem vai analisar o conteúdo da camisinha usada para saber se é porra? Se bem que um dia, ao voltar de repente para o quarto, encontrei a camareira manipulando uma camisinha e lambendo. Os gerentes costumavam me chamar, dar um qual é e faziam a informação vazar para a imprensa. Me alegrava: um super-homem que promove surubas constantes, cheira, bebe, fode. Em certos hotéis, descobri que os quartos em que eu tinha ficado eram alugados por uma tarifa superior. Nem me davam comissão, os filhos-da-putas. Sabe como é: você é jovem, é louco e está na cama com facas. Causo sensação no estúdio chegando com olhos vermelhos, inchados, o nariz entupido, falando enrolado, falando muito, mostrando-me brilhante e ativo. Sabe como é: você é jovem, é louco e está na cama com facas.

As grandes estrelas do século

Mal começa o ano e jornais e revistas fazem retrospectos do século. Adoramos olhar para trás. Para comparar, fingir que fomos felizes, os tempos eram bons. O primeiro número (fora de série) da revista francesa *Studio* me deslumbra. Dedicado às *Cem Estrelas do Século*. O texto é uma oração: Estrelas! A palavra é mágica. Abre as portas do sonho. Seu poder de evocação é imenso.

Verdade que se hoje está banalizada (há estrelas de tudo e por toda a parte) não impede que as verdadeiras estrelas, aquelas que devem a vida às luzes que projetaram nas telas, as estrelas de cinema sejam as mais impressionantes, as mais fortes. Todas as modelos de moda do mundo nada poderão mudar.

Porque as estrelas não estão aí para que se admire sua beleza ou seu charme. Estão aí para nos contar histórias. As vividas, as que poderíamos ter vivido, as que temos medo de viver, as que nunca serão vividas.

Elas estão aí para encarnar nossos sonhos. Estrelas são luzes na noite.

Luzes que vão brilhar longamente mesmo depois de sua morte.

O que mais desejo é figurar no álbum que será publicado no ano 2103. Nós da televisão estamos ao lado dos astros e das estrelas do cinema. Há artigos, ensaios, livros, mostrando como a fama não compensa a infelicidade; há muita dor por trás dos risos, muita amargura, sofrimento. Balelas!

Os que escrevem tais coisas jamais souberam o que é ser célebre. Uma anestesia permanente, um dopping, a suprema alegria.

É levitar dentro de um moto-contínuo. Droga pesada que tem ação permanente. Percorro as páginas de *Studio*. Estão ensebadas de tanto que a percorri. Não há dor nos rostos de

Arletty (ordem em que aparecem), Gary Cooper, Dustin Hoffman, Greta Garbo, Jodie Foster, Marlene Dietrich, Fred Astaire (com meias pretas cheias de estrelinhas; ser astro é fazer o que se quer, usar o que dá na cabeça, é a liberdade), Montgomery Clift, Frank Sinatra, Audrey Hepburn, Marcello Mastroianni, Clark Gable, Robert de Niro, Laureen Bacall, Erich von Stronheim, Leonardo DiCaprio, Kirk Douglas, Louise Brooks, Mel Gibson, Warren Beatty, o Gordo e o Magro, Jean Paul Belmondo, Jean Gabin, Gerard Depardieu, Isabelle Adjani, Al Pacino, Alain Delon, Steve McQueen, Brad Pitt, Jack Nicholson, Sean Connery, Gerard Philipe, Bruce Lee, Marlon Brando, Sharon Stone, e outros, outros.
Fecho a revista.
É injusto, insuportável não estar nela!

FINS DE SEMANA CORRETAMENTE PRODUZIDOS

Ando intrigado com uma questão não focalizada com seriedade em livro, jornal, revista, ensaio. Como os famosos passam o fim de semana? Não me refiro aos finais de semana programados para fotografias, produzidos e encenados por assessores de imprensa. E sim aos finais de semana autênticos, reais. Se é que existem. A partir de um determinado momento na vida de uma pessoa cujo cotidiano aparece estampado constantemente na mídia, a realidade real desaparece, permanece a virtual (termo na moda). O leitor não se cansa? É insaciável? Há um instante em que real e ficcional (fatos produzidos pelas assessorias) se confundem, se mesclam, a ficção se torna realidade e esta se dissolve na fantasia.

(Rever o termo assessores. Foi limado do vocabulário hipado. Agora, se usa guru, um eufemismo. Palavra mais elegante, ainda que um tanto quanto anos 60. Pesquisas mostram que os gurus, principalmente os indianos andaram em moda na época dos Beatles. Agora, se diz o guru. O guru da estética facial, guru vocacional, guru da cultura, guru da expressão corporal, o guru da dança, guru dos termos em uso, guru das grifes a se usar, gurus dos lugares a freqüentar.)

Preciso saber sobre fins de semana que seriam normais, para normais. Não foi Caetano Veloso quem cantou: "de perto ninguém é normal"? Atos banais como o levantar, espreguiçar, escovar dentes, tomar banho, tomar café da manhã (como é o café da manhã de um célebre? Dietético, organizado pelos regimes para manter físico, mente, pele em forma?), fazer ginástica, ler os jornais, sair com a família. Os célebres vão ao shopping, procuram um sapato, uma camiseta, entram na papelaria para comprar um caderno para os filhos, mandam consertar o carro? Alguns têm como hobby a mecânica, a bricolagem, a

263

marcenaria, a fotografia, pintura, vidros jateados, escrever diários, navegar na Internet, manter chats com gente do mundo, montar modelos, catalogar coleções?

O que revela neles o comum, o ser de carne e osso, medos, alegrias?

Existe em uma dessas estantes um livro que encontrei há anos. *Hollywood At Home, A family Album*, 1950-1965. Fotos de Sid Avery e texto de Richard Schickel. Nele se vê Humphrey Bogart e Laureen Bacall na sala, brincando com o filho. Ernest Borgnine e sua mulher Rhoda, uma gorda, lendo jornal com a filha no colo. O cantor Frankie Laine dirigindo um Cadillac e dando adeus à família, ao sair para o trabalho. O clima da foto é matutino. Um sol leve ilumina a fachada da casa e as prosaicas cerquinhas de madeira branca do jardim. Paul Newman e Joanne Woodward na cozinha de sua casa, ela afagando o cachorro e ele preparando ovos (seriam mexidos?). São dezenas de superstars apanhados na "intimidade". Essas fotos vão atravessar décadas, cruzarão o século. Mitos em instantes mortos.

Já tenho o roteiro de como pode ser a produção de fotos para um editorial sobre a minha intimidade. Preciso emprestar móveis de algumas lojas, tapetes, luminárias, objetos. As legendas explicarão a procedência e os preços. É como se tivesse comprado e decorado minha casa.

A imprensa vive de serviços, o leitor quer saber onde e quanto, e somos referenciais. Depois das fotografias, tudo é devolvido, ainda que muitas vezes revistas e produtores fiquem com algumas peças, como "pagamento" pela divulgação.

O sistema funciona engrenado entre mídia e assessores (digo gurus) dos famosos e os das lojas, em uma engrenagem natural, como o das famílias mafiosas.

Se for servida alguma comida, o restaurante ou rotisserie leva crédito. Todas as mãos lavadas, todos satisfeitos. A menos que o célebre não seja tão célebre, apenas aspirante. Ou um desses desesperados anônimos que a imprensa designa como quase famosos, ironicamente, e fazem tudo para participar das Casas dos Artistas ou dos Big Brother Brasil, conhecidos como BBB, porque tudo se torna sigla, se minimiza.

Olho as fotos (mínimas, coitado) do cantor que foi eliminado de um *reality show* (o inglês é a língua corrente na mídia) e conseguiu desfilar em 14 escolas de samba no carnaval. Foi a esperança de ser fotografado, aplaudido (o público não tinha idéia de quem ele era), aparecer, ter consciência de que existia. Estava tentando quebrar um recorde, acreditando que entraria para o Guinness, nada conseguiu, foi ironizado.

Matou-se na pista do sambódromo, na noite do desfile das escolas campeãs, sua morte foi mantida em segredo, para não atrapalhar a festa.

SANTA JOANA SANTA JEAN

Nasci para ter feito *Acossado* (*A bout de souffle*), de Godard, 1960, que acaba de sair em DVD. Agora, assistimos aos filmes como eram vistos nas telas, com a mesma profundidade, contraste, emoção. Como pudemos suportar o sistema VHS? Tenho dezenas de postais, revistas, posters e livros sobre o filme. Meu sonho, meu único grande sonho jamais será realizado. Contracenar com Jean Seberg. Ela se mitificou. Fez filmes em Hollywood, com grandes diretores, teve marketing, teve tudo. Otto Preminger lançou-a em *Joana D'Arc*. No entanto, foi um filme modesto, em branco e preto que a imobilizou para a eternidade, *Acossado*. Esse é o momento que o destino prepara, ardilosamente. Coisas aparentemente banais, imprevisíveis, que parecem não ter nenhuma chance, estouram. O inesperado. Temos de contar com ele, rezar para que aconteça em nossa vida. O rebelde Belmondo, contraventor. O meu alter-ego. Pena que os mitos não possam ver como permaneceram (ou podem ver? Como será?) e tornaram-se ícones, instalando-se em nossas almas. Isso amenizaria a dor, porque a maioria morreu em meio à dor, às vezes profunda. Como Jean Seberg que se matou no interior de um carro, num subúrbio de Paris. Outro sonho meu: ser como aquele obstinado advogado interpretado por Gregory Peck em *O Sol É Para Todos* (*To Kill a Mockingbird*, de Robert Mulligan, 1963). Um idealista que acreditava numa causa. No final, quando ele sai do tribunal, derrotado pela intolerância, pelos preconceitos e pelo racismo, um negro velho diz a seu neto: "Levante-se, está passando um homem." Dirão isso de mim, um dia? Um homem decente, íntegro? Mulligan sempre teve preferência por personagens solitários. Somente a obstinação pode manter uma pessoa de pé.

Modernidade

– Você vai comungar comigo do universo cósmico.
A mulher tem cara boa, veste uma roupa que parece simples, mas é seda pura, usa um colar com um pingente azulado.
– Mentalizemos, primeiro.
Ela fecha os olhos, fecho também e penso: o que faço aqui?
– Concentre-se. Vejo que sua lua está no grau 9.
Estou de lua, ela quer dizer.
– Toque essas pedras sobre a mesa. Sem movê-las do lugar.
Toco. Pedras frias. Parecem ter saído do congelador.
– Incline a cabeça para o lado direito. Sente a pontada no pescoço?
Não.
– Deveria sentir. Você está tenso e as vibrações que seu lado direito emitem me atordoam.
Ela parece decepcionada, prefiro mentir. Por que sinto necessidade de agradá-la?
– Espere... tem razão... há uma dorzinha... não, aumentou.
– Aproxime-se de seus bons espíritos, harmonize-se com a sua divindade.
Silêncio. Olho as paredes azuladas, nuas. A luz é normal na sala. Não sei por que, não há nada a ver, mas penso no consultório de um oculista.
– Falta a você trabalhar mais a guerreira Oxum... vai ouvir aplausos... você tem uma obra a realizar na terra... por que não toma decisões? ... se tiver um bicho de estimação, mesmo de pelúcia, abrace-o sempre... prepare-se para complicações de fundo gastro... vejamos as cartas... a da Temperança simboliza calma e tolerância... seu signo ascendente... que bom, ninguém tem esse grau à toa... indica uma boa obra a se realizar na terra... no fundo de sua mente está uma árvore... cheia de fru-

tos... você é dotado de intensa criatividade... vejo você como publicitário... não, diretor de teatro... mais do que isso... diretor de telenovelas... um pintor... um designer de móveis... um promotor de festas originais... um estilista de automóveis... um florista... as frutas estão suculentas e adocicadas... você é ator... mais do que isso... é uma árvore cheia de vida e que dará frutos para sempre... relaxe, aprenda a respirar... medite... tranqüilize-se... o sucesso está para entrar em você... abrigue-o... não abandone o sagrado...

INSTANTE FUGAZ DE SINCERIDADE

Vou ser sincero. Muitas vezes, pensando em Letícia, o que faço o tempo inteiro, me assombro diante de tanta ternura. É inconcebível, irreal. Será que existe? E por que sou assim? Esse amor. Será que inventei, é mais uma criação de minha imaginação? Letícia será um delírio meu? Delírios doem tanto ou trazem tanto prazer? Confesso, a consciência me obriga.

Sou um homem sem nenhum talento destinado ao sucesso, ao brilho, à fama. São coisas que a vida me deve, pelo que sofri, fui obrigado a passar. Não explico, porque seriam lugares comuns, como os clichês de novela das seis da tarde, aquela que se destina aos empregados e às donas de casa menos esclarecidas, quando chegam da aula de porcelana, da malhação, do curso de auto-estima. Digamos claramente, destinam-se a um público pouco inteligente. Foi o que me disse um produtor.

Sou o homem preparado para aparecer nos jornais e revistas, nos talk-shows noturnos. Posso enfrentar de igual para igual o Jô Soares, sou tão engraçado quanto ele; o Boris Kasoy, sou tão informado quanto ele; ou a Marilia Gabriela, tenho tanto charme quanto ela, em versão masculina.

Diria coisas brilhantes ao Letterman, ao Leno, em inglês corrente, no sotaque em que quisessem. Posso fazê-los me ouvir, render-se a mim. Consigo falar horas nos programas matinais das rádios, segurando a audiência entre as incontáveis notícias sobre o trânsito, o tempo, a violência, as feiras livres, os acontecimentos do dia, vernissages, palestras, shows, serviços gerais (onde consertar o seu chaveiro, como trocar bateria de relógio, onde comprar capa de CD) e receitas de bolos.

Porque nada tenho a dizer. Sou vazio, oco, receptáculo de inutilidades.

Um homem com as qualidades exigidas pelo meu tempo.

Nada sei dos assuntos do dia, sobre os temas recorrentes. Falo pouco, tenho dificuldades de expressar sentimentos, emoções. Não entendo de política, economia, sociologia, comportamento, moda (o que significa essa palavra fashion, que é moda, mas não é?), esportes radicais, música. Não sei definir o que é pop, techno, heavy, funk, rap.

Sou humano, reconheço. Não teria coragem de levar para a cama (quem tem?) essas loiras monumentais, esculpidas por musculação e aparelhos, modeladas por silicones, estátuas perfeitas, obras-primas que Rodin assinaria, ou Camile Claudel, Bruno Giorgi. A arte recebeu definições, de tempos em tempos, foi renascentista, clássica, barroca, surreal, expressionista, dadaísta, impressionista, action painting, op, cinética, pop, hiper-realista, futurista, cubista, abstracionista, conceitual, performática, pós-moderna. Como será chamada a arte cirúrgica-plástica-fitness de modelar corpos perfeitos, carne e osso e silicone? Esta sim é construtivista, ao mesmo tempo que desconstrói. Arte blondeciruplast... Cirufut... Não estou bom. Como se constroem palavras? Sacanhava, descômodo (onde vivo), afracar, bobeia, sobrosso. Invoco Guimarães Rosa. Leminski. Reviro os colunistas clubbers, fashion. Gostaria tanto de inventar termos que todos falassem, se incorporassem ao coloquial e, um dia, os dicionários registrassem como criadas por mim.

Um homem tem de permanecer por alguma coisa.

Música é a que posso ouvir eventualmente, pois não me deixam.

Um mistério.

Alegam que a música exacerba a minha excitação. Não acredito!

Como acreditar em quem usa a palavra exacerbar?

Sempre plugado

Palavras excessivamente usadas e que perderam o sentido, devendo ser limadas da conversação e dos textos. Limar: apagar, esquecer, não usar, deletar. Termos fora de linha, como se diz na indústria: fragmentação, tecnologia de ponta, resistência cultural, interação, imaginário, intertextual, liquefação, ciberespaço. Globalização, multimídia, multicultural, neoliberal, conotação, hackers, eficiência, leitura, auto-estima, acústico.

Atitude, atitude, atitude.

Tomar champanhe às 11 horas, tendo o sol por testemunha. Ou a chuva.

Uma flûte nos faz feliz *pour commencer le jour*.

Corpo em processo de malhação (tendência fortíssima). Ginástica.

Reeducação alimentar.

Mais legumes e frutas e menos queijos e vinhos. CTI ou SPA a 600 reais por semana.

Tratamentos de endermologia, estimulação russa para firmar o rosto e o corpo, limpeza de pele, dieta.

Ciclovias para pedalar (assaltantes ficam de olho nas esquinas). Vigilantes do peso. Implantes de mil fios de cabelo ou o medicamento Propécia, tecnologia de ponta contra calvície. Esfoliação corporal para retirar as células mortas.

Tratamento capilar contra a queda, oleosidade e caspa. Nutrição capilar para dar maciez e brilho. Fisioterapia. Sessões de osteopatia para recolocar vértebras e a coluna no devido lugar. RPG/Ioga, tai-chi-chuan e balé para fortalecer e alongar os músculos.

Carros usados, mesmo que tenham 40 anos, agora se chamam semi-novos.

O ÓDIO É EXCITANTE

No filme *Gilda* (Direção de Charles Vidor, 1946), Ballin Mundson (George Mac Ready), o dono do cassino, percebe que existiu alguma coisa entre sua mulher e Johnny Farrell (Glenn Ford), seu braço-direito, um jogador trambiqueiro que ele conheceu nas ruas de Buenos Aires e deu emprego, por considerá-lo astuto, ambicioso, sem caráter. Na cama, após um jantar no cassino, desconfiado, cheio de suspeita, Mundson interroga Gilda (Rita Hayworth) sobre Farrell. Ela confessa:

"– Eu o odeio.
– O ódio pode ser um sentimento excitante. Muito excitante. Nunca percebeu isso.
– Não.
– É um calor que dá para sentir. Não o sentiu esta noite?
– Não.
– Eu o senti. Aqueceu-me. O ódio é a única coisa que pode me aquecer."

Vi esse filme dezenas de vezes. Inextricável. Nada é bem explicado, existe um clima entre os dois personagens, envolto por um enigma, algo indefinível que nos excita, percebemos que se as pessoas não são transparentes, são mais fascinantes, desejamos nos aproximar.

Tento fugir dos bilhetes que leio e releio. Nunca devemos fazer isso com as cartas de amor. Nunca mais devem ser relidas. Nunca mais. Machucam, mesmo quando fomos nós que dissemos: acabou.

E por que eu disse, meu Deus? Por quê?

E se o ódio começar a aquecê-la?

A DOENÇA TERMINAL QUE ME CONSOME

Perco as forças e chegará o dia em que estarei exaurido, exangue, nervos e músculos flácidos, sem força, vontade, neurônios apodrecidos, desejos amortecidos.

Não, não tenho Aids. Não tomo drogas, não sou alcoólatra, não fumo cigarros ou baseados, não me entupo de antidepressivos, de Lexotans, Dormonides, Rivotril, Prozacs, ou medicamentos para não engordar. Não injeto nada em minhas veias, estou limpo. Clean era a gíria antiga. Agora, como se diz? Distante do mundo, as palavras mudam, não conheço as novas. Daí a minha dificuldade em me expressar, me comunicar.

Letícia tinha horror desse controle. Espicaçava:

Grite, pule, xingue, arrebente, fale!

Insulte, me ofenda, me desminta, me contrarie, me amaldiçoe!

Chute as portas, esmurre as paredes, quebre os pratos, jogue os quadros, arrebente as janelas!

Despedace o som, arranque os trincos, quebre a descarga da privada!

Mas solte! Esse seu controle fere, desespera!

Maldita responsabilidade invulnerável!

E a responsabilidade para comigo?

O seu dever para com meu coração?

Estamos desperdiçando a coisa mais preciosa e difícil de encontrar, o amor. Nosso amor!

E a sua lealdade ao nosso amor?

O respeito ao meu carinho?

Um dia, uma hora, um minuto, faça uma coisa inesperada. Me surpreenda, me deixe assombrada, me deixe

atordoada, incrédula, pasma, boquiaberta, paralisada! Amedrontada!
Eu queria tanto ver você explodir!
Daria a vida por isso. Morreria feliz sabendo que você é humano, sofre, chora, se angustia, se machuca!
Me deixe contrariada.
Liberte-se desse jugo. Rompa essa corrente! Saia desse buraco!

Muitas vezes me alegrei por não ser como os outros. Não ter Aids, não ser drogado, bêbado, desonesto, filho de uma puta, cagar para tudo, ser sacana. Estava errado. Ser responsável me corrói a pele, é um alicate arrancando minhas unhas, ácido sulfúrico a derreter minha carne.

Ah, como dói não estar morrendo de tudo misturado. Não sabia ainda que outra doença, mais insidiosa, corrosiva, mortal, tinha me dominado, feito peste. Estou morrendo.

De normalidade. Fui contaminado por essa peste. Minha boca é trêmula, meus dentes estão se soltando, meus cabelos são ralos, meus olhos ardem, a luminosidade me incomoda, uso óculos escuros o tempo todo.

Estou aprisionado pelo dever.
Enjaulado pelo compromisso.
Constrangido pelas obrigações e deveres.
Incapaz de violar a mim mesmo.

Nasci para transgredir e, no entanto, a transgressão me apavora, me sufoca. Não suporto mais. E o que vou fazer?

Nada, disse Letícia. E tinha razão.

Sempre plugado

Palavras: saison, reciclagem, reflorestamento, interface.
Comportamento: usar fitinhas na cabeça.
Roupas de cama Naturae, embaladas em caixas de papelão reciclado.
Geisha é o perfume da vez das estrelas de cinema. Fragrância: mistura de madeiras e chás e a embalagem é feita no papel de arroz.
Brilho rústico.
Estampas geométricas.
Patchwork de volta.
Inspiração art nouveau, op-art.
Acarajé, nova mania.
Ouvir Chet Baker.
Frase da semana: *O Brasil é uma azeitona exótica na empada internacional.*
A volta do chiffon, usado nos anos 70, e do cinto largo para mulher.
Reedição das saias rodadas e da maxipantalona.
Maria-chiquinha nos cabelos.
Tererê de ouro: um acessório que cai junto com o cabelo. O de ouro, criado por Júnia Machado para a *Uga Uga* no Rio de Janeiro, custa 500 reais, cerca de US$ 500. O mais procurado.
Tênis all-star sem cadarço.
Camisa pólo para homens com zíper em lugar de botões. Jeans de cobra para teenagers.
Infoeletrodoméstico: o computador acoplado a todos os instrumentos da casa. Tão fácil de usar quanto uma frigideira.

Merchandises para meu funeral

Sou o mais improvável espectador e no entanto aqui estou, assistindo ao meu próprio funeral. Contemplo o meu esquife conduzido, com pompas e celebrações, ao mausoléu de mármore rosa e negro, de extremo mau gosto. Monumento gratuito, permuta de uma empresa que o trocou por comerciais de trinta segundos cada. Há três dias a televisão reprisa o acontecimento maior na história dos 60 anos da tevê brasileira: o funeral do seu astro mais célebre. Aconteceu há meses. Ou semanas? Foi ontem? Desde aquele dia, entrei em estado cataléptico. Agora, ele fechou meu caminho, futuro, carreira, meus sonhos, a puta que o pariu do caralho da fama. Se tivesse tido tempo de ter efetuado a troca, ele (mesmo morto) estaria vivo. Lenira me traiu. Disseram que ela adora esse tipo de jogo, destruir pessoas. Ela, a nefanda, correu a anunciar a morte de AP. Quem conhece a história, lembra-se daquele ministro que entregou ao Congresso o bilhete de renúncia de Jânio Quadros. O bilhete não era para ser entregue, era uma forma de pressão, truque. Fake. Lenira deveria ter proclamado duas mortes ao mesmo tempo. Uma de overdose (a dele, é o que a imprensa vem dizendo) e a minha por assassinato (um segredo que a história não desvendará). Condenar-me às sombras do anonimato é me matar. O sonho acabou, diziam nos anos 60. Nos anos 70. Nos anos 80. Nos anos 90. No ano 2000. Já disseram em 2001. E em 2002. No esquife, ele. Esquife é uma palavra nojenta. Ele. E eu. Ao morrer, ele me liquidou. Não me deu tempo. Negou-me até isso. Como vingança barata, revanche mesquinha. Ao morrer me impediu de ser. Filho de uma puta. Reprises, muitos comerciais, condolências, Ibope alto. Filho-da-mãe! Dá Ibope até morto. Quantos sabem que ele é assassino? Pois me matou. A tevê oferece o revival mágico, ainda que frio. O tubo cancela emoções, dissolve vibrações, frio como luz de néon. O cerimonial é imponente, ao gosto do público. Do fausto egípcio, com suas pirâmides, às piras indianas, onde os corpos ardem, a humanidade tem fascínio e necessita de rituais onde se homenageia e se exorciza a morte. Posso escrever o Livro dos Mortos das Celebridades 2002. Assisto ao meu funeral. Nenhum homem na história teve tal chance. Vejo o cortejo, o caixão que me conduz, seguido por Lavínia, minha ex-mulher, a primeira. Como chegou ali? Sabia de tudo? Sacode a cabeça como se estivesse sendo picada por abelhas. Vejo namoradas, muitas delas incidentais. Tem ali a mulher que comi atrás de um cenário na versão brasileira de *O Vento Levou*, a telenovela mais ridícula já produzida e, no entanto, enorme sucesso. Misturaram sul dos Estados Unidos e a revolução paulista de 1932. Eu era famoso por gostar de trepar nos cenários em sets vazios. Ou atrás do ciclorama do estúdio 9, vendo as imagens gigantescas se desenrolarem por trás. Gostei tanto de uma cena de *Henry e June* (dirigida pelo mesmo diretor de *A Insustentável Leveza do Ser*. E o nome? O nome? Minha memória se dissolve, não posso perder meus pensamentos, tão preciosos), quando Henry Miller fodeu – Letícia odiava palavras assim, fodeu, trepou – Anais Nin atrás de uma tela, na boate em que havia um show com música latina (parecia muito a gravação de *Cumbanchero*, com Rubem Gonzáles ao piano. A Europa dos anos 30 adorava tangos, rumbas). Outra aspirante (palavra velha) ao estrelato adorava me chupar o pau, enquanto eu decorava textos. Ali está a moreninha que me deu a bunda na garagem de ônibus da Aclimação, excitada por estar sendo olhada por dezenas de motoristas. Há namoradas que amei. Signifiquei alguma coisa ou queriam apenas aparecer, ganhar breves, fugazes aparições na mídia?

E as estrelas – muitas casadas – que se apaixonavam em cada novela, minissérie? Como esquecer Letícia, a única dessas mulheres que realmente me amou, a única que me fazia confortável, dizia coisas comoventes? Por que eu não acreditava?

Que mistério havia nela, que barreira imperceptível me levava a duvidar, a receber com desconfiança as suas declarações? O bloqueio estava em mim. Câmera em close. Contemplo as lágrimas daquela que foi considerada por anos minha verdadeira mulher, e a quem nunca toquei, não podia. Lavínia. Na cadeira de rodas, empurrada por capachos do estúdio. E Lenira, de preto fechado, véu e chapéu, acessórios apanhados na produção. Ela recriou a imagem da desconhecida que durante anos, em Hollywood, levou flores ao túmulo de Rodolfo Valentino. Sabia, a hipócrita, que chamaria a atenção. Fazia gestos cinematográficos, copiados das revistas de fofocas do cinema (revistas americanas como *Screenland, Photoplay, Modern Screen*). A doutora Lenira, autora da tese sobre os anônimos, o trabalho mais original que passou pelas bancas da Universidade de Dartmouth, estudo intrigante e quase romanesco, *suma cum laudae*, e que valeu seminários e palestras pelo estrangeiro, bolsas da Fullbright, Gulbenkian, DAAD, Guggenheim, Ford, CNPq (nunca pagaram as mensalidades). Pla pla pla pla pla pla pla pla pla pla pla pla pla pla pla pla pla pla pla pla pla pla pla pla. Aplausos moderados. Milhares de flores. Coroas carregadas por portadores uniformizados. Produção impecável. Na televisão, a infindável monotonia de closes sobre os nomes que enviaram flores, fundindo-se a closes dos que seguem o cortejo, conhecidos e desconhecidos. A cada reprise, haverá coroas que desaparecerão, são firmas que vão fechar, falir, pessoas que morreram, merchandises não renovados. Conheço esses tapes de cor, sei cada imagem. Gravei na memória, passo horas no escuro de meu camarim, aqui no setor 9, camarim 101. Quanto tempo ainda me deixarão usar este refúgio? Serei despejado? Na comemoração, anotei um nome, então obscuro para o público naquele tempo: Elesandro. Motoboy agitado corria ao banco para descontar cheques dos atores e produtores, conhecia doleiros confiáveis (na época em que o dólar era incomprável oficialmente), intermediava agiotas, trazia volantes das loterias, fazia o jogo do bicho (não admitiam os bicheiros dentro dos estúdios), promovia ligações com os traficantes, trazia pó, crack, heroína, ecstasy para dentro dos palcos de gravação, escondia garrafas de bebidas, propiciava encontros entre candidatas a estrelinhas e aqueles que podiam ajudá-las a subir, passava notícias falsas e verdadeiras aos jornalistas, fazia compras de supermercados para algumas estrelas. Pegajoso, vaselina, teve sua primeira chance ao ser encarregado de rodar a roleta que dava dinheiro, num programa ao vivo. Fez tantas o espertinho, tem talento para agradar o povão, pla pla pla pla pla pla pla pla, que o público adorou e o apresentador, a contragosto, teve de colocá-lo no próximo sábado, porque os números do Ibope não deixavam outra alternativa. Hoje, nove anos depois, fez lipo, mantém o ar assexuado, mudou seu nome para Alex, tem programas na tevê às sextas-feiras e domingos, atua no rádio, possui lojas, grife para brinquedos, balas, biscoitos, vende uma calça exclusiva e transmite às terças-feiras, direto de Miami, onde moram milhares de brasileiros. Sabe todos os truques, conhece o fake. Comprou a coroa para o meu (dele) funeral. Imensa, digna de um megalomaníaco. Belíssimo truqueiro, invejado pela velocidade, esperteza, agilidade para ajeitar as coisas para seu lado, para ele existe apenas um pronome: Eu. Movimenta-se com desenvoltura pela vida, sem culpas, pudores, remorsos, noções de ética ou consciência. Um homem com as qualidades ideais para nosso tempo. Faixas de fãs-clubes. Esses rostos serviriam para a tese de Lenira, sobre a identidade dos anônimos. Digo, a não identidade. Bandas tradicionais tocam marchas fúnebres se revezando com alegres e barulhentas bandas de punk, funk, reggae, rap. A fanfarra da escola onde estudei (ele estudou), mulheres de meia-idade (era adorado por elas), organizações variadas, representantes empresariais (de companhias para as quais rodei comerciais) que sabiam ser necessário estarem ali, publicitários, esportistas (a quem recomendei centenas de tênis, sungas, bermudas, aparelhos de musculação, sprays anestesiantes, metalúrgicos (agradecidos pela interpretação que fiz de Lula, o líder sindical que nos anos 90 se candidatou à presidência da República), manicures (Letícia sempre passava os dedos na sola dos meus pés e reclamava: está grosso, precisa ir ao pedicure). Fotógrafos pululam como rãs, flashes (foi uma tarde chuvosa, como eu queria, e não se tratou de produção), cinegrafistas profissionais e amadores (quantos revêem essas imagens em casa), políticos se aproximando da área onde a imprensa age. Closes de Clarissa, minha segunda mulher, de Francine, a terceira, de Camila, um breve intervalo. Confundo nomes. E de Lenira, a impenetrável, que montou toda a parafernália. Impecável produção, tão emocionante quanto a cena final de Imitação da Vida (*Imitation of Life*, 1959, último filme de Douglas Sirk, um referencial do alemão Fassbinder; que inveja deste alucinado que comeu a própria vida, consumiu-se), que forneceu toda a inspiração. Tínhamos combinado tudo, Lenira e eu, para que o povo participasse. Analisamos os grandes funerais nacionais (Elis Regina, Getúlio Vargas, Tancredo Neves, Airton Senna) e internacionais (Kennedy). Na minha memória, um filme que vi na adolescência, *Dr. Jivago* (Direção de David Lean, 1965, com Omar Shariff e Julie Christie). Nas estepes russas, em pleno inverno, a mãe de Jivago está sendo enterrada. Quando todos deixam o cemitério, o menino olha para trás e guarda uma imagem imaginada: a mãe no fundo do caixão, de mãos postas, ou braços cruzados. O meu/dele cortejo se desenvolve por ruas superlotadas. Lojas descendo portas, conforme o combinado com as assessorias que nunca pagaram aos comerciantes o cachê combinado. Eles reclamaram na imprensa, mas quem deu crédito? Povo se comprimindo nos cordões de isolamento, figurantes pagos para gritar e chorar, desmaiar e jogar flores, peças de roupas. Aquilo foi considerado um ultraje. Tempos inocentes, babacas, apesar de serem chamados de liberação e permissividade. Funerais têm seu lado encantador de comédia e ridículo e um homem (como eu) fica satisfeito que o dele seja lembrado com um festival de humor e loucuras, delírio e tristeza. Deixei uma lista das músicas que gostaria que fossem tocadas e cantadas. Na verdade, estou assistindo a um festival de mistificações conscientes, ainda que houvesse sinceridade, com gente de fato emocionada. O ultraje, segundo alguns jornais que não gostavam de mim, foi quando as mulheres começaram a tirar as calcinhas em plena rua, no meio do povo, atirando-as para cima do caixão rodeado por soldados em uniformes de gala. Há uma foto lindíssima, exposta na comemoração do primeiro mês de minha morte. Figurou na capa de uma revista semanal. Mostra uma calcinha transparente, manchada de batom, pairando no ar como um pássaro sobre o esquife, como que procurando um lugar para o pouso. Um soldado garantiu que caiu sobre o coração, mas a revista *Private* deu meu pau como o alvo atingido. Aquelas mulheres pagas traziam as calcinhas preparadas na bolsa. Na manhã do funeral, a produção agitou o comércio, comprando milhares de calcinhas e distribuindo. As mulheres pagas estimularam outras e o ritual floresceu (muitas adoravam mostrar as bocetas na rua) e por graça, brincadeira, sacanagem ou emoção, o trajeto do cortejo ficou coalhado de calcinhas, logo recolhidas por mendigas, cultivadores fetichistas e necrófilos. Agora que ele, eu, se foi, morri junto. Ao matá-lo, me aniquilei. Verdade. Um bloqueio me levou a dizer que tinha sido overdose. Não foi. Os meus escrúpulos foram mais fortes. Meu azar foi não ter dado tempo de esconder o corpo. Ainda tenho a minha frente a expressão de surpresa que ele teve, quando comecei a atirar.

Seis tiros. Descarreguei o revólver que Lenira me colocou nas mãos, duvidando: "Não tem coragem!" Nunca atirei na minha vida. Foi a primeira. Não errei nenhum tiro. Talvez por ver tantos filmes, saber como empunhar a arma, mirar automaticamente.

Não é difícil matar quando se carregou/se alimentou por tantos anos o ódio encarcerado, quando se pensou a cada dia que isso iria acontecer. Nos despimos inteiramente. A cada tiro uma peça de roupa se descartava de meu corpo, e eu sentia vergonha, ainda que não houvesse ninguém no corredor. Um strip-tease. E eu com frio. Por que AP veio a este corredor que ninguém freqüenta, a este ponto longínquo do mundo, isolado, uma ilha nesse oceano de ondas violentas que é a televisão? Por que veio? Para me provocar, como gostava de fazer. Como se dissesse: "existo, sou eu. E você? Não é nada. Ninguém, nem será, enquanto eu viver". Ele sabia que eu iria liquidá-lo e veio. Por quê? Queria morrer? Devia querer. Estava tranqüilo, sabendo que ia acontecer. Estava doente, cansado, deprimido, desiludido? Estava começando a fracassar, estava em decadência, e ria de mim, porque sabia que seria o fim de nós dois. "Quer meu lugar? Tome! É seu! Quer o que? Pega!"
    Agora, ele é conduzido dentro daquele caixão.
    Sei o que significa. Não posso mais ser.
    Mergulho no vazio, no profundo mar azul, no abismo sem-fim.
    Sou um homem que não é, e não pode ser mais.
    Dois mortos. E, no entanto, apenas um celebrado.
    O outro é um anônimo.
    Não célebre.
    Nonceleb. Eu.

RESGATANDO ANÔNIMOS: A GOSTOSA NO CINEMA

Numa quinta-feira, entrei no monumental cine Piratininga, para assistir sessão dupla. Exibiam Alma Torturada *(This Gun for Hire, de 1942, direção de Frank Tuttle, baseado em romance de Graham Greene), com Alan Ladd e Veronika Lake e* Rumba Quente *(Rumba Caliente, direção de Gilberto Martinez Solares, realizador que não consta dos dicionários brasileiros de cineastas, ao menos nos meus, aqui no camarim). Pouca gente na sala. Noite seca, quente, as pessoas enchiam as choperias. No dia seguinte, eu faria 16 anos, cansado de ouvir de meu pai: O que pretende fazer na vida? Parou de estudar? Vai trabalhar? Não sai do cinema. Come filme, bebe filme. Todas as noites. Não posso ficar sustentando marmanjo. Pensava nisso, assustado, esperando o gongo tocar e a cortina se abrir, no ritual de início de sessão. Decidir a vida. Para quê? Por quê? Como? Nesse tempo, se o cinema estava semivazio, eu tinha o hábito de me sentar em diferentes pontos da platéia, para descobrir se a posição de onde se assiste ao filme pode modificar a opinião sobre ele. Era uma tese que imaginava desenvolver no futuro. Procurava também me sentar perto de mulheres, à espera de que cruzassem as pernas e eu pudesse ver um pedaço de coxas ou um joelho liso. Joelhos lisos são o meu fetiche. Se houvesse pouca gente na sala e o lanterninha estivesse fora, fumando ou dando um amasso na porteira, biscate conhecida, eu me sentava perto de mulheres mais velhas e tirava o pau para fora. Exibicionismo é comigo, coisa que trago da infância, ensinado por minha mãe que, orgulhosa, segurava meu pinto e me dizia: Mostrando esse aqui você vai fazer a alegria de muita gente. No cinema, quando eu mostrava, algumas mulheres se levantavam, raivosas, e saíam, porém nunca nenhuma me denunciou, o que me levou à conclusão de que gostavam e ficavam nervosas. Naquele tempo – e faz pouco – se mulher reclamasse de tais coisas seria taxada de puta. Outras fechavam a cara, continuavam a me olhar sorrateiramente. Havia as que sorriam, encaravam e o jogo perdia a graça. Meu sonho era, quando fosse adulto, ficar mostrando meu pau no Viaduto do Chá, na Estação da Luz, ou no Rio de Janeiro, no Pão de Açúcar, na praia do Leblon – na rua do botequim Bracarense; não sei por que tenho o Bracarense na cabeça, é um de meus mitos, sonho não realizado, queria tanto ir lá – ou na Candelária. Idealizava também esperar beatas que vão para a missa na madrugada. Ainda existem? Nessa noite de rumbeiras e Verônica Lake, encontrei no meio da platéia uma mulher de 28 anos, ou 32, ou 40. O que sabia eu de idades? Ela, cabelos castanhos, peitos grandes, abanava-se com um leque e mantinha a boca aberta, respirando como um atleta sem fôlego. Com jeito inocente, sentei-me perto, olhando para a tela. Minha cara angelical sempre me ajudou. O leque me atirava lufadas de ar, perfumadas com Tabu, perfume da moda, todas as mulheres usavam. Nessa noite, não pensei em abrir a calça e mostrar. Devagar, levei a perna esquerda até encostar nas coxas quentes. A quentura daquela perna me acompanha até hoje. Parei, aguardando a reação. Eu tinha prática. Ela, calada, ofegante. O leque denunciou a inquietação, os movimentos se aceleraram, o perfume me envolvendo. Na testa da mulher, gotículas de suor despontavam, desciam pelas pálpebras, corriam pela face. De vez em quando, ela fechava os olhos, suspirava, limpava o suor com um lencinho amassado dentro da mão. Eu, comprimindo a perna dela. Além do cheiro de Tabu, existia o da cera Parquetina no piso de tacos carunchados, o do ar mofado e úmido, o dos cigarros – porque sempre alguém fumava dentro da sala – e o cheiro de todas as pessoas que tinham passado por ali. Fiquei fascinado, contemplando as bolinhas minúsculas de água salgada que brotavam da pele e ocupavam a testa, escorriam, brilhando com a luz refletida da tela. O filme ficou claro, com uma cena diurna, e decidido encostei minha coxa, firme, contra a dela. O consentimento me deixou paralisado, lutei contra o velho sentimento (velho? Eu tinha 16 anos) que me levava a desinteressar, quando a mulher consentia. Fiz pressão, ela correspondeu. Meu Deus, o que está acontecendo? Encostei meu braço no dela e nenhuma rejeição. A mão continuava a abanar o leque, rápida. Tentei aproximar meu rosto, beijá-la, assim como Alan Ladd fazia na tela, e a mulher se afastou, emitindo um ronco abafado, arrgh, arrgh. Melhor não forçar. Não sei dizer se era feia, bonita, o suor na testa me hipnotizava. Depois, refleti que devia ter prestado atenção, para identificá-la na rua. Afinal, se cada dia eu percorresse devagar cada rua do bairro, ia acabar encontrando-a, saber quem era, se casada, viúva, solteira, normalista, ferroviária, comerciária. Passei meus dedos pelas suas mãos, senti a aliança, mas podia ser apenas um anel. Seus dedos se grudaram aos meus, por um instante, excitados. O filme estava acabando, era o último da noite, joguei pesado. Com habilidade, contendo-me (o que mostra minha admirável capacidade. Um menino de 16 anos capaz de refrear a ânsia), levei a mão para a coxa dela, em cima do vestido e apertei. Imediatamente ela descruzou as pernas. Assustei-me com o movimento brusco, fiquei com a boca seca, apanhei uma pastilha de hortelã, ofereci, ela nem pareceu perceber, não me olhava. Mantive a mão, agora sobre os joelhos lisos, nus, o vestido tinha corrido um pouco. Era uma perna branca, lisa, não muito grossa. Deixei a mão esquecida, enquanto Alan Ladd procurava se safar numa perseguição. Fiz a mão caminhar por dentro do vestido na direção da boceta, pensando nisso, boceta, boceta, boceta, palavra mais gostosa, tranqüilizante, cheia de oferendas. Nem um só momento pensei em tirar meu pau para fora, poderia colocar tudo a perder. A mão chegou ao final das coxas, na intersecção mágica e senti os pêlos através da calcinha. Ainda não era o tempo das lingeries delicadas de hoje, de tecidos sintéticos ou seda. Inexperiente, procurei com os dedos, até chegar ao ponto. Sabia que existia um ponto, não sabia qual era. Por instinto, senti que devia tomar cuidado, não puxar os pelinhos, ela poderia reagir à dor, interromper, sair correndo. Demorei na tentativa e percebi que ela, com um imperceptível movimento de bunda, me facilitou a tarefa. Enfiei o indicador entre a pele e a barra da calcinha molhada e continuei, encontrei um poço melado que, a princípio, me deu nojo, era como se ela tivesse feito xixi. Nunca ninguém tinha nos dito como as coisas se passavam. O leque agitava-se lento e aquele molhado foi se transformando em algo agradável, excitante, o prazer de estar com o dedo ali me tomou por inteiro, prossegui com o movimento, de vez em quando ela, com as pernas inteiramente abertas na poltrona, com uma das mãos, ajeitava meu dedo, recolocando-o no lugar exato. A mulher começou a tremer, o leque caiu para o lado, ela se inclinou para trás, gemendo, enfiei meu dedo mais fundo, sentindo o cheiro acre que vinha dela e me convulsionou, tive vontade de rasgar a calcinha, agarrar inteiramente a boceta inundada, eu estava sendo feliz, era o momento de maior alegria de minha vida. O leque caiu no chão, ela ergueu as pernas para o alto, arfante, sugando o ar, respirando o cheiro de Tabu, e o cheiro que vinha dela, e da pastilha de hortelã de minha boca. Gemia e achei que fosse morrer. Porém em seu rosto havia um sorriso enorme e os olhos brilhavam de tal maneira que eu podia vê-los no escuro, porque a cena do filme agora era noturna,* Alma Torturada *é um filme sombrio. Então, ela soltou o corpo, agarrou minha mão com força, nossos dedos se cruzaram, ela fechou as pernas e apontou o leque. Apanhei e entreguei, minha mão molhou o cabo do leque, ela sentiu e me sorriu, tinha os dentes brancos, tive vontade de colocar minha língua naqueles dentes. Abanou-se outra vez rapidamente, súbito se levantou e saiu correndo. Demorei um minuto, ainda entregue ao meu prazer, sem acreditar que aquilo tinha acontecido, e fui atrás. O lanterninha estava fumando, largado no* sofá da recepção, as luzes do hall apagadas. Para que lado a mulher foi? Ele deu uma tragada (devia ver muitos filmes) e me olhou com um riso de deboche que não entendi. A mudinha? Sei lá! Fui até a esquina, não havia ninguém na rua e perdi a mulher. Olhei minha mão, ela brilhava, o cheiro era salgado, acre, saboroso, enfiei o dedo na boca, precisava sentir o gosto, fechei os olhos, era tão bom quanto uma prise de lança-perfume. Voltei muitas vezes ao cinema, antes de mudar de bairro, e nunca mais a encontrei. De vez em quando, penso nessa mulher anônima, a desconhecida que gozou nos meus dedos, me deixando enfeitiçado. Cativado, querendo repetir, e refazer e criar novas experiências como aquela. Será que ela vive ainda? Passaram-se alguns anos. Não muitos, nem poucos. Na memória dela existe aquela sessão de cinema? Foi bom para ela? Certamente foi, ela se entregou completamente. Por que permitiu, se nem olhou para meu rosto? Ou será que fui apenas um dos muitos que enfiaram os dedos entre as pernas dela? E quem a comeu? Quem a come neste momento, enquanto relembro, neste camarim gelado, aguardando uma gravação? Ela bem podia ser uma pessoa como eu, alguém solitário que ficava caçando no escuro, na sólida agonia das noites de calor. Seria casada? Quantas vezes pensei nela fugindo do cinema e correndo para o marido, namorado ou amante, excitada, pronta! Ela volta àquela sala? Não, não, acabaram com o cinema. Vai ver, foi vendido para uma dessas religiões de televisão. E se volta, ela procura aquela poltrona onde gozou uma noite? Ouvindo o pastor pregando a salvação e pensando que a salvação estava no prazer, na umidade da boceta, no gemido abafado. Se está viva, essa mulher anônima me vê na televisão? Terá idéia de que esse homem que ela contempla na telinha, que admira, ama secretamente, que deseja – como me desejam as mulheres brasileiras –, esteve com os dedos dentro dela? Como reagiria se pudesse saber que esse homem, esse astro que é seu ídolo, senta-se no camarim, nu, *ativa a memória, recordando as gotículas de suor que adornavam a sua testa, e com a mão que esteve entre as pernas dela, a homenageia, sentindo o mesmo prazer daquela noite? Há anos, procuro um vidro de Tabu, mas não encontro. O perfume completaria a cena. Curioso pensar em uma pessoa que todos sabem quem é, menos aquela que deveria saber. Para ela, sou um anônimo desaparecido no escuro de uma extinta sala de cinema. Sou aquele rapaz que, na véspera de fazer 16 anos, atingiu com o dedo um ponto úmido e encantado que passou a ser o norte de sua vida, bússola condutora.*

UM SOCO NO CORAÇÃO

Vc me desculpe.
Não posso mais.
Sempre tem alguma coisa, sempre tem um probleminha. Uma coisinha, um acidente. Sei que, diretamente, vc não tem nada com isso. Mas a situação tem. Vem sempre uma coisinha pendurada. Seja a pressa, o compromisso...
Ou o diabo que o carregue.

(Pausa)

Meu corpo está tremendo.
Estou tremendo.
Acabei de levar um soco no coração.
Sempre levo um soco no coração.
Já cansei de dizer para mim mesma: pára com essa história, vc vai se quebrar, etc...
Bom, me quebrei.
Desta vez é de verdade.

CHEGA!
CHEGA! CHEGA! CHEGA! CHEGA!
CHEGA! CHEGA! CHEGA! CHEGA! CHEGA!
CHEGA! CHEGA! CHEGA! CHEGA! CHEGA! CHEGA! CHEGA!
CHEGA! CHEGA! CHEGA! CHEGA! CHEGA! CHEGA! CHEGA!

CHEGA! CHEGA! CHEGA! CHEGA! CHEGA! CHEGA! CHEGA!
CHEGA! CHEGA!CHEGA! CHEGA! CHEGA! CHEGA! CHEGA!
CHEGA! CHEGA! CHEGA! CHEGA! CHEGA! CHEGA! CHEGA!
CHEGA! CHEGA! CHEGA! CHEGA! CHEGA! CHEGA! CHEGA!
CHEGA! CHEGA! CHEGA! CHEGA! CHEGA! CHEGA! CHEGA!
CHEGA! CHEGA! CHEGA! CHEGA! CHEGA! CHEGA! CHEGA!
CHEGA! CHEGA! CHEGA! CHEGA! CHEGA! CHEGA! CHEGA!
CHEGA! CHEGA! CHEGA! CHEGA! CHEGA! CHEGA! CHEGA!
CHEGA! CHEGA! CHEGA! CHEGA! CHEGA! CHEGA! CHEGA!
CHEGA CHEGA! CHEGA! CHEGA! CHEGA! CHEGA! CHEGA!
CHEGA! CHEGA! CHEGA! CHEGA! CHEGA! CHEGA! CHEGA!
CHEGA! CHEGA! CHEGA! CHEGA! CHEGA! CHEGA! CHEGA!
CHEGA! CHEGA! CHEGA! CHEGA! CHEGA! CHEGA! CHEGA!
CHEGA! CHEGA! CHEGA! CHEGA! CHEGA! CHEGA! CHEGA!
CHEGA! CHEGA! CHEGA! CHEGA! CHEGA! CHEGA! CHEGA!
CHEGA! CHEGA! CHEGA! CHEGA! CHEGA! CHEGA! CHEGA!
CHEGA! CHEGA! CHEGA! CHEGA! CHEGA! CHEGA! CHEGA!
CHEGA! CHEGA! CHEGA! CHEGA! CHEGA! CHEGA! CHEGA!
CHEGA! CHEGA! CHEGA! CHEGA! CHEGA! CHEGA! CHEGA!
CHEGA! CHEGA! CHEGA! CHEGA! CHEGA! CHEGA! CHEGA!
CHEGA! CHEGA! CHEGA CHEGA! CHEGA! CHEGA! CHEGA!
CHEGA! CHEGA! CHEGA! CHEGA! CHEGA! CHEGA! CHEGA!
CHEGA! CHEGA! CHEGA! CHEGA! CHEGA! CHEGA! CHEGA!
CHEGA! CHEGA! CHEGA! CHEGA! CHEGA! CHEGA! CHEGA!
CHEGA! CHEGA! CHEGA! CHEGA! CHEGA! CHEGA CHEGA!
CHEGA! CHEGA! CHEGA! CHEGA! CHEGA! CHEGA! CHEGA!
CHEGA! CHEGA! CHEGA! CHEGA! CHEGA! CHEGA CHEGA!
CHEGA! CHEGA! CHEGA! CHEGA! CHEGA! CHEGA CHEGA!
CHEGA!CHEGA! CHEGA CHEGA! CHEGA! CHEGA! CHEGA!
CHEGA! CHEGA! CHEGA! CHEGA CHEGA! CHEGA! CHEGA!
CHEGA! CHEGA! CHEGA! CHEGA! CHEGA! CHEGA CHEGA!
CHEGA! CHEGA! CHEGA! CHEGA! CHEGA! CHEGA!

CHEGA! CHEGA! CHEGA! CHEGA! CHEGA! CHEGA! CHEGA! CHEGA! CHEGA! CHEGA! CHEGA! CHEGA! CHEGA! CHEGA! CHEGA!

(Pausa)

Estou cheia. Irritada. Com raiva.
Com ódio. De mim. De mais uma vez ficar à sua disposição.
Tomei um banho superdemorado. Passei um monte de creme. Fiquei toda cheirosinha. Coloquei minha calcinha vermelha. Arrumei a casa. Passei o dia em casa. Para te esperar. Sorry! Estou com muita raiva! Vai te foder! Me esquece! E pelo amor de Deus! Seja generoso, ao menos uma vez, comigo.
Pense um pouquinho em mim. Pense na frustração, na decepção, na dor, na impossibilidade. Pense em mim quando for ligar. Ou escrever. Ou qualquer outro gesto que, saído de você, possa me machucar. Por favor! Vamos parar com essa história! Eu não quero mais acreditar em vc, nas suas palavras, no seu olhar, no seu amor, em nada. É mentira! É tudo mentira!
Chega! Eu imploro. Letícia.

COMER MERDA

Será um dia penoso. O primeiro de muitos. Minha nutricionista, cuidadosa, está aqui há uma semana, consultando livros e telefonando para os departamentos de biologia e insetologia das universidades. Selecionando besouros, formigas, larvas, lesmas, baratas, joaninhas, taturanas. Pesquisando para montar cardápios, a fim de habituar o meu paladar, para que eu me adapte, não sinta repulsão, não tenha nojo de comer tudo, quando me apresentar para o programa sensação das noites de sábado: Você Vai Ter de Me Engolir Brasil. Poderei ganhar US$ 100 mil e um contrato para minisséries e capas, editoriais, o que eu desejar. É preciso talento para engolir aquelas iguarias, fazendo cara de quem está deliciado. A câmera fica em close, para mostrar o prazer de mastigar baratas, minhocas, besouros que comem bosta. Minha nutricionista quer me preparar para comer merda humana. O prêmio é de US$ 1 milhão, o maior já pago na televisão brasileira. Acontece que esses programas têm uma audiência altíssima, anunciantes fazem fila, disputam, tentam subornar os contatos das emissoras em busca de espaço. Todo mundo prepara-se para a grande chance no dia 12 de outubro: comer bosta, aquela que bêbados cagam na esquina e ficam ali fedendo, porque São Paulo está cada vez mais nojenta, e a gente vomita só de passar perto. As filas de inscrições são imensas diante do guichê instalado popularescamente na praça da Sé. Milhares de pessoas querem o dinheiro e sabem. Aquele que comer toda a bosta vai ser o cara mais famoso do país por muito tempo. Quem sabe do mundo. Vai ganhar dinheiro, vai ser recorde, ficar na história, ser cult. Se bem que pobre e aspirante a famoso caga para essa história de cult. Nem tem idéia do que é. Um problema grave: todas as estrelas estão declarando que se tiverem de contracenar com o vencedor, jamais beijarão. Nunca permitirão que o vitorioso passe a língua que comeu bosta na língua delas. Não dialogarão cara a cara para não sentir o hálito fedorento.

Le temps d'apprendre à vivre il est déjà trop tard

Quando aprendemos a viver, já é tarde demais. Do poeta Louis Aragon popularizado em uma canção de George Brassens. A origem está em Montaigne (*Ensaios*): "Ensinam-nos a viver quando a vida já passou." Citado por Comte-Sponville em *A Felicidade, desesperadamente*, tradução de Eduardo Brandão. Kundera diz mais ou menos o mesmo quando afirma em *A Insustentável Leveza do Ser* que a vida é um ensaio.

PRIMEIRA AUTOBIOGRAFIA PENSADA DO MUNDO

Vivemos um tempo de biografias e autobiografias. Em livros, filmes, vídeos, documentários nas televisões a cabo. John Updike, o escritor americano (nem todos sabem quem é) fez duras críticas ao gênero: "elas são longas demais e sem objetivo". Para Michael Holroyd, jornalista do *The Threepenny Review* (nem sei onde é editado, vem dos Estados Unidos), os biógrafos "exploram nossas fraquezas, nossa lascívia, nosso esnobismo... não são mesmo escritores: são jornalistas, oportunistas, gente que, como papa-defuntos, fica à espreita da morte do grande homem na expectativa de faturar algum dinheiro à sua custa... Contam com detalhes tediosos o que Byron comia no café da manhã... Flaubert nasceu, Flaubert escreveu e Flaubert morreu. É seu trabalho, único, o que realmente importa, não a experiência cotidiana que compartilhou com seus contemporâneos". (*O Estado de S. Paulo*, 17 de outubro de 1999).*

As bios (os termos se reduzem, tornam-se moda, pega bem falar de maneira minimalista, logo se esquece) celebram personagens variados. De Chatô a L. F. Celine, Van Gogh, Heleno de Freitas, Nijinski, Charles Bukowsky, Althusser e Zelda Fitzgerald, Terry Southern (o gênio da modernidade que desapareceu da mídia), Larry Flint (o pornógrafo que lutou como um cruzado contra a intolerância americana), Nero, Lee Oswald, Maiakovski. De Ismael Nery a Dorothy Parker e Ezra Pound, de Goya a Camile Claudel, Antonin Artaud, Nijinski, Malcolm Lowry e Hemingway. De Gene Tierney, a Dona Maria, a louca, e Lou Andréas Salomé, Marilyn Monroe, Garrincha, Al Capone, Pedro, o Cruel, Frances Farmer, Ludwig da Baviera e Busby Berkeley.

De Gala a Louise Labé, Leminski. E a Balzac (feio, gordo, banguela e com tantas amantes): tão belos os livros sobre sua casa e seu museu em Passy, Paris. Como sonhei estar ali arranquei as páginas do *Figaro Magazine* e grudei nas paredes do camarim; cultivo livros e revistas mostrando casas de famosos; me fazem tão bem.

Ah, essas Vigilantes da Alma.

Tão boas! Trazem livros, folhetos, panfletos, jornais, revistas – mesmo velhas – boletins distribuídos em esquinas, para que eu leia, copie, anote, estude, pesquise na solidão desse camarim. Porque há um tempo não me chamam para gravações, para substituir o Ator Principal na novela que ele não terminou. Mesmo morto, continuo recusando dizer seu nome, sugiro as iniciais, MM, prosaicas, parece aquele chocolate americano. Como ser ídolo com tal nome? Mixarias do Brasil. Ele morreu, morri com ele.

Dessa maneira, diante da onda (leia tendência) de se vasculhar as vidas de ícones decidi pensar/inventar minha biografia, deixá-la pronta para o futuro. Nada escrevi/vivi. Somente anotei. Para ajudar a me estruturar. Vou usar uma frase de Alistair Cooke em seu livro *Memories of The Great & The Good*. Descobri que gostaria de ser visto como o general americano George C. Marshall. Dele disse Cooke: "Um homem cuja força interior e humor secreto só lentamente vinham à tona, como uma estalactite pende rígida e granítica durante séculos até que alguém a note sobre uma poça de água parada de pureza maravilhosa."

Meu talento foi me criar, me imaginar.

Uma perfeição de construção, nem preciso bater com o cinzel em meu joelho, gritando: *parla*. Porque falo!

Criei-me em pensamentos sólidos (outro feito meu: a solidez de pensamentos, duros como mármore) para destruir o cotidiano prosaico, que os normais cultivam, permeado de instantes medíocres e triviais, de banalidades sem conta, áridas, chulas, corriqueiras, monódicas, tentaculares em sua mesquinhez. Gosto da palavra tentacular, é imponente.

Dissipação.

Palavra insinuante. Dissipar o coração, o fígado, o dinheiro. Dissipar o corpo em drogas, orgias, alcoolismo. Em exercícios físicos, em hipocondria, em aventuras.

Dissipei com tranqüilidade e consciência o meu talento.

Usei-o nessa Autobiografia-Pensada, gênero que desenvolvi e espero que me coloque na história da literatura.

Minha trajetória está pronta.

Como eu me vejo. Como gostaria de ser. Como a posteridade deve me julgar. Um ideal de vida. Sincero. Todas as coisas no lugar. Um prodígio de imaginação ao elaborar uma existência.

Os informados, os que lêem (são raros), os mais cultos (não estou dizendo eruditos), os que, além de *Caras, Quem, Ricas e Famosas, Chiques e Bregas, Vogue RG,* compulsam livros verdadeiros, saberão que um dos meus textos de cabeceira é *Transgressing the bounderies: toward a transformative hermeneutics of quantum gravity,* por Alain Sokal, publicado em 1996 na revista americana *Social Text.* Aqui está a chave, se ninguém até agora percebeu. Meu referencial maior.

Esta minha vida vocês não poderão ler. O conjunto finalizado, pronto, editado, está em meus pensamentos. Pensei escrever, não escrevi.

Uma Autobiografia-Pensada tem de ser transmitida por telepatia. Se alguém mentalizar (deve ser a palavra) em mim, neste momento poderá receber o texto completo. Não, não é o texto. São as imagens. Pensamentos são frases, imagens, o quê? De que maneira pensamos? Pensamos em seqüências/segmentos/blocos/flashes. Como videoclipes?

Tenho um talento invulgar. Sei editar pensamentos. Neste camarim isolado, neste corredor sem fim, aprendi a pensar com perfeição, a construir seqüências, deixá-las congeladas em compartimentos especiais da memória. Monto uma cena, refaço, corrijo, mudo detalhes, acerto contornos, cubro as brechas, finalizo.

Um pensamento nunca se finaliza. Está sempre incompleto, não sei por que, só que não há mais tempo para pesquisar. Devo finalizar minha vida pensada, criada período a período, momento a momento, porque em pensamento sou onipotente, Deus e dono de mim mesmo. (*Mas e eu?* Dizia Letícia, chorando. *Onde entro?*)

Pequisa: (Árcade, 277 páginas. Dou o preço, vocês podem comprar pela internet: US$ 24,95). Não li, admito. Tirei a frase de uma resenha de David M. Shribman para o *The Boston Globe*. Também não li em inglês, recebi o recorte da tradução no jornal *O Estado de S. Paulo* (domingo, 19 de outubro de 1999). Revelações que faço com receio de algum pesquisador descobrir a fonte e eu perder a credibilidade, vocês não confiarem mais em cada linha que penso. Pensamos em linhas?).

297

MEDIR A VELOCIDADE DO PENSAMENTO

Posso repassar essa vida em um tempo que não tem maneira para ser medido. Nada é mais veloz do que o pensamento e a física não dispõe de equipamentos capazes de medir velocidades imponderáveis. Pode-se controlar um aparelho para que ele vá às profundezas das galáxias e volte. Mas como medir a velocidade do pensar?

Apanho uma cena de minha vida, já elaborada e repasso/relembro tudo em busca de um lugar adequado, verossímil para ela. Assim como um diretor/editor de cinema ou televisão, na sala de edição, coloca imagens no lugar adequado, dentro do ritmo necessário, para que funcionem.

Sou um escultor de pensamentos graças a minha memória excepcional. Cada circunstância, particularidade, nuança, pormenor, estão fixos, claros, objetivos. Às vezes retiro um fato de dentro de uma cena e coloco em outra, como se houvesse em mim teclas para recortar, copiar e colar.

Poucos sabem a dificuldade de esculpir pensamentos. Eles são instáveis, se modificam, não tomam os contornos que desejamos. O pensamento é cômodo, confortável, não me fere. Ao menos, eu pensava assim.

Esta é uma ciência nova, não existe nenhuma bibliografia sobre ela. Nenhum paper. Nenhuma experiência. Criei e sou a cobaia. Como todo pioneiro vou sofrer incompreensão, rejeição, isolamento. Como se não estivesse habituado, não fizesse parte de minha vida. Tudo que é novo traz problemas. Não tenho a quem recorrer em minhas dúvidas. O controle do tempo dentro dos pensamentos, por exemplo. Ou um pensamento penetrando dentro do outro, se confundindo. Imagens e fatos se mesclando, perdendo o sentido. Tento, às vezes, ver se é possível o pensar dentro do pensar. Já consegui, quando o ambiente é muito tranqüilo ao meu redor. Difícil é pensar dentro de um pensar que já é o pensar de um pensamento.

Outro grande problema é manter os segmentos da Aubiografia-Pensada na ordem. Porque, sendo fluidos, não há como fixá-los, eles escorrem, deslizam, flutuam (são levíssimos; um próximo passo será avaliar o peso dos pensamentos). Quando antigamente se editava o negativo de um filme, havia uma cola, um aglutinante que unia os pedaços. Tratando-se de sólidos é fácil, existem mil recursos. Mas de que é feito o pensamento? Se nem sabemos a sua composição ou onde ele é gerado, vive, transita, adormece, como fazer para editar, montar, colar, mantê-lo imóvel? Tenho tanto a fazer, assim que concluir esta biografia. Pensei a minha porque sou o meu pensar.

Acredito no que penso.
Minha única verdade são meus pensamentos.
Sou o homem que neles criei.*
O que fui, desejo, quero ser.
Penso, logo sou.
Pensamentos se dissolvem.

Lembrete: Não posso deixar de elaborar uma frase, a partir de uma que encontrei em um livrinho de bancas, filosofia acessível às massas (uma dessas utopias), destinado a vulgarizar Nietzsche (vejam se não errei na colocação do Z e do S): "Há sempre um pouco de loucura no amor. Mas há sempre um pouco de razão na loucura." Refaço a frase e daqui para a frente ela pode ser citada sob meu nome: Há sempre um pouco de loucura na vida. E há sempre um pouco de loucura na razão. Talvez a Seleções do Reader's Digest a compre. Faz tanto tempo que não ganho um dinheirinho meu!

Conservar pensamentos depois da morte

Não escrevi nem gravei um único pensamento. Vivi dentro deles, é o que basta. Não imaginem que não me deu trabalho. Noites insones, agitação constante, exaustão, ansiedades, dúvidas, investigações, medos, para compor o homem moderno que sou, com as qualidades plenas exigidas neste ano de 2002. Uma biografia sem distorções. Não inteiramente a meu favor, nem contra, porque sou humano. Não poupei meus defeitos, não sou perfeito e tive a humildade de reconhecer e registrar meu lado negativo, minha alma obscura (a frase de efeito me absolverá). Bem e mal em mim convivem.

Um único problema cabe à ciência: Como extrair da mente de um homem seus pensamentos? Alguém deve pesquisar se os pensamentos se conservam, depois que estamos mortos. Acredito que sim. Nunca se pensou nisso?

Deve haver em nosso cérebro um escaninho (cuidado com palavras antigas!) que conserve eternamente os pensamentos. Ou por um tempo, assim como os cabelos. Dizem que os cabelos dos mortos podem durar séculos. Se não, de que valeu pensar?

Minha esperança é que, algum dia, um cientista venha a mim – pela imponderável razão que se chama o acaso – e acionando determinados instrumentos, tecnologia de ponta (não analisam o DNA de mortos com milhões de anos?), recursos de informática, recolha meus pensamentos e recupere minha vida, tão bem pensada.

Não, não! Estou me explicando demais.

Deixemos a tarefa aos pesquisadores, leitores, jornalistas e demais necrófilos. Vão se regalar. Um legado aos antropólogos e estudiosos da vida privada e do comportamento humano e da arte do entretenimento na última década do século 20, início do 21.

Quem definiu o que são as formas pensadas? Quantos estudos ainda a fazer. Se as voluntárias me trouxessem material de pesquisa. A menos que eu consiga encontrar a porta que me conduzia àquelas horas da tarde que terminavam quando os digitais vermelhos marcavam: 17. Por que não esqueço? Lenira me deixava sair, sabia que eu voltaria. Sabia que eu ia ao encontro de Letícia, minha salvação.

A porta foi fechada.

O camarim é meu exílio.

Para onde irei quando me despejarem, já que AP não existe mais?

Acredito em cada cena desta Autobiografia, estou contente com o resultado. Foi uma vida interessante. Como as pessoas acham que a existência de um astro deve ser. Vida agitada, feliz. Rompi as regras ao revelar certas dores e angústias. De acordo com o tempo e as exigências da época.

Não fosse Letícia. Ela interferiu, sendo real.

Aquilo que é real para vocês.

Letícia, a verdade.

Concreta, ela tentou me puxar para o chão.

O chão de vocês.

Gerald Murphy é uma figura mítica da literatura americana. Nunca escreveu nada, mas foi amigo e patrocinou escritores, pintores, músicos. No fundo, parasitas que se aproveitaram dele. Murphy comprava pessoas brilhantes para tê-las à sua volta e formar um círculo dourado. Assim construiu uma lenda: Picasso, Gertrude Stein, Scott Fitzgerald, John dos Passos. Ele tinha consciência da posteridade. Como eu. Certa vez, Murphy,[*] ao conversar com Fitzgerald – que o retratou em *Suave é a Noite* (*Tender is the Night*). Tem também o filme com Jason Robards e Jennifer Jones, direção de... de... por que não me lembro, nada encontro?) – disse: "Para mim, só a parte inventada da vida é satisfatória, só a parte irreal. As coisas que aconteceram – doença, parto, Zelda em Lausanne, Patrick no sanatório, a morte

do velho Wiborg – tudo é real, e a gente não pode fazer nada...
Para mim, a parte inventada é que tem significado." Gerald pode ter fracassado na sua pintura, na sua vida, na sua sexualidade, mas era exato e absoluto, quando enfrentava a vida. Sabia onde estava a verdade. Na mentira.
Nada mais odioso que a terra firme. Melhor as nuvens com seus embalos, instabilidades, volubilidades, volatilidades, dubiedades, inconsistências, leviandades. Sou amorfo como elas. Tomo a forma que é necessária, dependendo da situação. Porque só existo como personagem, quando personagem. Vocês sabem. E vocês exigem formas, resoluções.
Letícia me obrigava a existir. Nunca a decodifiquei.
E se a amei tanto foi exatamente por isso.
Como aceitar uma pessoa que me aceita?
O que fiz, no entanto, com Letícia?
Do que tive medo nela?
Dessa nova mulher que ela representa? Ela abriu o buraco, o desconcerto. Um gap (palavra em alta).
Descobri que nem a vida imaginada pode trazer paz, sossego.
Um homem pode recusar a existência.
Não querer a vida como ela é. Buscar viver de outra maneira.
Era feliz nas elaborações a meu respeito. Não sou mais.
AP, ao morrer, desarrumou o meu mundo, me deixou sem projetos, sonhos. Um homem não pode viver sem utopias.
Letícia me colocou frente a frente com a única pessoa que não posso enfrentar: eu. Letícia é a verdade, quer a verdade, enquanto para mim, a verdade é insuportável, me enlouquece.
As praias desertas continuam esperando por nós dois, dizia a canção. De Tom Jobim. Ainda lembro coisas, a memória não foi dissipada.
Ela sempre quis que eu fosse verdadeiro, quando o único eu que me interessa e me acomoda, é o falso.

O que elaborei por anos, como um escultor,
o que moldei com o cinzel de pensamentos (renego essa frase, não tenho coragem de deletá-la, digo apagá-la).
Nenhum dado é verdadeiro. Segundo a verdade de vocês.
Não concordo com o que definem como falso, fake. Não!
Sei, vão encontrar papéis, anotações, cálculos e projetos para cenas que deviam ser encaixadas em minha vida.
Fraudes.
Papéis não são nada.
Observações tolas, desenhos sem significação (a ausência de sentido excita as pessoas), frases soltas, textos absurdos, sem nexo, palavras amontoadas em dias que meus pensamentos estavam descontrolados, indomáveis, cartas inventadas, instantes de filmes, aqui e ali a vida real, fotografias apanhadas em feirinhas e brechós de gente que jamais conheci, sequer sei quem é e deixei anotado nos verso: minha prima Elisa, meu tio-avô Eliseu, meu primo corretor Fábio Aurélio. Infinitas fotos de anônimos que deixo como indícios mistificadores para despistar.
O que é a vida real?
Quem sou eu para falar dela?

* Eram Todos tão Jovens *(Everybody Was so Young)*, por Amanda Vail, Editora Best Seller, São Paulo, 2001.

Inextricável fórmula de Mário Peixoto

Lendo a *Folha de S. Paulo* dei com uma reportagem de Silvana Arantes sobre Mário Peixoto e *Limite*, o filme mais glorificado do cinema brasileiro. As notícias contam que Mário recebeu uma carta de Eisenstein, cumprimentando-o pelo filme, realizado por um jovem de 22 anos, que se viu bem cedo alçado ao pódio dos gênios do cinema mundial. Mas a carta era falsa, ou não existia, ou Mário acreditava nela. Ele foi dos primeiros grandes marqueteiros do cinema. Moderno até nisso, no se inventar.

Isso me pegou. Mário acreditava na carta. Portanto, ela existia. Eisenstein, se tivesse de dizer alguma coisa para ele, seria aquilo que Mário divulgou. Tudo o que ele, Mário, queria que fosse dito. O que achava que merecia. Silvana Arantes escreveu: "O cineasta Mário Peixoto (1908-1992) concluiu um único filme (*Limite*, 1931), mas com ele garantiu seu status de mito nacional. A curiosidade sobre o restante de sua obra (inédita) e sua personalidade (considerada inextricável) poderá em parte ser satisfeita no mês que vem quando será lançado Outono/O Jardim Petrificado (Editora Aeroplano)."

Inextricável. A palavra é essa. Por ser inextricável, Peixoto se mitificou.

Assim como Dalton Trevisan, Samuel Becket, Rubem Fonseca, J. D. Salinger. Ou como se mitificaram as relações entre T. S. Elliot e sua mulher. É o que preciso ser. Inextricável. O que serei. Nada saberão de mim.

O que se vai saber será incoerente, contraditório, paradoxal, confuso, ininteligível, suspeitoso, inverossímil.

E, no entanto, eu.

O NADA É A VERDADEIRA PERFEIÇÃO

Visões fugazes de romances que li, decorei, poemas, pequenos contos sem nexo, citações daqui e dali, trechos de filosofia condensada e vulgarizada em revistas de consultório, diálogos de filmes, de livros e revistas e folhetos e panfletos que as bondosas (porque souberam reconhecer minha sensibilidade) Vigilantes da Alma (nome mais tosco para uma associação caridosa!) me trazem. Lixo catado em redações, casas de família classe média, pontas-de-estoque de editoras, refugo de sebos. Troquei frases, tirei palavras de lugar. Ninguém decifrará. Se alguém quiser me entender vai demorar séculos. E, então, não interessarei a ninguém, anônimo primitivo.

Sou feliz ao deixar para a história um homem inextricável. São as pessoas que fascinam, despertam interesse, ficam nas mentes, gente que mantém inexpugnável o lado escuro da existência. Muitas vezes inexpugnável porque esse lado escuro simplesmente não existe.

Como Shakespeare, cuja verdadeira identidade ainda se busca. Teria sido Francis Bacon, Christopher Marlowe ou Edward de Vere, o 17º Conde de Oxford, segundo a teoria de J. Thomas Looney, formulada em 1920. Outros mistérios: De Vere era gay? Era filho da rainha Elizabeth (1533-1603)? Ele se suicidou? Mistérios. Outro personagem enigmático foi Thelonious Monk, o pianista de jazz que, o tempo todo, dizia frases incompreensíveis e usava roupas e chapéus extravagantes. Ainda na lista de inexpugnáveis estão Eric von Stronheim, Dashiell Hammett, Gatsby, Lovecraft, capitão Ahab, Geraldo Vandré (por que abandonou tudo?), André Malraux (herói ou farsante?), Lawrence da Arábia (esquelético, nanico, masoquista?), Carmem Miranda (e o mistério de sua morte?), Schumann (foi levado ao alcoolismo pela sífilis? A tragédia pessoal é fundamental para o gênio), Leonardo Da Vinci, Silvia Plath (sua história de amor, rancor e morte tornou-a cult), Marlene Dietrich, coronel Kurtz (de

Joseph Conrad, *Coração nas Trevas*, de Coppola, *Apocalipse Now Redux*), Miles Davis (e aquele período em que viveu mergulhado em drogas?), Clarice Lispector (escrevia sob impulsos místicos, sobrenaturais, em transe?), Sviatoslav Richter (como aclarar o enigma desse pianista russo, completamente desconhecido e considerado um dos maiores deste século?), Howard Hughes, Glenn Gould, Joseph Conrad, J. D. Salinger, Gaensley, o fotógrafo sem face, François Villon, Rimbaud, Gilles de Rais (intrépido, perverso, dotado de inúmeras personalidades), Caravaggio (visionário, meio-anjo-meio-monstro, *que trazia em si a agonia do mundo e a euforia da carne***, encontrado morto apodrecido numa praia do mar Tirrenio), o Papa Pio XI, Chet Baker. Ser um mito impenetrável como um etrusco. Um mistério como o dos últimos dias de Pompéia.

Uma das Vigilantes da Alma me deixou um livro monumental, precioso, difícil, mas deslumbrante chamado *A Nervura do Real*, de Marilena Chauí, com 941 páginas. Pela grossura e tamanho, talvez tenha achado que se trata de um livro religioso. A única pessoa que compreendeu que sou um asceta da era informática. O que é um asceta senão uma pessoa que busca o êxtase? Coincidência ou intencionalidade? Porque Chauí discute os enigmas em torno de Spinosa. Tanto que na introdução, o primeiro segmento tem como título *Decifrar um hieróglifo*. Quem foi o filósofo? Um inconsistente, um ateu, um filósofo do amor intelectual de Deus, nova encarnação de Satã, um incoerente, homem sem identidade, solitário, excluído de um mundo que não pode suportar sua presença, um fatalista, um insensato, caótico, um homem íntegro, um asceta sublime, um filosofastro impuro? O que sou?

Daria tudo para, daqui a séculos, ter um livro como esse a meu respeito. Mais de mil páginas discutindo meus pensamentos sobre o tempo em que vivo. Na simplicidade, a profundidade. No vazio, o conteúdo.

Podem chamar especialistas. O que me preocupa é, até agora, eu não ter lido nada sobre como retirar pensamentos de dentro dos corpos há muito enterrados. Há de aparecer, confio na ciência.

O que criei vai comigo. Ao não saberem quem sou, ao tentarem decifrar o homem que não fui, deixarei a obscuridade. Cancelarei o anonimato. Serei. Um enigma.

Como aquele fóssil encontrado nos Alpes, o do homem no gelo, estudado pelo professor Konrad Spindler, da Universidade de Insbruck. Um cadáver com 5 mil anos, encontrado com uma tatuagem na pele. O que significa aquele desenho?

O que vão significar, dentro de um milhão de anos, os grafites feitos em muros e edifícios e as tatuagens nos ombros, barrigas, pernas, que são a tendência hoje entre os jovens?

Enigmas duram milênios. Tornam-se mitos. Serei um?

Em *8 1/2*, de Fellini, no final, Daumier, o homem que funciona como uma espécie de consciência crítica (um pedante, intelectualóide, pé no saco, acadêmico escarrado), diz para Guido, o diretor que não conseguiu fazer seu filme: "Se non puó tenere il tutto, il nulla é la Vera perfezione." Quero que essa frase seja pensada como a epígrafe de minha autobiografia pensada.

---

* Está no livro de Amanda Vail, *Eram Todos Tão Jovens* (Everybody Was so Young), lançado no Brasil pela Best Seller, São Paulo, 2001.

** A definição é de Christian Liger, autor de *Il Se Mit à Courir lê Long du Rivage* (Ed. Laffont, Paris, 2001).

O MAIS BELO SOM DA VIDA

Pla pla pla pla pla pla pla pla pla pla pla pla pla pla pla pla pla Tenho cedês de shows de grandes cantores. Centenas. Comprei uns, copiei outros, roubei muitos da sonoplastia. Ouço repetidas vezes. Não as vozes nem as canções. Pouco me interessam. Inclino-me diante do mais belo som da natureza humana: o aplauso. Palmas, gritos, assobios, bravos, urros. A multidão histérica, fora de si, alucinada, ensandecida, de pé, as palmas das mãos doendo numa consagração interminável. Fanática por mim. Toco estes cedês, repetindo, repetindo eternamente no meu camarim. Para ouvir as palmas. Como se fossem para mim. Mereço. Por essa obra admirável que é minha vida.

Ouço, embalado. O aplauso descarrega doses de adenalina em meu corpo. É um som mais harmonioso e melódico, vibrante e comovente, do que podem acionar todas as composições de Beethoven, Gluck, Brahms, Chopin, Tchaikovski, Mahler, Haendel, Schumann, Wagner, Respighi, Rameau, Haydn, Bach, Cherubini, Mussorgsky, Rimski-Korsakov, Mozart, Albinoni, Górecki, Schubert, Berlioz, Bizet, Mendelssohn, Liszt, Gounod, Bartók.

Lembrete: Foram os nomes que encontrei na História da Música Ocidental, de Jean e Brigitte Massin, antes que apagassem todas as luzes, por causa do racionamento. Merda! O país está cada vez mais escuro!

ERRATA. NEM BUNDAS, IRMÃ OU ASSASSINATO

Pensei, lá atrás, muito desorientado, que toques de sexualidade e violência dariam mais sabor à esta narrativa. Situações pensadas são uma narrativa? Uma sacanagem, uma cafajestice, um ato nauseabundo, um crime do qual ninguém falou, subitamente confessado, seriam boas cenas. Os grandes sucessos partem desse ponto. Reconsidero. Quero eliminar o segmento referente a morte de AP, o outro sobre a bunda de minha irmã e a lista de mulheres fodedoras com seus telefones. Sequer gostei dos nomes de mulheres que criei. Tirei das pastas velhas do arquivo da emissora onde trabalho, de filmes que vi na sessão *Êxtase Noturno*. Irmã, se tive, não conheci. Mesmo porque nasci de mãe morta. Ela estava grávida, foi atropelada, morreu. Levada ao hospital, os médicos ainda tiveram tempo de me retirar da barriga. Bem, meu medo é que alguns daqueles números telefônicos existam realmente e os leitores (digo, os pensadores que captarem meus pensamentos) possam ligar. E se de fato encontram algumas daquelas mulheres naqueles telefones? A vida é repleta de possibilidades improváveis. Boa citação para meu Assessor de Frase da Semana. Se ele existisse! Também nunca tive uma ficha policial. Por que teria? Mas os que têm fascinam pelo temor que provocam, pelo mistério. Jornais americanos publicaram as fichas de Jane Fonda, Al Pacino, Mickey Rourke, Larry King, Keanu Reeves. Drogas, porte de armas, bebedeiras, agressões, desvio de dinheiro. Como uma assinatura design.

Legar perplexidades ao futuro

"Não tenho a pretensão de que eu, ou as cartas, possa explicar meu pai. Ele foi muitas pessoas. Algumas delas mostradas em sua ficção. Mas se você tentasse ler a vida dele a partir da obra, estaria no caminho errado." Josephine Marshall, filha de Dashiell Hammett.* Repito. Talvez possa usar um eufemismo. Reitero. Nas novelas de televisão, os autores experientes sabem que cenas, ou diálogos, devem ser repetidos várias vezes, para que penetrem no entendimento do espectador. Este (como muito leitor) é desconcentrado, olha para a tela, atende ao celular, passa os olhos pelo jornal, come, discute com os filhos, corre ao banheiro, fica dosando o vermute de um dry martini, faz as contas do que deve pagar, pensa nos problemas que não resolveu na empresa, sonha com a amante, joga na Mega Sena, elabora mentalmente o que vai fazer com o dinheiro se ganhar. Enfim, está na outra. A repetição não é recurso para se comer tempo, é necessidade de um meio de comunicação ainda em implantação.

Assim, repito. Repito, reitero, insisto como num refrão. Despistar. Dar elementos, mas esconder os principais. Forjar. Colocar situações que se desenvolvem apenas na minha cabeça.

Viver na imaginação o que não vivo na vida real.

Fornecer pistas contraditórias. Confundir a cronologia.

Quanto mais paradoxal, incoerente, ambíguo, inconsistente, desconexo for o relato em torno de uma vida, mais curiosidade vai levantar e mais estudos provocar. Batalhões de pesquisadores perplexos estarão investigando.

Não me foi difícil imaginar documentos, pensar cartas (as únicas verdadeiras são as que Letícia me enviou, por algum tempo, e que leio e releio, momentos de ternura e desespero, os papéis estão se desfazendo), críticas, colecionar fotos disparatadas, catadas em caixas de feirinhas de velharias, produzir reportagens e entrevistas em jornais.

Os arqueólogos telepatas que vão escrever a história da televisão brasileira ficarão estupefatos com estes diários, cadernos, recortes, cartas.

As informações serão desencontradas.

Tudo o que pretendo é deixar um buraco no futuro.

Um vazio. Perguntas.

Um mistério como a morte de Walter Benjamin. Bastará uma foto minha, aquela que Letícia bateu uma tarde e que alegou estar perdida. Será encontrada. Deixarei o anonimato daqui a dezenas de anos, porque esta biografia vai circular, confundindo. Alguém decodificará a maneira como ela foi formulada, porque o homem é capaz de tudo. A pedra da Roseta não levou aos hieróglifos? E os computadores, os agentes químicos? Poderão me reconstituir, na forma que pretendo deixar?

Quem foi esse homem? Qual era o seu nome? Quem o conheceu? Preciso apostar com otimismo que o caso cairá na mídia.

O homem que viveu muitas vidas, como Hammett.

O que somente eu sei é que esta minha história é fake (termo em moda). Nada existiu. Ou existiu e nego.

Como não encontrei em tudo nenhuma felicidade, nenhum prazer, cancelo minha vida, nego minha existência.

Não tivesse nascido, teria sido o mesmo.

Nunca deixei esse camarim, ou cela, esse cômodo do meu internamento. Apeguei-me à vida confortável, sem perigos, ameaças, ruídos.

Aqui no camarim 101, tenho meu papéis, arquivos, caixas de fotografias, recortes, cadernos, canetas, livros, biografias, coleções de revistas, discos, vídeos, dicionários, meu aparelho de tevê.

Nada pode me atingir aqui.

Assim dever ser o mundo.

Calmo, normal, sem surpresas ou pressões.

Letícia jamais compreenderia que estar ao lado dela seria

311

estar vulnerável, os flancos abertos ao mundo que destrói, aos acontecimentos que consomem.

Tomar essa decisão foi ato de coragem.

Fui contra tudo, preferindo a contemplação à ação, em um mundo que precisa estar em ebulição, agito, a adrenalina correndo, a inquietação dominando.

Na minha decisão, tive de abdicar do prazer.

Mas os orientais – e também Letícia – falam da supressão do prazer. Ato que gerou enorme dor e aflição, me machuquei e machuquei pessoas. Feri Letícia profundamente.

Tudo o que conheci e vivi foi o medo e ele, como o antraz, me devorou o coração, corroeu minha pele, tomou o lugar dela, como uma bactéria.

O medo se tornou minha armadura.

Uma carapaça.

Por que não o combati?

Por medo. Poucos sabem o que é ter medo.

Todos têm, mas ninguém o definiu e o utilizou como eu, para ser alguém.

---

* Introdução a *Selected Letters of Dashiell Hammett – 1921-1960* (Counterpoint, USA, 650 páginas, US$ 40).

AGORA POSSO ME EXPOR

O que me paralisou foi o medo.

Da profunda dor que provoquei por não ter visto a calcinha vermelha, vestida num domingo, no corpo que se perfumou inutilmente com prolongadas massagens de bálsamos e cremes.

Dos barulhos indefinidos que ouço no corredor.

Da espera de quem vem me buscar.

De estar no espaço e perceber que não tenho asas, só acreditei ter.

De dar o passo e a calçada não existir.

De quem se vai sem dizer por quê.

De quem fica sem dizer por quê.

De quem está e se foi.

De quem foi e aqui continua.

De estar só entre outros.

De estar só, não existir.

Da certeza de que terminou a ilusão de que sou uma pessoa.

De não penetrar no significado das coisas.

Da falta de sentido de tudo.

De ser apenas figurante na vida.

Da velocidade e de minha lentidão, da falsa rapidez do mundo lento de hoje e da ausência de tempo no tempo presente.

Do abraço traiçoeiro, da água poluída.

Da sombra no olhar dela, sempre interrogativo.

Do assalto e do seqüestro, do erro, da dor, de portas fechadas e de palavras incompreensíveis.

De congestionamentos nas estradas, sem saídas e sem solução. Do congestionamento de pensamentos que fazem minha cabeça explodir.

De me sufocar com o choro que não explode, fecha a garganta e me estrangula ao ouvir discos de flamenco, que me trazem memórias de um tempo perdido.

Dos guerreiros da noite que venceram a batalha dentro de mim.

De teclas no computador que, tocadas inadvertidamente, deletam palavras, letras, signos.

Da tecla que existe em mim e posso acionar, me deletando, já que sou desastrado.

De mudar e errar.

Do dinheiro bombeado no coração, do sangue coagulado pela ambição.

De ser refém de bandidos, das rebeliões nos presídios.

Do laço, da corda, do fio de náilon que estrangula, de degraus que desaparecem quando estou subindo.

De horas escoadas sem sentido, com ponteiros girando ao contrário.

De letras, dentes afiados, lentes de aumento, terapias.

De mim, da luz, das janelas abertas. De ser olhado, apontado. De estar solto na multidão.

Da sua boceta seca, suas coxas fechadas.

Do encontro perdido, do retorno do infinito, da mão fria, da ausência de prazer.

Da altura do viaduto, de palavras impossíveis de serem ditas, do silêncio de minhas respostas.

De facas e de balas que explodem dentro do corpo.

De câncer, das emoções, do escuro dos sentimentos, do lado negro de meu cérebro, do coração obstruído por um coágulo, da nostalgia das lembranças.

De vozes robóticas que, ao telefone, oferecem contas no banco, seguros de vida, cartões repletos de milhas, vantagens em ser assinante dessa servidora, sexo oral.

De clonagens do cartão de crédito ou do celular.

De não decidir, nunca, como Flitcraft, que teve o gesto preciso, modificador de sua vida. Letícia seria o andaime, não vi, não quis ver.

314

De não agradar. De urubus voando, de hackers vasculhando minhas contas, do papel em branco que está negro, com as palavras emplastadas.

De vidros partidos, gritos, da multidão.

De sinais vermelhos que não se abrem nunca para mim.

De vírus no computador, de contas negativas, devassas da receita federal, do apagão, aumentos de tarifas, cegueira.

Da violência nos cruzamentos, da arma apontada para minha cabeça, de ficar sufocado no porta-malas do carro, de estar na cama com facas.

De mentiras desnecessárias, de coisas não ditas, suspeitas.

Do intenso amor desperdiçado.

Do elevador despencando sem freios, dos terrores noturnos.

Da minha mudez, do desconhecido me seguindo, da rejeição. Da bala perdida, da overdose, do escárnio, do fracasso. De peixe cru, de monstros extraterrestres, das interjeições.

De não mais ouvir o gemido abafado do orgasmo de Letícia.

De respostas secas e evasivas ao telefone, do tom irônico e agressivo.

De notícias de jornal, comida deteriorada, formicida.

De perguntas que não sei responder, por não poder, não querer.

Das toneladas de Lexotan, Valium, Revotril, Prozac, Trofranil, Daforin, Verotina, Eufor, Zoloft, Zuban despejadas dentro do meu corpo, sem alívio.

Do bêbado que desaba sobre mim, da carta anônima com antrax.

Do herpes-zoster. Da leucemia. De me engasgar e não respirar.

Da passarela vazia, da objetiva grande angular, do medicamento falsificado ou vencido, dos índices da bolsa despencando, de bebidas doces que fazem vomitar pela manhã.

De ser outro e descobrir que não queria (podia) ser. Da não desculpa nem perdão por sonhos e planos desfeitos, lágrimas derramadas por mim, esperanças que frustrei. De perder a sombra, de me perder na sombra. Da chuva com vento, do vulcão em erupção, do lápis furando meu olho, da casca de banana na calçada, da cirrose, de escarrar sangue.

Da verdade irrefutável, dos códigos secretos, da linguagem da política e da economia, da gíria informática, da gíria marginal, da gíria dos manos, do linguajar da adolescência, do jargão científico, acadêmico, da ironia, do sarcasmo.

De ratos roendo, da inundação, do rasgo em minha alma, das câmeras sem filme, do tédio, da febre aftosa.

De não entender inglês, não ser fashion, não saber combinar a roupa. Da vergonha do meu desajeitamento.

Do interminável, do não terminado, da dúvida, da indecisão.

Da duração do infinito. Da ausência do riso de Letícia. De ter sido o anônimo em sua cama. De não ter desfeito nunca o enigma que persistia em seu olhar, nos seus paradoxos, no fingir que eu vislumbrava (ou imaginava existir), às vezes, no seu ardor.

De ser esquecido.

De que ela não se lembre do cheiro do meu perfume, da maciez do meu pau em sua boca, de meus dedos leves na sua bocetinha molhada.

Da certeza de que felicidade não é o que pregam, nem o que leio, nem se obtém nas centenas de livros com filosofia oriental, ocidental, galática.

Da presença de números vermelhos.

Da fome, de vitrinas vazias, de amanhã eu não estar.

De buracos que se abrem e me conduzem ao outro lado da terra, mas não ao meu outro lado.

Do choro dilacerante de Letícia, do travesseiro molhado de lágrimas, aquele travesseiro que, nas noites solitárias, na sua fantasia, era eu.

De não entender o sorriso, o aceno para que eu me aproxime.

Da miséria, da perfídia, da solidão.

Do Alzheimer, do Parkinson, da cirrose.

De trocar palavras, trocar letras, trocar datas, trocar dados, trocar nomes, da inevitabilidade de ser trocado.

De gaviões gigantes com bicos de ferro rompendo minhas janelas.

Do insensato que fui ao não ter percebido a doação de tanto prazer.

De um motoboy armado, de um franco atirador dentro do cinema, das novas religiões que desejam tirar o demônio de mim.

Da dúvida dilacerante: Letícia sentia prazer comigo?

De e-mails não respondidos, de internets impossíveis de serem acessadas.

De saber que estou aqui porque não disse o sim que teria resolvido tudo, ou não resolvido nada. Teria mudado ou piorado. Teria dissolvido o iceberg que flutua há milênios rasgando cascos de navios iluminados que se aproximam e nunca chegarão ao porto deixando corpos nas águas em trevas.

De decisões necessárias e impossíveis, do enfermeiro da madrugada, das coisas não nomeadas, do telefone silencioso, do riso irônico.

Dos gritos desesperados e dos pedidos de socorro que ouço, à noite, nos corredores desse estúdio.

Da água gelada que envolve meu corpo (de onde veio tanta água se vivo no deserto?).

De não sentir minhas pernas.

De meus dentes que batem e vão se quebrar.

Da luz mortiça que recobre meu olhar como um véu.

Dos homens de azul que, para me cobrir e aquecer, trazem recortes. Com todas as notícias, reportagens e entrevistas jamais publicadas, jamais impressas, nunca ditas a meu respeito.

Dos que me fazem o ofertório das páginas dos roteiros, dos roteiros de novelas, filmes e minisséries, das peças teatrais que nunca representei, com as falas de todos os personagens que nunca vivi.

De não acontecer o que pensei, da maneira que pensei e gostaria de ter sido.

De ter pensado de modo tão lúcido e organizado, conhecer a fórmula e querer moldar tudo e nada ter se passado.

De não ter sido ele, nem eu.

De assumir que fui eliminando tudo, até eliminar a mim mesmo.*

De perceber que o coração enrijecido bate devagar, lutando contra o corpo congelado.

Desse véu que me acompanhou toda a vida e me protegeu, triturou, ofendeu e me defendeu contra tudo e se enrolou em torno de mim, como bandagens usadas pelos egípcios para recobrir corpos mumificados.

De assumir a certeza de que é impossível romper minha blindagem de aço de 999 milímetros.

Da agonia de saber que nunca mais nos veremos.

De saber que nenhum terapeuta, psiquiatra, psicólogo, psicanalista, neurologista, frenólogo, religioso, médico, amigo, ou mesmo um grande amor poderá me salvar.

Porque meu medo maior,
absoluto,
intransponível,
é o medo do medo,
o medo de não suportar o meu medo.

Pesquisa: Esta frase não pertence a ele, segundo o crítico e teórico Ismail Xavier. O diálogo é de John Lund no filme Perils of Pauline (Minha Vida, Meus Amores, no Brasil), de George Marshall, 1947, com Betty Hutton.

SEMPRE PLUGADO: OMNIA MUTANTUR, NIHIL INTERIT

Colares, anéis, pulseiras e talismãs trazendo em seu interior orações enroladas em pergaminho. As orações, escritas em sânscrito, são as bençãos que os sacerdotes davam há 3 mil anos. O colar deve ficar na altura do coração e não tem fecho para não cortar a energia. De Virgilio Bahde. Pega bem visitar a Mostra do Kitsch no Masp Centro exibindo cupidos, pingüins de geladeira, flores de cetim, tocas de banho rosa shocking, Campari de homem e de mulher, Michelangelo segurando bexigas cor-de-rosa, vestidos de Hebe Camargo. Imperdível! Há fotógrafos de plantão! Roupas de brechó customizadas (e o que vem a ser customizada?). Chuteiras lançadas pela Vuitton, sola de couro natural e cravos quadrados de borracha. Uma das bossas são os longos cadarços que envolvem o pé. A volta do baquelite. Material de mil utilidades, criado em 1909 pelo químico belga Leo-Hendrik Baeklan, foi esquecido e seu uso recuperado por Andy Warhol. Verão de cílios postiços. Retorno de Twiggy, a modelo dos anos 60. Panelas Lê Creusct. Palmtops. A caneta Surf em formato de prancha, designer de Guto Indio da Costa. Comprar CDs de grupos universitários de forró. Meus assessores de imagens e de beleza insistem: fazer urgente um lifting, implantar cabelos, corrigir o nariz, tirar duas marcas de varíola do rosto. Mas Jack Palance tinha o rosto marcado e George Mc Ready exibia uma cicatriz. Implantar dentes. Seguir dietas à risca, manter o corpo em forma. Usar o Audi A4 com câmbio multitronic. Jipões sofisticados, à la americana, dão a tônica dos utilitários. O C5 Citroen é boa pedida (torque 30 kgfm a 4.100 rpm), assim como o 607 da Peugeot.

Rezar para Nossa Senhora Desatadora de Nós

Meu olhar no fundo da bacia

Ardendo em febre, mergulhei a cabeça na bacia de alumínio, cheia de água gelada. Um choque, quase desmaiei. Sempre encho a bacia com gelo – uma concessão especial – para me revigorar pela manhã. Fechei os olhos. A sensação de bem-estar tomou conta. Um torpor agradável me ocupou. A cabeça parou de latejar. O frio desceu pela espinha.

Tirei e enfiei a cabeça, diversas vezes. A água escorreu pelos ombros, encharcou o pijama, comecei a tremer. Incontrolável. Depois do prazer, Letícia tremia. Tomei uma Aspirina com vitamina C. Duas. Um gole de conhaque forte, vagabundo, roubado na cozinha, desses usados para flambar, para dar um leve toque nas comidas.

Enfiei de novo a cabeça na água, os olhos abertos. O fundo da bacia brilhava, refletindo a luz. A água massageava o couro cabeludo.

Vi o rosto no fundo. Parecia o do outro. Do AP. Não era. Eu mesmo. Fechava o olho, o olho do fundo da bacia fechava também. Fazia movimento com a boca, a outra boca fazia. A imagem do fundo aos poucos foi se dissolvendo.

Ao retirar a cabeça, percebi que a febre tinha terminado.

Ao me olhar no espelho do camarim, vi meus olhos diferentes.

Alguma coisa tinha mudado.

Não era a cor. Era a intensidade.

A fúria.

Tive medo de olhar nos meus olhos.

...amor. A cada dia... sinto aumentar... o meu amor por vc....
Quando penso em vc, sinto um calor que começa na minha bocetinha,
vem subindo... até tomar meu corpo... E ela vai ficando nervosa e
quentinha ... pensando e esperando sua boc ... seu pau. Assim, vou
guardando este desejo... de novo a oportunidade de descarregar este
desejo e amor... que eu sinto por vc. Quando te vejo, sinto seu cheiro,
te beijo e te toco. **Letícia**

Leio, releio, leio. Leio. Guardo na caixa. O papel está amassado.

Ao menos,
Letícia, se
houvesse uma fresta
no solo
como aquela que existia
na veneziana de madeira.
E o sol, vindo por ela,
trouxesse sua imagem
ao fundo
onde estou!

O Anônimo Anônimo

Penetremos no camarim 101

O corpo foi recolhido pelos funcionários que se desincumbiram da tarefa com a displicência com que faziam a faxina de banheiros, traziam as bandejas de refeições, levavam os internos para o banheiro ou davam injeções com agulhas de ponta grossa, para sentirem prazer na dor que provocavam. Não era sadismo, diziam. Apenas a alternativa para romper o marasmo do trabalho, a quietude e a repetição, o tédio da rotina. Provocar gritos e roncos animalescos naquela gente significava agitar a pasmaceira.

Recolheram o corpo sem pena, preocupação, dor. Sem saber o nome verdadeiro daquele homem, já que durante anos ele dissera ter tantos, alguns bem estranhos, não se sabe onde buscava. Às vezes, exigia:

– Me chamem de Ismael.

Outras:

– Me chamem de Julien Sorel,
de Flem Snopes,
Hightower,

Hans Castorp,
Guermantes,
Hernani,
Raskolnikov (nunca puderam entender, abreviavam para Rasco),
Arséne Lupin,
Micawber,
Snaporaz,
Nemo,
Kowalski,
Peer Gynt (também não entendiam, diziam Perguinte, ficou pergunte),
Clyde Griffiths ou George Eastman,
Magnus Pym (confundiam com Magnum, o do seriado)
Ivan Ilitch,
Sidney Carton,
Rett Butller,
Buendia,
Gregorio Samsa (Sonso, diziam os funcionários)
Bentinho,
Mitry,
Lourenço,
Jack Delaney,
Sabino,
Nacib,
Matraga,
Charles Eating,
Holden Caufield,
Jivago.

Para a maioria era o homem do leito 101. Camarim, a puta que o pariu! reclamavam os faxineiros. Ala dos silenciosos. Pessoas que tinham deixado de falar. O que parecia não abalar os funcionários. Quanto menos falassem, melhor. Os funcionários sabiam – como defesa – que para cumprirem suas obrigações, o bom era não se afeiçoarem a ninguém. Assim, se viam sofrer ou morrer, pouco importava. Não sabiam nomes ou conheciam familiares – poucos visitavam os silenciosos –, não tinham idéia do que aquela gente tinha sido, desejado, sonhado.

Falar de sonhos com os funcionários era provocar risos irônicos, distanciadores. Sonho é ganhar a Mega Sena acumulada, diziam. Para comprar carrão importado, jet-ski, viajar para Miami, ter casa em condomínio fechado. Acredita-se, uma vez mais, que fosse defesa. Ainda que um destes empregados, conhecido como Onofrio José, desejasse a morte de cada um. Mais do que isso. Ansiava pela morte de vários por dia, porque anotava num caderno cada cadáver retirado

Número 18.978, dia, mês, ano e hora

Convocava companheiros como testemunhas de sua função, fazia-os assinar um documento, desejava entrar para o livro Guinness dos Recordes. Levava ao cartório local, para que ficasse registrado. Tinha dito que se estivesse próximo do recorde mundial e soubesse que alguém o estava alcançando, mataria alguns para superar cifras. Quem ia se importar com a morte daquelas pessoas? Uns anônimos de merda. O interno do leito 101 tinha falado, um dia, sobre uma injeção que matava, usada nas prisões dos Estados Unidos. Se pudesse comprar um lote.

Que pessoas eram essas? De onde vinham esses internos? Nada mais eram do que o sustento dos funcionários. Afeiçoar-se a alguém significa sofrer quando a pessoa morre e eles sabiam que ali todos morreriam cedo, as mentes estavam esfaceladas.

Não foi contudo o funcionário dos recordes quem recolheu e embalou em lençol amarelo o cadáver do leito 101, terceiro andar.

Nem sabemos quem cumpriu a tarefa. Apenas encontramos o homem sobre a tábua podre do necrotério, sem identificação. Essas não eram necessárias. A quem comunicar as mortes?

O corpo poderia ser retirado pelos estudantes de medicina para o estudo de anatomia, teria seus orgãos extirpados e vendidos para transplante, seria liberado aos coveiros locais para um exame da boca e do ouro da arcada dentária. Em seguida, levado ao cemitério dos sem-nome e identidade, dos que nunca foram, para apodrecer e ser comidos pelos vermes.

Por que se preocupar com eles?

Como acreditar no que diziam, contavam?

Aquele não era o ator mais famoso da televisão, do cinema, do teatro, um homem que tinha seduzido centenas de mulheres, a pessoa mais famosa de seu tempo? E que tempo era esse? Por que jamais vieram jornalistas ou fotógrafos entrevistá-lo?

E o lixo retirado dos dois cômodos? Lixo ao qual ele se apegava, a sua propriedade. Investimento, dizia. Ficou furioso quando tentaram, uma vez, arrancar tudo dali com grande pás e tiveram pena (às vezes, tinham piedade, reconhecemos). Sabe-se lá quem pagava por ele, já que detinha a posse de duas camas. Uma delas repleta de papéis e fotos, recortes de jornais, revistas, páginas de livros, desenhos, cartas, recibos, documentos, pastas ensebadas, almanaques, álbuns. Ele dormia na outra sem o colchão, o lençol atirado sobre o amontoado de papéis que ninguém sabe o que seriam. Blocos de papel, cadernos, papel de embrulhar pão, legumes, guardanapos, verso do rolo de máquina registradora, de calculadora, impressos contínuos de informática, sacos. Todas as superfícies ocupadas por uma letra fina. As palavras eram muito próximas, se sobrepunham, parece que ele queria economizar, usar todo o espaço disponível, nunca sabia quando teria mais papel. O que estava escrito era ininteligível. Havia frases em que todas as palavras se amontoavam umas sobre as outras, formando um borrão negro ou vermelho ou verde, as cores das Bics preferidas por ele.

O que fazer com aqueles papéis, fotos amarelecidas, fotos recortadas de revistas e jornais, cenas de filmes e novelas, filmes brasileiros, americanos, italianos (via-se Sofia Loren, Cláudia Cardinale, Sandra Milo, Silvana Pampanini, Mônica Belucci), fotos de atores e atrizes, pedaços de livros, páginas de roteiros? Tudo aquilo que tinha sido o colchão sobre o qual o homem estendia o lençol e dormia. Quando dormia, era um insone crônico, dizia que não podia dormir.

Ninguém entendia quando ele apontava para a própria cabeça e afirmava, categórico:

"Se eu vier a faltar, coisa improvável, enviem meu cérebro para a Unesp. A universidade terá instrumentos e especialistas que saberão o que fazer, para retirar meus pensamentos acumulados...

... o Manual que vai reger o comportamento dos anônimos que desejam romper com o inferno que é ser desconhecido, a dor que é ser desconhecido...

... essencial é o *Manual das Falhas a Ser Sanadas*. Nele está fundamental para quem deseja saber o que é glória, fama, celebridade, sucesso, carreira, dicas, informações, sugestões...

Agora, ele está sobre a laje e os funcionários recolhem os pacotes com rastelos, rodinhos, espátulas. Há papéis grudados no chão, papéis podres, esfarinhados, pulverizados, pacotes que se tornaram um bloco espesso, como se fossem tijolos, fotos úmidas mofadas, esverdeadas, cheias de fungos, com cheiro sufocante.

Um monte de livros está amontoado num canto. O funcionário apanha um, pequeno, formato simpático, parecendo muito manuseado. Como se alguém o tivesse lido quarenta vezes, fazendo pequenas anotações nas margens: Fragmentos. *Memórias de uma Infância.* 1939-1949. Por Binjamin Wilkomirski. O funcionário ficou curioso. No final, em letras vermelhas, talvez escritas com a mesma tinta que enchera o quarto de grafites, estava anotado: *Quase perfeição. Esse homem inventou sua vida. Pena que descobriram. A minha está concluída, jamais saberão.* O funcionário guardou no bolso, quando estivesse no seu horário de repouso e se dirigisse ao canto do muro, distante, para dar um tapa na maconha, leria aquele livro. A volta dele brochuras envelhecidas, amareladas, páginas úmidas, grudadas. Como se fosse o porão de um sebo, volumes esquecidos, prontos para serem vendidos a peso. Livros como *Crime e Castigo*, de Dostoievsky; *Madame Bovary*, de Flaubert; *Moby Dick*, de Herman Melville; *Cem Anos de Solidão*, de Gabriel Garcia Marques; *A Metamorfose*, de Kafka; *Luz em Agosto*, de William Faulkner; *A Hora e a Vez de Augusto Matraga*, de Guimarães Rosa; *Dom Casmurro*, de Machado de Assis; *O Apanhador no Campo de Centeio*, de J. D. Salinger; *Uma Tragédia Americana*, de Theodore Dreiser; *O Encontro Marcado*, de Fernando Sabino; *Duas Semanas em Roma*, de Irwin Shaw; *Um Bonde Chamado Desejo*, de Tennessee Williams; *Vinte Mil Léguas Submarinas*, de Julio Verne; *A Agulha Oca*, de Maurice Leblanc; *O Falcão Maltês*, de Dashiell Hammett; *Dr. Jivago*, de Boris Pasternak; *À Sombra do Vulcão*, de Malcolm Lowry; *E o Vento Levou*, de Margaret Mitchell; *Gabriela, Cravo e Canela*, de Jorge Amado; *O Vermelho e o Negro*, de Stendhal; *Viagem à Andara*, de Vicente Cecim; *O Leopardo*, de Lampedusa; *A Montanha Mágica*, de Thomas Mann; *A Princesa de Guermantes*, de Marcel Proust; *A Morte de Ivan Ilitch*, de Tolstoi; *Hernani*, de Victor Hugo; *Asfalto Selvagem*, de Nelson Rodrigues; *A Maçã no Escuro*, de Clarice Lispector.

Havia livros cujas capas estavam borradas, não se podia saber o título. "Esta merda nem para reciclagem a gente pode vender, para apurar um dinheirinho e compensar o quanto agüentamos esse arrogante." No entanto, um inspetor, homem que trabalhava há 40 anos com internos de todos os tipos, contemplando a faxina, murmurou: "Conheço bem essa gente. Esse sujeito do leito 101, seja ele quem for, com seus muitos nomes, tinha um mundo interessante. Ficava feliz quando eu pedia autógrafos, e por anos e anos pedi muitos, dizendo que era para a família, amigos, fãs que estavam no portão. Ele tinha uma caneta especial para autógrafos. Se desculpava: O departamento de marketing ainda não me entregou o lote de fotografias pedido. Sabe? Elas chegam e se vão aos milhares. Eu sabia como ele saía daqui e voltava às 17 horas. Permitia. Para onde ia? O que fazia? Ao retornar, era outro. Feliz. Tenho certeza. Se é que alguém pode ser feliz nesse mundo. Ele era feliz aqui. O que nunca entendi, mas ninguém compreende nada da vida. Uma vez, ao voltar, deixou escapar: estive com Letícia. Quem seria? Quis continuar a conversa, ele se calou. Percebeu a inconfidência. Em algum lugar de São Paulo existe uma mulher que pode explicar quem foi esse homem, qual era seu nome, o que fazia antes, por que veio parar aqui."

As vassouras e os rodos empurraram o lixo, uma foto ficou presa no pé da cama. Mostrava uma cena de uma antiga e famosa novela, a única que durante a semana final de exibição tinha dado 100 pontos no Ibope, fato insólito que tinha entrado para o livro dos recordes.

Nessa novela atuava um dos maiores atores da televisão brasileira, morto há alguns anos. Um veterano de talento e fama, carreira sólida, amado mesmo nos seus piores momentos. Diziam dele que tinha o dom da ubiqüidade, estava em todos os lugares ao mesmo tempo. Era visto num coquetel numa inauguração de concessionária de carros, numa missa de sétimo dia, num motel.

A foto encontrada no Camarim 101 (todos riam disso) era a de uma cena passada num teatro e via-se numa das poltronas, entre os figurantes, um homem que poderia ter sido dublê, stunt man, substituto do famoso ator, porque seu rosto era igual, cópia, como se tivesse havido um molde em gesso. Talvez um clone, escolhido propositalmente.

E esse figurante poderia ser o interno do leito/camarim 101, ala dos silenciosos.

Porque era como se uma máscara tivesse sido colocada sobre o rosto do homem que jazia na laje do necrotério.

Esperando o momento em que seus dentes de ouro seriam roubados e seus órgãos examinados para serem vendidos e transplantados, prática normal na Instituição.

Fly me To The Moon

Os dois entraram. O mais velho carregava uma caixa amarela, desbotada, envolta por uma fita crepe velha que estava se soltando, assim como o fundo. O outro, manco, levava um monte de livros, como se tivesse saído de um sebo. Os uniformes dos dois, impecáveis.

O diretor estava à janela, contemplando seu domínio. Pavilhões e pavilhões. Dois terços desativados. Janelas lacradas com tábuas pregadas. Isso poderia ser vendido para uma empresa de informática, depósito de supermercado, transportadora, igreja, depósito de contrabandistas, armazém regulador para os ladrões de caminhões de carga. Gostava de andar pelos corredores desertos, olhar as Unidades (como ele denominava cada cômodo) vazias. Entrava em uma, ou outra, deitava-se no estrado sem colchão, aspirava o cheiro de abandono, mofo, coisas fechadas, ficava em paz.

"Nem sei por que continuo aqui", pensava o diretor. Sabendo que ficava porque os gastos eram mínimos, o trabalho pouco e a renda ainda compensava. Afinal, com 76 anos não tinha sonhos, ilusões. Não ficara rico, não era pobre, não trepava mais, mas chupava bocetas de funcionárias quarentonas. Cheirava pó regularmente e a vida que se fodesse. "Nem me importo se o meu final for entre eles, os internos. Afinal, passei a vida aqui dentro, tão prisioneiro quanto eles", refletia. Sem pesar e amargura.

– Vieram, aposto que vieram me falar do pé no saco do leito 101, terceiro andar?

– O senhor, hein? Sempre adivinhando.

– O dia inteiro aqui foi uma romaria. Acabou de sair o Martins Carneiro.

– Estressado?

– O que viu, deixou-o apavorado.

– Então! Venha ver.

– Acha necessário?

– E tem alguma porra para a gente fazer aqui?

As bicicletas com bagageiros estavam na porta. Não se circulava pela Instituição sem elas, os corredores eram infinitos e eternos. Frase do diretor que pretende ser poeta, mas é babaca. Uma tolice, concordavam os funcionários. A caixa amarela e o pacote de livros foram colocados nos bagageiros, amarrados com as cintas. Uma das normas, para que não se perdessem coisas. Ali, coisas perdidas jamais foram achadas.

O diretor e os funcionários pedalaram pelos corredores, percebendo, como eram quilométricos, infindáveis. Sempre faziam pequenos percursos, rápidos, mas agora, não. Para onde estavam sendo levados? Que mania a do diretor de manter tudo aberto, ainda que a maioria dos quartos estivesse fechada. Pretender que a Instituição ainda fosse a gigante das décadas de 50 a 70, foi a forma de manter verbas do governo, uma vez que se recebia pelo número de apartamentos. As manobras para despistar a fiscalização eram mistério. Mas havia ofertas agora, as imobiliárias assediavam agressivamente, querendo comprar ou alugar para depósito de um macromercado, montadora estrangeira de carros, estacionamento de empresa de ônibus.

A voz de Julie London vinha em alto-falantes ocultos nas sancas arruinadas do teto. *Call me Irresponsible*, depois *I'm in the Mood For Love*, até repetir indefinidamente *Fly me to The Moon,* a favorita do manco que pedalava com dificuldade e suava.

Aqui e ali uma porta azul-claro indicava a presença de um interno. O diretor adorava pedalar por corredores desertos. Era uma forma de se exercitar. Andaram duzentos metros, viraram à direita, mais cinqüenta metros, encontraram uma bifurcação, seguiram por cento e cinqüenta metros, até o hall de piso xadrez preto e vermelho. Ali se iniciava a curva da ferradura, com os apartamentos da zona norte. A vista dava para um conjunto habitacional tornado favela, no lugar que tinha sido campo de golfe, colinas e bosques, na época que a Instituição era hotel-cassino. Fechado quando o governo Dutra proibiu o jogo. As roletas giraram ilegalmente por três anos no cassino tornado bordel de luxo e os shows da Urca e do Quitandinha perduraram vivos, importados integralmente, até os artistas emigrarem para Punta Del Este e Juan Caballero. Dizem que o diretor vem desta época, o pai era crupiê. Os três pararam diante da porta azul, marcada:

Camarim 101. Uma estrela de lata na porta.

— Camarim. Caralho! Sempre me perguntei por que é terceiro andar, se o prédio é totalmente térreo, disse o homem da caixa amarela.

— Não é para deixar uma pessoa perplexa?

O diretor riu. Ao rir, não fazia barulho, o som não saía. Ele apenas mostrava os dentes, era como se estivesse arreganhando a boca, num sinal de dor.

— O senhor designou tudo. Criou os andares. Que idéia, completou o manco com o pacote de livros.

— Para confundir. As pessoas ficam assombradas quando

procuram o segundo andar e o segundo é no primeiro. E o terceiro também é no primeiro. Ficam incomodadas! No mundo, a gente deve confundir!
— Não confundia o homem do leito 101. Desde que aqui chegou, percebeu. Que eram vários andares. Num andar só!
— Sabem que nunca vim aqui? Diziam que era tudo amontoado, o homem vivia como rato.
— Era o lugar dele. Vinha, ficava um tempo, ia. Voltava.
— O camarim. Pode? Camarim do que? E quando desaparecia?
— Todos os dias, por duas, três horas. Lenira permitia. Todos sabiam, mas ele devia voltar às cinco da tarde.
O diretor não entendia como ele estava ali, podia sair, saía e voltava. Então, por que não ficava fora para sempre? *Mas também*, refletiu, *não estou aqui para entender, nem me interessa, não me interesso por mais nada*. Abriram a porta. Ainda não tinham feito toda a limpeza. Havia poucos empregados, todos preguiçosos, cagando para tudo, e muito tempo disponível, ninguém estava preocupado.
Os dois cômodos se comunicavam por uma porta aberta provisoriamente. Desses provisórios que se eternizam, finalizados. As caixas se empilhavam até o teto. De papelão, tamanho 40 x 40 cms, 30cm de altura. Outra parede ocupada por recortes de jornais. Cadernos amarrados e empilhados. Fotos pregadas nas paredes.
— O homem era limpo, ajeitado. E essas policromias?
— Gente de televisão.
— Ele dizia que era este aqui. Conhece?
— Não... E olhe que vejo televisão. Espere... É o Marcos Meira. Não? Grande ator. Morreu... Há quanto? Um, dois anos?!
Riu outra vez o riso sem som, assustador.
— Ele chamava esse Marcos Meira de Ator Principal. Ou de AP.
— Outras vezes, dizia que era este aqui!
— Ou este!
— Aquele ali.

— Ele era todos?

— Não. Dizia que todos eram ele. Odiava essa gente. Eu não entendia nada, ele dizia que estava no lugar errado, tinha havido uma troca.

— E as caixas? Têm o quê?

— Fotos, cartas, críticas, recortes de revistas de decoração, de moda, suplementos literários. Papel velho, de anos e anos.

Nos espaços livres das paredes, os grafites vermelhos. Numa letra cuidadosa, de alguém que fez caligrafia. Letra miúda. Difícil de ler. O diretor nem prestou muita atenção.

— Isso apavorou o Martins Carneiro! Ele achou que eram escritos com sangue.

— Sangue?

— Parece, ele fez de propósito. Tudo na vida dele era fingido.

— O homem não se matou?

— Não. O coração parou. Diz o médico que estacionou suavemente.

— Martins Carneiro levantou. A suspeita. De suicídio.

Martins Carneiro, o homem que respondia pelo comercial da Instituição era sério, sisudo, vestido sempre com ternos irrepreensivelmente talhados, o cabelo cortado na última tendência, nem um fio fora do lugar.

— Martins Carneiro sonha com uma tragédia. Diz que aqui é o tédio. Corredores brancos, portas azuis, cabeças vazias. Como no mundo. Vivemos no porta-retrato do mundo. Ele sempre se metia a filósofo.

— É sangue? Se for, pode nos enrolar!

— Sangue coisa nenhuma! Tinta. Tinta Montblanc. Permanente. Da boa. As Voluntárias da Alma são mulheres ricas.

— Tinta?

— O homem do 101 tinha horror de dor. De ferimentos, machucados, cortes. Não, não era de se matar. Ele vinha dizendo: Meu coração bate cada vez mais devagarzinho.

Julie London cantava *My Heart Belongs to Daddy*. Num estilo diferente do erotismo que Marilyn Monroe emprestou à canção, pensava o funcionário manco. A esta altura, arrependido de ter levado os livros, uma vez que estava de volta ao lugar de onde os livros tinham sido retirados. Tudo é velho neste lugar, refletia, por sua vez, o funcionário que carregava a caixa. Preferia música moderna, a que o filho dele ouve e toca. O filho é mano, anda com touca de lã o tempo inteiro. Tem uma banda na periferia.
– Certeza que não é sangue?
– Nosso homem só usava tinta vermelha. Para suas coisas, seus cadernos, suas cartas, seus papéis.
– O que tinha esse homem de tão especial?
– Difícil dizer. As mulheres gostavam dele.
– Gostavam?
– As psiquiatras nunca deixaram de visitá-lo.
– Dizem que não falava.
– Às vezes, ficava o dia inteiro quieto, pensando. Não gostava de que interrompessem seus pensamentos, para não desorganizar a ordem em que os pensava, dizia.
– Ordem em que pensava?
– Seja lá o que isso signifique. As Voluntárias se amontoavam, aqui. Quando dava na telha, ele desandava a falar. Promovia reunião, criava assessorias, xingava a imprensa. Ouviam seus casos. Como substituía um ídolo. As festas. Como tratava mal e os jornalistas viviam atrás dele. Era cheio de histórias.
– Outras vezes, passava um mês em silêncio, informava que estava pensando, estruturando a vida.
– Mas ele foi ator?
– Como saber? Vai ver foi...! Outro dia, descobri projetos. De arquitetura, plantas. Fotos. Rasgadas de revistas. Mostrando móveis, quadros. Existe um caderno: *Minha casa*. Está nessas caixas. Um mundo de revistas de decoração, antigas e novas.

— Suas revistas sobre gente de televisão eram impecáveis. Cuidava muito, recortava fotos, colava em um caderno, fazia legendas.

— Quantos anos viveu aqui?

— O senhor é que tem as fichas!

— Tudo é uma bagunça. Caguei. Os que morreram, os que vivem...

— O senhor não vai se organizar?

— Vou... aposentar... Morrer... O próximo vai se foder para arrumar tudo isso aqui. A desordem é o meu reino...

— Alguém tem idéia de quando ele veio?

— Quando cheguei, ele estava aqui. Lembro de uma mulher que vinha visitá-lo numa cadeira de rodas. Laverne... Lavene... Levine...! Sempre irritada com ele.

— Parece que era a mulher dele.

— Era?

— Lenira disse que ela morreu.

Comentou o homem que carregava a caixa amarela desbotada. Cansado, depositou-a no chão, o fundo estava descolando.

— O que vocês carregam para cima e para baixo?

— Livros velhos. Papéis... para vender a quilo...

— Papéis. Sobre o quê?

— Sobre nada. Ele escrevia sempre em cima da mesma linha. Ou quando aquele computador velho que as Voluntárias trouxeram ainda funcionava, ele imprimia sempre em cima da mesma página. São montes de papel preto.

— Uma das caixas são de cartas para ele. Legíveis. Assinadas por Letícia.

— Quer cartas? Tenho um armário delas.

— Tem?

— Ele me entregava para postar.

O diretor considerava a palavra postar português castiço

— E o senhor? Não enviava?

— Vou mostrar!
Novo trajeto infindável. Os corredores eram frios, deixavam entrar a umidade de fora. Nessa época, as pancadas de chuva eram freqüentes e passageiras. Em alguns lugares, as janelas estavam apodrecidas, a água molhava o chão. As tábuas exibiam manchas de mofo, camadas enegrecidas e escorregadias. O diretor conduziu-os a uma sala contígua – ele gostava da palavra contígua – a capela e abriu um armário de aço, cinza esverdeado. Pacotes de cartas amarradas com barbantes.
— Peguem. Qualquer uma.
O funcionário puxou um pacote. Cortou o barbante com a tesoura do canivete suíço que cada empregado devia ter no equipamento.
— Leia, disse o diretor, peremptório. Ele quase gozava com a palavra peremptório.
O funcionário contemplou o subscrito. Virou-se.
— O que... significa?
— Era o que ele escrevia. Leia. Pode ler. Se conseguir. Isso é língua nenhuma. Quer ver os cadernos? Escritos nessa linguagem.
— Guardou. Por quê?
— Por causa da Lenira. Essa psiquiatra gostosa que o patrocinador impôs aqui. Lenira pediu para guardar. Guardei. Ela garantiu que seriam valiosas, poderiam render dinheiro. Falou dinheiro, falou comigo. Uma faculdade de letras quer comprar. Para estudar mitologia.
— Mitologia?
— Do comportamento. Uma nova cátedra. Então, você tem um pacote. De cartas para ele. Compreensíveis?
— Completamente. Digitadas.
— De Letícia?
— Letícia. Veio aqui. Uma vez. Adianta? Para o senhor?
— Para quê?

— Pensei. Que tivesse... curiosidade.

— Se eu disser que minha curiosidade pela vida terminou no momento em que nasci.

— Por que essa conversa? Toda? A cada semana. Morre. Um interno.

— Ele está no necrotério?

— Foi levado, lavado, tratado.

— Vai ser enterrado, logo?

O manco que segurava o monte de livros garantiu que sim com a cabeça. Ficava inibido diante do diretor. Secretamente, ambicionava seu posto. Queria roubar, participar de mamatas, se encher de dinheiro.

— Hoje, todo o mundo surtou na Instituição. Por causa desse sujeito do 101.

O diretor só dizia Instituição, achava que a palavra conferia status, elevava o nível.

— O homem. Era diferente.

— Diferente no quê?

— A Lenira definiu. Doce. Irado. Agressivo. Terno. Humilhado. Ansioso. Parecia ter medo do mundo.

— Aquela Lenira... com seus métodos modernos... dormiu com quantos? Alegando que fazia parte da cura?

— Com nenhum.

— Nenhum?

— Porra, que cabeça o senhor tem. Só pensa em foder, em boceta, chupada, suruba, caceta. Aposto que é broxa... veado.

O manco se espantou com a própria ousadia. Jamais tivera coragem de contradizer o diretor. Mas o ódio tinha subido à garganta, explodido. O diretor ignorou, o sujeito era desprezível, barra merda. No mundo só tem barra merdas era o conceito dele de humanidade.

— Ela é mulher. Interessante. Corajosa. A única que. Nas reuniões. Diz não. Para. O senhor.

– Ela imagina que se possa salvar internados com amor.
– Amor. E prazer, ela repete.
– Amor e prazer. É mulher estimulante, me irrita, me ajuda a pensar, me deixa intranqüilo. Mexe comigo! Ela entende os internados.
– E esses mapas?
– Não sei. Cada um levava sua vida. Tínhamos ordem de não nos intrometermos com ele.
– Quem deu a ordem? Eu, não.
– Lenira.
– E esse mapas?

Colados nas paredes havia mapas do metrô de Bancoc, de São Petersburgo, de Berlim, e mapas turísticos de Hazafon, Saginaw, Olavarria, Boogardie, Takamatsu, Dnipropetrovsk e Rijeka.

– Coisas dele.
– Esses internos têm cada uma!

O diretor nunca dizia internados e sim internos; nunca explicou a diferença.

– Posso? Ficar? Com as cartas?
– Para quê?
– São. Bonitas.
– O senhor está aqui há onze anos e nunca entendi por que fala aos soquinhos. Uma, duas palavras de cada vez.
– Penso. Antes de cada palavra. Separo. Para falar. Corretamente. O termo exato. Não errar. Pensar no significado. Faz anos. Que procuro. Quero eliminar. Os verbos. Falar sem verbos. Falar apenas. Com substantivos.

Nada mais surpreendia o diretor. Certas manhãs, treze anos atrás, percorrendo os corredores, ele se perguntou porque não tinha escrito um estudo sobre o comportamento humano, com o assunto que internados e funcionários oferecem. Tem material nos computadores. Um centelha se acendia, vez ou outra, provocando a intriga, o desejo. Como são as pessoas? No fundo, tinha guardado aquelas cartas, porque eram enigmáticas, desafiadoras. Os funcionários, aos poucos, iam assimilando a maneira de ser e ver dos internos. Falavam como eles, agiam, respondiam, interagiam, se comunicavam, gesticulavam. Estruturando um mundo interno diferenciado, com normas e conceitos próprios, montados a partir do que os internados deixavam transparecer. De tempos em tempos era necessário substituir o funcionalismo. Trocar pessoas de departamentos, mandá-las em vilegiatura – outra palavra que o diretor usava muito – para reciclar as mentes. Porque, depois de algum tempo, não se distinguia mais, a não ser pelos uniformes azuis, o interno do funcionário.

LETÍCIA. 17 HORAS. PERDÃO

O desafio sempre tinha sido o homem do leito 101. Silencioso, impassível, catatônico. Ou explodindo em falas contínuas, num fluxo interminável. Súbito, era surpreendido a chorar por volta das 17 horas. Não havia relógio nas paredes da Instituição, porém ele sabia quando eram 17 horas. Como se dentro dele existisse um mecanismo que lhe dissesse as horas. O que tinha acontecido, um dia, na vida daquele homem, às 17 horas?
— Quer as cartas? Para você?
— E se reclamarem?
— Quem?
— A família. Sua ex-mulher. Essa Letícia... As Voluntárias...
— Nunca se soube da família, parentes, amigos. Ele foi trazido aqui pelas Voluntárias da Alma. Essas que percorrem a cidade em busca de desgarrados. Uma empresa sustentava a estada dele.
— Sempre achei. Que fosse rico. Tinha... Privilégios.
O diretor percebeu que o funcionário falava com verbos.

Pode ser que ainda não tivesse desenvolvido a linguagem como pretendia.

– Que nada. Um fabricante de cigarros patrocina. Ele e outros. Uma pena. Lamento quando um morre. É dinheiro a menos.

Jamais imaginei. Esse tipo. De. Patrocínio. Pensei que fosse. Só cultura. Teatro. Shows. Cinema. Livros.

Não havia lógica na pontuação da fala do funcionário. Ela se alterava sem razões.

– Que nada! É para aplacar consciência. Fugir de imposto. Mas são espertos. Me dão tanto, assino o recibo pelo dobro. Fachada, tudo fachada. Para fazer mídia com a opinião pública. Sou obrigado a colocar aquela placa lá fora: *Esta Instituição é mantida pelos cigarros TR, Egípcio e Hampshire.* Bom para nós. Quanto tempo acha que podemos esconder essa morte?

– Esconder?

– Me mande o médico que atestou o óbito!

– Foi o Zé Renato. Homem sério!

– Não vou propor nenhum trambique.

– Como se pudesse falar em honestidade aqui dentro.

– Só quero saber do que morreu! Depois, coloco outro no lugar dele.

– Coisa de filme antigo. Novela das sete. Vão manjar logo!

– Cada vez é um auditor da empresa que aparece. Vêm a cada seis meses. Nunca vão perceber. Internados não têm identidade.

O manco pensou: "Esta é a minha chance. Mato esse velho babaca, enterro no lugar do homem do leito 101, aquele chato. Somos todos de uma babaquice atroz, nesse instituto. Instituto. Instituto. Ele odeia quando se diz instituto".

– E o crachá?

– Troque a foto. Ponha um barbudo no leito. Barbudos

confundem. Nunca se sabe a cara que têm. Digo que ele surtou, não quer se barbear mais.

— Logo ele? Se barbeava. Com um puta de um cuidado...

— É...? Sozinho...? E se um dia se matasse com o aparelho? Quebrasse o espelho, cortasse os pulsos?

O diretor tremeu. Tinha que ser mais cuidadoso, dar uma incerta nos pavilhões. Prevenir incidentes. Cagava para os mortos, mas podia acontecer um inquérito, uma CPI, os procuradores da república andavam excitados, investigando tudo.

— Ele se barbeava. Para Letícia. Dizia. Que a barba dele. Era dura. Machucava. A pele dela. O rosto dela ficava. Em fogo. Vermelho. Irritado.

Não fosse um funcionário eficiente, com diploma americano, o diretor mandaria esse homem embora, só pela maneira dele falar. Irritava, dava mal-estar. Vinha a vontade de terminar a frase. Entre uma palavra e outra o funcionário dava um tempo. Vai ver, pensava mesmo cada palavra. Pensava, pesava. Palavras, palavras, ora, foram criadas para serem ditas para atropelarem a boca. O diretor adorava falar, nas reuniões não ouvia ninguém, só falava, despachava, assinava, queria que executassem, tudo era fácil para ele, um passeio. Por pior que fosse o trabalho, era um passeio.

— Falsifique o crachá. Posso argumentar que eles danificam os crachás.

— Vamos começar a limpar a unidade dele.

— Leve os papéis, os livros, pastas, recortes. Lavem as paredes. Falar nisso? O que diziam mesmo os grafites? Com medo do suicídio nem prestei atenção!

— Só quatro palavras: *Letícia. 17 horas. Perdão.*

— Todos a mesma coisa?

— Todos. Centenas.

— Ou milhares. Alguém podia contar.

— Para quê?

— Para ficar de saco cheio!

— Tinha uma frase, escrita em letras de forma. Bonita. O filho de uma puta sabia das coisas.

— O que estava escrito?

— Tá aqui. Copiei, quero ver se com ela como uma assistente, uma Voluntária.

— Porra, o que está escrito?

— O amor que começou naquele dia foi o maior que todo amor de qualquer lugar e época, e toda poesia não pode contê-lo. De uma carta de Dashiell Hammett para Lílian Hellman.

— Hellman. Deve ser a maionese. O resto, na parede, era o 17 vermelho. Vou jogar no bicho. 17 é o macaco.

— Deve ter sido um esforço monumental.

— Parece que ele viu aquele filme sobre o Marquês de Sade. Eu vi. Achei que ia ser cheio de suruba, não tinha sacanagem.

— Lá vem o senhor, caralho!

— Bocetinhas doces, salgadas, molhadas, largas, apertadas, fundas, fodedoras, metedoras, sugadoras, mordedoras.

O assunto se desviava, o homem da caixa amarela queria garantir a posse da caixa.

— As cartas são minhas?

— Caralho! Enfia no cu!

— Cartas. Tristes. Alegres. Brigavam. Reatavam. Ele a maltratou muito...

— As cartas são de quando?

— Não têm. Data.

— Não?

— Os papéis estão. Amarelados.

— É o clima frio. A umidade do ar. Estão assinadas?

— Não!

— E se foi ele quem escreveu para ele mesmo?

— Não. Ela escrevia em computador.

– Ela fazia o quê?
– Como saber?
– E se ele inventou essa mulher?
– Acho que não. A única coisa. Que existiu. Tenho certeza. Com os anos que passei. Aqui. Posso dizer. Ela era a obsessão. Fixação. Paixão que se transformou. Loucura.
– Ele não era louco. Nunca foi. Estranho, sim. Louco, não. Sabia das coisas, conhecia o mundo, os homens. Era um magoado com a mediocridade. Foi o que a Lenira disse, um dia.
– Sou um filho-da-puta. Cínico do caralho! Mas amor não enlouquece. Falta de amor, sim.
– Alguma coisa. O deteve. Bloqueou. Paralisou. Era um homem desesperado. Por ela. Garanto. Outra coisa. O alucinava. A celebridade. Queria ser célebre, porém anônimo.
– Fundiu meus neurônios.
– Era isso. Um dia, ouvi. Uma frase inteira: Sou o mais célebre entre todos os anônimos. Sou uma celebridade invisível. Era o que o machucava.
– Como pode saber?
– O olhar dele. Intuição. Sei. Quando eles. Fantasiam. Quando. É verdade. O olhar muda.
– Ah, te peguei! Olhando no olho de homem! Nessas cartas tem sacanagem?
– Erotismo, o senhor quer dizer?
– É tudo a mesma coisa.
– Não! Uma é beleza, poesia. As cartas dela.
– Vá... vá... vá... Você se apaixonou por ela. Por essa Letícia. Que mulher deve ser. Vai ver, você o matou!
– O senhor não entende. Nada.
– Entendo muito. Mais do que vocês. Mais do que os psiquiatras modernos. Mais do que aquela Lenira.
– Essa relação. Deve ter sido linda. Essa Letícia. Adorava aquele. Homem do 101.

— Nunca imaginei que vocês pudessem ser românticos. Vivendo onde vivem. Trabalhando com quem trabalham. Neste mundo fodido! Nesse Brasil escuro, nem tem mais luz à noite! País podre!

— Essa mulher. Uma morena. Esteve aqui. Tinha um anel enorme de ouro. E umas pulseiras azuis. *Do meu amor.* Ela disse.

"Vou internar esse aí também", pensou o diretor. Adorava internar as pessoas. "Se encontrar patrocínio, interno. É só montar um processo. Somos peritos. É só fraudar documentos, apanhar testemunhas, mandar para a empresa. Tenho meus canais, entro direto no computador."

— Posso?

— Leve logo, porra!

— Estou recolhendo material deles.

— Para que?

— Fazer. Como a doutora Nise da Silveira. Fiquei. Impressionado. As imagens. Do Inconsciente. Do Arthur. Bispo do Rosário. Foi até na Bienal.

— Bienal... Como se você, uma besta, tivesse ido alguma vez à Bienal!

— E fui. Vi as coisas do Bispo... Fiquei siderado!

— De quem?

— Bispo do Rosário.

— Ah!... E o que a doutora Nise ganhou?

— Como ganhou?

— Dinheiro.

— Não ganhou. Ela. Estudava.

— Estudava. E o dinheiro?

— Nada.

— De que adianta?

O outro funcionário, o manco, finalmente falou:

— Os livros. Posso?

— Levem tudo, limpem a área, coloquem outro interno. Enterrem o do leito 101 com outro nome.

— E qual seria? O nome dele?

— Sei lá... essas coisas são com vocês!

O funcionário que carregava os livros falou. Parecia absorto.

— O último foi Victor Hugo.

— Como aquele antigo jogador de meio-de-campo do Grêmio de Porto Alegre?

Na cova das serpentes

Para irritar Lenira, o diretor, acintoso, fumava um cigarro de maconha. O cheiro provocava náuseas, ela resistia, conhecia a provocação. Odiava esse homem, mas reconhecia. Aquelas duas centenas de internos estariam nas ruas, não fosse a ganância com que ele administrava a Instituição, que tinha sido moderna, a princípio, ousada mesmo. Agora, ela estava para se aposentar, ainda que fosse nova. Tinha começado cedo, fora criada ali, sua mãe tinha morrido numa camisa-de-força. Um daqueles internos muito velhos poderia ser o pai dela, desconhecido. Como devia ir embora, cuidava de poucos e com o morte do homem do leito 101, não sentia mais muita motivação. Gostara daquele homem, ele tinha magnetismo, presença, olhos loucos. Assim ela o definia. Homem dos olhos furiosos. Ao mesmo tempo, tão desamparado. No entanto, tinha criado um mundo particular, rico, bem armado, do qual ela fazia parte, sabia. Ele a confundia com algum personagem criado internamente e gostava disso. Ele, às vezes, contava trechos de sua vida pensada – seja lá o que isso significasse –, arquitetada na mente,

no isolamento de seu camarim 101, o apartamento distante do corpo principal do edifício. Ele escolhera o lugar. Na Instituição, os internos, se quisessem, podiam sair, desde que obedecessem a um horário de volta. Para terem sentido de responsabilidade, impunha Lenira. Era o seu método.
— Então, o xodó se foi?
O diretor também utilizava palavras antigas, fazia de propósito.
— Mansamente.
— A propósito, como aconteceu?
— Foi encontrado deitado sobre uma foto do depósito vazio. A que ele chamava estúdio 9.
— Chamei os que o atendiam. Cada um fala uma coisa!
— Ninguém sabia nada.
— A não ser você. Estava a fim de você, não estava?
O diretor se achava sutil. Gostava de fazer insinuações, provocar. Para ele, todo o mundo estava a fim de comer todo o mundo, a humanidade era feliz assim. Todos cheios de tesão.
— Teve uma paixão. Letícia.
— Deu certo?
— Não!
— Porra! Puta que os pariu! Com ele era difícil qualquer coisa dar certo.
— Já combinamos. Está em contrato. Nada de palavrões comigo. Ele foi o interno mais complicado que passou por aqui. O senhor me respeite.
— Me trate por você...
— O senhor é o meu diretor. Homem bem mais velho...
— Velho e broxa, é o que pensa de mim, não é?
— Cuidado com o palavrão!
— Sabe bem a merda que é ser diretor de uma merda cheia de merdas!
— O senhor nem sabia que ele existia, como não sabe da maioria. Vive chapadão! Perdeu o controle.

— Quem tem controle no Brasil?
— Ele... tinha, talvez o único. Um homem insuportável. Nunca conheci ninguém mais chato.
— E assim se fodeu!
— Por favor... Nem eu que convivi mais com ele penetrei a fortaleza que construiu. Não era um homem comum. Também nunca soube se era um dissimulador que enganou todo mundo. Inclusive a ele.
— Está bem! Bem! Terminou! Enterrou, acabou. Libera espaço. Precisamos de vagas...
— Como tivesse falta de espaço. Tem duzentos apartamentos fechados. E dinheiro entrando, de empresas privadas, verbas de governo. E ainda está levando dinheiro das obras que vão acontecer.
— O dinheiro entra, entra e a Instituição está se acabando, aqui vai ser uma porra de um conjunto de viadutos para ligar com o Rodoanel de São Paulo. Vai ter um cebolão em cima do cemitério, aqui vai ser canteiro de obras, uma bosta qualquer superfaturada.
— Nem quero ver tudo se acabar. Apesar de tudo, gosto daqui, é minha profissão. Apesar do senhor...
— Foda-se, foda-se-se tudo, foda-se você...
— Olhe o palavrão!
— Foda-se você e a sua ojeriza aos palavrões. Sabe o que vou fazer?
— Não tenho idéia, cada hora o senhor diz uma coisa, faz outra...
— Vou levar minha grana e cheirar tudo, comprar heroína pura, cara. Estou cagando para um interno que se foi, apodrece. Só quis saber desse aí, porque era cheio de regalias, de titica. Era especial para você, não era?
— Não sei do que se escondia.
— Tudo é crise, Lenira, uma puta crise. Esse governo neoliberal fodeu tudo. Essa globalização... Os insanos não

vêm mais. Ficam em casa, moram nas ruas, Lenira. Internados debaixo dos viadutos, pontes, marquises, montam barracas nas praças

Lenira surpreendia-se sempre com certos insights do diretor.

– Lembre-se. Ele veio por conta própria. Trouxe indicação de patrocínio. Como será que conseguiu? Tudo é obscuro em torno dele.

– Me disseram que as Voluntárias o trouxeram.
– Também ouvi dizer que ganhou na loteria esportiva.
– E veio se enfiar num lugar destes?
– Sentia-se protegido aqui.
– Não tinha uma mulher tentando tirá-lo daqui?
– Letícia.
– Quem era?
– Tentou tudo, ele não saía. Na verdade, ele não precisava estar aqui. Nunca precisou.

– Normais não existem, querida. Nascem mortos. Tortos. E se fosse um medíocre, consciente da própria mediocridade? Aí, surtou. A merda é querer explicar tudo, justificar.

Era nojento ouvi-lo dizer, minha querida. Mas o diretor tinha instantes de lucidez, não tinha chegado até ali gratuitamente. Certa época, tinha sido um nome na psiquiatria. E se o interno do 101 tivesse enganado a todos, o tempo inteiro? Um grande ator. Representou a própria vida. Meu Deus, ele ia persegui-la sempre, sem chances de ser decifrado?

– O egoísmo dele me irritava. Ele me desarmava. Fazia jogo o tempo inteiro. Não pensava em outra coisa que não o próprio umbigo. Poucos viveram uma ego trip maior...

– Ele... teve trabalho, um dia?
– Foi arquivista na televisão.

Riu, pensativa. Recordando. Olhando para o diretor que parecia um senador da República Velha, babão e corrupto, cheio de papadas. Um cão boxer.

— Curioso como ele começou. Fazia faculdade, precisava sobreviver. Na televisão, era encarregado de verificar a exatidão das horas nos relógios de pulso dos atores, durante as gravações de novelas. Conferia tudo. Para a hora do pulso ser a hora real. Foi aí que tomou gosto por aquele mundo. E ficou com a mania de seguir as horas. Tornou-se obcecado.

— Estudou alguma coisa?

— Sociologia... abandonou, fez história, não completou. Chegou ao final de Comunicação. Cada hora dizia uma coisa.

— Um homem atraente! Ao menos para você!

Havia ironia na voz, ele sempre estivera querendo Lenira, mulher exuberante. No fundo, queria comer todas, só respeitava as Voluntárias da Alma. Eram poderosas, mulheres de empresários, atraíam patrocínios. Aliviavam as culpas fazendo assistência social, organizando ONGs. O diretor vivia assediando assistentes, elas partiam sem dar queixa. Ou davam e ninguém fazia nada. Ele usava a palavra insanos, para tudo. Tinha sido, no passado, homem de idéias e projetos.

— Ele foi ator?

— Durante anos, um ator sem cara.

— Sem cara?

— Era o defunto dentro de um caixão, o rosto coberto por flores. O homem que está atrás da porta e desfere um golpe. O personagem visto de costas. O rosto atrás de uma janela, encoberto pela cortina. O jogador de sinuca que mostra apenas as mãos movendo o taco. O cavaleiro que se perde na distância... Ele vivia uma realidade confusa. Anos atrás, em uma novela, *Cataclismos de uma Paixão*, interpretou um clone. Aparecia verdadeiramente em algumas cenas, mas o ator era outro, parece-me que o Marcos Meira.

— Lembro-me dessa novela, uma puta audiência.

— Ele aparecia de longe, dava cambalhotas, umas corridas, saltava, porque Marcos era incapaz de correr, estava longe de ser um esportista. Viciado demais! Nosso homem nunca apareceu em close, o que mais desejava. Tinha certeza de que era, devia ser, o ator principal, como chamava. Era preciso eliminar Marcos Meira. Ele tinha certeza de que fazia tudo pelo Marcos, porém a fama ia para o outro, não era dele. Ele era um grande ator, o que tinha talento, enquanto o outro nada fazia, gozava a vida, a fama. Tempos depois, pensou em matar Meira.

– Matou?
– Claro que não, Marcos estava morto.
– Desisto.
– Eu acho... não tenho certeza. Ele devia sofrer da síndrome da alucinação consciente...
– Que porra é essa?
– ...Dá em pessoas normais, sem problemas...
– Não me venha!
– Lúcido, todo o mundo imaginava que ele tivesse surtado. Estava em surto, se pensava que estivesse normal.
– Que caralho é isso?
– Já pedi! Nunca use nunca palavrões.
– Caralho! Boceta! Merda! Quer mais uma? Cu. Que sintoma é esse?
– Sintoma? O senhor está por fora.
– Você é um pé no saco!
– Alucinação consciente é quando a pessoa vê coisas. Como num filme ou fotografia. Ou, então, ouve. E tem a sensação de que está tocando coisas que não existem. Como alguém que sente cócegas em uma perna amputada.
– O que me enche o saco em gente como você, como a sua tribo, são as explicações para tudo, as teorias. Curaram alguém? Ninguém, nunca! Só teorias, falar, falar, preencher papéis, fazer seminários, aparecer nos jornais científicos, na mídia.
– Por Deus!
– O que tem de psiquiatra moderninho dando entrevistas, indo a coquetéis... escrevendo coluna de auto-ajuda! Ídolos de programas femininos de televisão com seus conse-

lhos. Participam de tudo o que é programa para mulher no tédio das tardes.

— O senhor é asqueroso...
— Saí do mundo, filha! Pulei fora. Você também vai se mandar. Percebeu quem sou, a merda que isso aqui é. Ao menos, não minto, não finjo!
— Pelo amor de Santa Apolônia!
— Que história é aquela do camarim?
— Era homem contido. Às vezes, ousado. Inesperado. Arrogante, impertinente. Outras, nunca pedia nada nem reclamava. Não se achava no direito, aceitava tudo, não dizia nada. Tinha pavor de demonstrar contrariedade, se opor, discordar. Concordava, estando contra. Um absurdo de simplicidade dissimulada. Como se ao dizer não, o mundo fosse desabar. Não emitia opiniões. Não era possível, era outro jogo. Fake. Ele foi um homem fake. Não sabia como retirá-lo do fundo em que se metera. Um Titanic submerso.
— Submerso? Qual é, Lenira?
— Bateu em um iceberg...
— Um chato! Porra, esse sujeito era de doer. E você o odiava.
— A cada dia, me informava: "nasci hoje, não tenho ontem, nem passado". Principalmente depois que rompeu de vez com Letícia.
— Como era Letícia?
— Só vi uma foto, uma vez.
— Pensei que conhecesse.
— Não sei se a foto era dela.
— Como?
— Ele tinha muitas fotos. Dizia que eram dele, criança, jovem, na universidade. Nenhuma era dele, catava pelos bricabraques. Uma vez em Porto Alegre, arrematou um lote, transformou toda aquela gente desconhecida em parentes,

amigos, nele mesmo. Usava as do arquivo onde trabalhava, retocava em computador. Colocava em porta-retratos no camarim.
— Não percebo por quê.
— Essa Letícia que ele me mostrou, pode ter sido uma foto que ele tirou do arquivo. Se for a verdadeira Letícia, era bonita, interessante. Uns 37 anos, olhos envolventes, cara forte. Sensual, ela o incitava, dizia.
— Incitava. Gostei. Você fala um belo português.
— Bom... ela o animava a fazer loucuras, não ter horários, quebrar compromissos, ignorar responsabilidades. Ela era a liberdade...
— Falar sobre ele e falar sobre liberdade... Ora, ora, ora!
— Letícia. A mulher ideal. Uma necessidade dele, os acontecimentos em sua vida eram escassos. Amou-a demais, a única pessoa que amou e que talvez o tenha amado. Ele não teve coragem. Isso e a impossibilidade de ser AP o atiraram aqui.
— AP...?
— Ator Principal.
— E a mulher verdadeira?
— Como saber? Uma vez, ele deixou entrever que houve um acidente. Ele dirigia, e quando dirigia, dirigia bem, tinha sido piloto de testes na revista Quatro Rodas. Corria muito, pé de chumbo, doidão pelo volante. Um reflexo do sol no carro da frente o cegou, ele perdeu a direção, rolou pelo acostamento, desceu a ribanceira. A mulher ficou paralítica, passou a acusá-lo, a enchê-lo de culpa, o tempo todo dizia "você me tirou a vida, tirou tudo". Outra vez, ele a colocou na cadeira de rodas, enfiou-a no carro, ela gritava que não, tinha trauma de carro. Saíram, era um sábado, véspera de Natal, e ele correu, como sempre fazia, correu, soltou as mãos da direção, queria que o carro capotasse. Brecou, o carro girou, mas não capotou, ele continuou. Queria matá-la e o carro rolou outra vez.

– A mulher morreu?
– Morreu para ele. Considerava-a morta, mas ainda tinha apego, culpa, lembranças. Um dia, ele me disse: Você acaricia e alimenta as lembranças e elas podem devorá-lo. Ouviu no filme *O Garotinho Perdido*, com Bing Crosby. Colocou a mulher num asilo, sanatório, sei lá o quê, ia visitá-la, não se falavam. Se olhavam durante horas, se consumindo de ódio, ele sentindo a raiva contida que ela não podia expressar, perdera a fala, tinha mordido e cortado a língua. Sua ira emanava, transfigurava-a, e aderia à pele dele, penetrava-o, era o mesmo que estivesse ouvindo-a gritar, "assassino, assassino, assassino". Era como se ela dissesse, "você nunca vai se libertar de mim, nunca vai me deixar, virá aqui todas as semanas, virá todos os dias, ficará aqui até o final da tarde, então poderá ir".
– Até o final da tarde? Emanava. Você usa palavras poéticas.
– Às 17 horas.
– Ele contou isso?
– Em pedaços. A fórceps, era irritante, odioso. Um pé no saco. Era impossível conviver com um sujeito daqueles.
– Então, aquele 17 horas não era a hora em que deixava Letícia?
– Era.
– Como?
– Ele visitava Letícia e sabia que no final do dia deveria voltar. Como se voltasse para a mulher verdadeira, a entrevada, internada no hospital.
– Está viva essa mulher?
– Ele nunca disse onde estava internada.
– Ao menos, existiu?
– Presume-se que sim.
– E Letícia?
O diretor mantinha a conversa para ir passando o tempo. Nem era curiosidade. Como nada acontecia ali, quando acon-

tecia, explorava. Além do mais, adorava ficar perto de Lenira e seu uniforme justo, curto. Os joelhos dela eram como os joelhos de Nara Leão nos shows de bossa nova nos anos 60.
— Ela não suportava mais. Brigavam, voltavam. Um dia, foi definitivo. Ela sofreu. Ele... não sei, falou cada vez menos... Passou a escrever nas paredes do camarim: *17 horas, Letícia, perdão*. A cada dia, um grafite. Faz anos que terminaram, ela desapareceu. Ele perdeu a noção do tempo, viveu num tempo fabricado por ele. Controlado pelos seus pensamentos.
— Anos?
— Durante anos, ele leu e releu as cartas dela.
— A paixão continuou dentro dele mantida pelas cartas?
— Decorou todas. Ele sofreu muito quando ela parou de escrever. Sofreu quando ela disse: não me escreva mais.
— Então, ela deu um qual é?
— Implorou: não seja uma sombra. Chega! De vez!
— Estou confuso, a conversa vai e volta, essa história é um remelexo maluco. Ou estou dopado?
— Quando não está? No fundo, você tem razão, para viver hoje, só mesmo dopado! A cabeça cheia.
— De bolas.
— Bolas? Você é tão antigo! E eu, confusa. Tenho medo de você.
— Medo?
— Um medo estranho. Acho que é mais de mim.
— De você? Porra, Lenira, deixa de ser complicada!
— Não, me conheço. E me cuido. É meu sistema de proteção. Letícia disse isso numa carta, certa vez: tenho um sistema de proteção, instintivo.
— O sistema te protege de mim?
O diretor riu, sarcástico. Seus dentes estavam amarelados, "sua boca deve feder", pensou Lenira, que tinha repulsa por mau hálito. E se não tivesse? Se fosse um cheiro forte, que

provocasse arrepios? Lembrou-se de uma carta do interno para Letícia: *gosto do cheiro de sua boca, ele me excita, me fortalece.*
— As cartas dela provocavam estranhamento. Nunca consegui ajustar o foco entre Letícia e ele.
— Era amor, só isso.
— As coisas não se encaixavam.
— Por quê? Como?
— Pelo jeito dela ser, pela beleza das cartas.
— Era amor, porra. Nada mais.
— Ele era sensível, frágil, tudo o que queria era viver sua paixão.
— Viveram.
— Viveram? Tenho um papel com uma frase dela: tudo agora está beyond my control.
— Ele era uma toupeira!
— Não é bem assim. Um humilde, digamos.
— Não existem mais humildades neste milênio. Bonita frase, confesse.
— Você sim, é uma toupeira!
— O problema, a porra do problema! Sabe qual é? Já te disse quinhentas vezes! Repeti, cansei. Tudo na vida é repetitivo, as pessoas fazem as mesmas coisas, os mesmos gestos, dizem as mesmas palavras, executam as mesmas ações. Vocês querem explicar tudo. Sem explicação, não entendem a vida.
— Se tem uma coisa que incomoda, a gente tem de entender.
— A merda é querer entender... deixe a porra da vida fazer... com a vida tudo fica, como ela disse?... Como? Isso... beyond my control. Então, vamos viver desse modo.
— E a infelicidade?
— Não me vem com essa!
— Ele também não foi feliz.
— Ele escolheu, decidiu assim.
— Nunca decidiu... No final, confundia o tempo, mandava e-mails em pensamento.

– Desviou o assunto... tudo bem...
– Não desviei...
– Comigo, você é sempre assim.
– É difícil conversar contigo, o assunto vai e volta, pula... não sei, fico confusa... perturbada...
– E-mails... tinha internet pr'essa gente? Estamos ricos assim?
– Já disse, pensava que mandava. Depois me contava. Aí, veio a rivalidade com o Marcos Meira e o assassinato.
– Assassinato?
– Ele sempre disse que tinha matado MM, como dizia. Ou o AP. Depois que o matou, esperava o momento para substituí-lo nas novelas. Foi quando fez o pedido, o do camarim.
– Camarim? Ah, é, desviamos o assunto.
– Quis que escrevessem na porta do seu quarto: Camarim 101. E que colocassem a estrela prateada na porta. Tive de me virar para conseguir uma, de lata. O que custava? Semanas antes de morrer, estava agoniado, inquieto, me entregou a pasta com os papéis que tinha escrito.
– Quer dizer que matou e ocupou o lugar do outro?
– Não. Ele não matou. Pensou que matou, viveu esse pensamento.
– E os papéis dele?
– Olhe!
– Folhas negras?
– Durante muito tempo, ele escreveu e imprimiu. Sempre nas mesmas folhas. Uma impressão em cima da outra. Não percebia. Ou fazia de propósito. Dizia: a surpresa vai ser no dia em que desvendarem meus códigos. Aqui estou, como sou. Eu. Não ele.
– Não ele? Não ele, quem?
– Aí voltamos ao tal assassinato. Passava por mim, dizia: temos de nos programar, você tem de me ajudar, só você pode me ajudar. Ele julgava, tinha posto na cabeça que Marcos

Meira, o tal ator, estava no lugar dele. Marcos Meira morreu misteriosamente. Dizem que assassinado, de overdose, Aids, de câncer, de pneumonia, de leucemia, de esclerose múltipla. Nunca se sabe, a gente lê tanta coisa diferente. Nunca se vai saber a verdade, nem interessam banalidades. Não vejo televisão, a não ser missas e outras transmissões não profanas. Não tenho tempo, não perco tempo. Ele mandou me chamar, desesperado, confessou que tinha assassinado Marcos Meira. Não dizia o nome, apenas AP. E que a chance dele ser Marcos Meira tinha sido enterrada. Não compreendi. Só que o assassinato teria ocorrido um mês atrás enquanto Marcos morreu há anos. A tal morte que não aconteceu coincidiu com a última carta de Letícia. Quando ela, no desespero pediu: *Chega, chega, chega*. Li essa carta. Dolorosa. Uma das coisas mais tristes e angustiantes que já li. Sofrida. Imaginei aquela mulher escrevendo, tremendo, frustrada. Devia ser uma mulher incrível, ele a magoou.

— O sujeito se matou, Lenira?

— Não! Não mesmo! Falei com o legista, o Zé Renato. Me disse que gostaria de estudar. O coração daquele homem foi diminuindo de tamanho, foi se reduzindo. Zé citou até um filme, *O Incrível Homem que Encolheu*. O senhor viu?

— Só vejo pornôs. Fuc fuc fuc fuc fuc fuc...

Ela deixava passar batido. Também seus dias ali estavam terminando.

— O coração dele estava do tamanho do coração de uma galinha. Por isso ele nem se levantava mais, não andava, as forças tinham acabado. Só pensava. Quero poder pensar, me dizia, o resto não importa.

— O coração diminuindo? Vamos vender esse corpo para uma universidade. Vai valer bom dinheiro. Cadê o coração? Chama o Zé Renato!

— Foi para o Rio. Carioca é carioca.

— E os papéis?

– Ele estava obcecado com o que sabia que não estava escrito ali, com as pessoas que leriam. Me aconselhou: "Um restaurador de afrescos pode executar o trabalho, é preciso retirar camada por camada de texto, para assim poder ler e saber quem sou, como vivi neste estúdio, como trabalhei, o que aprendi. Eram páginas e páginas, grossas de tinta. Depois, a tinta se acabou, ele não percebeu. Também não percebeu que tinha dado pau no computador, um equipamento velho, de terceira mão, que uma das Voluntárias da Alma trouxe. Mandava e-mails, sem estar na internet. Garantia que sua biografia estava pronta, inteira pensada. Escrevia, no computador quebrado, o monitor estava azul. Ele dizia que era o ciclorama do Estúdio 9, o favorito dele. No meio da tela sabe-se lá por que, mistérios da informática, havia um furo luminoso, e ele passava horas olhando. "É o sol Lenira, o sol falso do estúdio, uma projeção. Somente coisas falsas podem trazer felicidade neste país, já que o verdadeiro Brasil se extinguiu. Se acionarmos a grua podemos subir e penetrar este sol. Venha comigo para dentro dele." Me fazia sentar na cama, olhava fixo para a tela, estava perdendo a vista, como se um véu tivesse coberto seus olhos. Às vezes, abusado, queria conversar sobre minhas perversões. Insistia: "Quais são? Suas taras, me conta". O que me deixava constrangida, o senhor sabe, sou católica, casada, bem casada, meu marido foi médico aqui. O interno tinha fama com as enfermeiras, era um sedutor sem seduzidas. Seu jeito encantava as mulheres. Uma timidez meiga, não fosse a insegurança, a total falta de auto-estima, confiança nele mesmo. Sabia disso, não teve como lutar contra. O mundo era confortável naquele buraco em que se encontrava. Esse ninho venenoso, mortal em que vivia. Para ele, a televisão era uma cova de serpentes.* Repetia muito: "Sabe como é: você é jovem, louco e está na cama com facas."

— Você fala demais, Lenira. Estressa qualquer um. Acho que isso matou o rapaz. Você mata, em vez de curar. Fodeu com ele alguma vez?
— Como pode dizer isso?
— Fodeu ou não? Trepou, meteu, deu a bocetinha, sentou na pica?
— O senhor é repulsivo.
— Então, por que não vira as costas e se vai?
— O senhor é odioso, abominável, sacrílego...
— Sou um puta de um cafajeste. Não é o que todos pensam? Sou o único não hipócrita aqui. No país. Sou um filho de uma puta mesmo! Não finjo, sou de uma sinceridade absoluta.

Lenira, por um momento, vacilou. Ele tinha razão, jamais mitificara, nunca escondera o jogo, com ele era tudo aberto.

— Ainda bem que me aposento em dois meses.
— Aposenta nada! Vou te demitir. Foder tua vida!
— Demitir?
— Por justa causa.
— Justa causa?
— Sim, minha adorável japonesa fajuta. Ladra. Roubo de medicamentos. Desviar medicamentos faixa preta. Levar antidepressivos para casa. Levar caixas de camisinhas para suas surubas... Abusar sexualmente de internos.
— Eu? Chega! O senhor surtou de vez... de vez....

Lenira chorou, refletindo no tanto que adorava o diretor que lhe dizia tudo aquilo que jamais ouvira toda a vida. Havia anos viviam nesse jogo, armadilha. Ela pensando, acima de tudo, como odiara o interno do leito 101. Que morrera antes que ela o matasse, como tinha planejado. Ele a derrotara na sua carreira, não deixara uma brecha para se deixar ver. Estava para se aposentar, com um fracasso enorme. E se ele fosse apenas um idiota?

— Sim, Lenira. Você! A que tem olhos puxados como japonesa, mas é cabocla de Botucatu. Todo o mundo pensa que é nissei. Tarada. Seduziu todos os internos. Salvava pelo sexo. Me conta suas taras.

Lenira sentiu que o ar faltava.

Não conseguia respirar, uma quentura subia dos pés à nuca, ela não sabia se era indignação ou excitação, a língua estava seca.

Dar ou não dar para esse homem horrendo?

— Meu Deus! Nossa Senhora Desatadora dos Nós! Vinde a mim!

— Puxa o baseadinho! Vem! Mostre os peitinhos! Quero comer uma mulher santa, com esse jeitinho. Deve ser louca na caceta!

Pesquisa: O que Lenira não sabe é que *Cova de Serpentes* (The Snake Pit) foi um filme de Anatole Litvak, realizado em 1948 para a Fox, com Olivia de Havilland, Mark Stevens, Leo Genn, Mina Gombell. Olívia era Virginia Cunningham, jovem frágil, ansiosa por proteção, atacada por insônias constantes, misturando datas e nomes e que, durante suas crises, punha-se a gritar: "Não posso amar ninguém, não posso amar ninguém." Um dos primeiros filmes a atacar com envergadura o problema da insanidade, diz o *Dictionnaire du Cinema*, de Jacques Lourcelles, edição Bouquins-Robert Laffontt, 1992. Coleção dirigida por Guy Schoeller que foi marido de Françoise Sagan.

Não identificado
Não identificado
Não identificado
Não identificado
Não identificado
Não identificado
Não identificado
Não identificado
Não identificado

Não identificado

COMO SE CHAMA QUEM NÃO TEM NOME?

O funcionário sugeriu:
— E se a gente fizer uma fogueira e colocar nela o homem do leito 101? Assim fazem na Índia com os santos. Queimam os gurus diante de seus fiéis.
— E o cheiro da carne assada? Vai enjoar.
— Só queria animar um pouco. Todo mês a gente enterra um desses coitados. Não acontece nada nesse fim de mundo.
— Ninguém veio reclamar o corpo.
— Esquecem as pessoas aqui!
— Como se chamava?
— Como saber?
— E os documentos dele?
— Perderam.
— E teve aquele incêndio na administração, na época da CPI dos sanatórios.
— Ele se chamava de tantos nomes.

— Era divertido. Gostava de inventar nomes para ele. Nomes esquisitos. Do que mais gostava era Rascolnicofe. Nome russo, de certo. Que nem Smirnofe.

— Tinha um americano também. Aab. Não, parece turco.

— Será afegão? Tudo é afegão.

— Ele dizia capitão Aab. Quando era Aab se enfurecia, reclamava que Ismael queria matá-lo.

— De onde tirava essas coisas?

— Sei lá! Daquelas revistas...?

— Visitantes traziam jornais, livros velhos.

— Uma era a ex-mulher, naquela cadeira de rodas, mulher toda fodida. Tinha um pessoal da televisão também.

— Ah, é? Trabalhou em televisão?

— Vai ver, no escritório.

— Tinha mania de ser artista.

— Ele lia e relia, dias e dias, os jornais, às vezes, jornais de dois meses, de um ano atrás. Lia, lia, lia, pedia, recortava notícias, guardava numa pasta que a mulher trazia. Aquela Letícia.

— Era a mulher dele?

— Nunca soube. Podia ser também daquelas Voluntárias da Alma que dão assistência em hospitais, ambulatórios. Gente rica que ajuda os outros.

— Gente rica não ajuda ninguém.

— Aquela fazia tudo o que ele queria, trazia revistas, revistas estrangeiras, livros, cada livro grosso, uns livros de fotografias bonitos...

— Aqueles que você afanou.

— Bons para minha filha que faz cursinho. Vai fazer comunicação e cinema, não vai ser como o pai, atendente de espelunca. Ia deixar aqui apodrecendo? Mas não levei todos, muitos ficaram no porão.

— Verdade. No porão, tem uma biblioteca. Comida por ratos.

— Ele arrancava páginas dos livros. Guardava em baixo da cama.

— Era calado. Se encolhia todo, o médico disse que ia acabar curvado.

— Mas os olhos... A Lenira, aquela psiquiatra com um bundão... Não sei por que não canta em programa de tevê com aquela bundinha... redonda, perfeita... ela disse que tinha medo dos olhos dele. Olhos de onça.

— De onça?

— De espanto, raiva, de quem vai se atirar em cima, olhar que se apaga, olhar de dor, olhar matreiro...

— Virou poeta, cara? Parece veado!

— Lenira é quem dizia isso.

— Você é apaixonado por ela.

...

— Ficou calado. Sei que não gostava dele. Desde aquela manhã em que ela acordou com ele dentro do quarto. Não fez nada, não ameaçava. Estava ali, olhando para ela. Todo mundo soube. Ela acordou, abriu os olhos e o viu em silêncio. Chorando. Ela não fez queixa, não deixou que o punissem. Contou que havia na veneziana uma fresta grande e que sempre acordava quando o sol batia nela, atravessando a fresta. Naquela manhã de chuva, o corpo sentiu falta da luz. Incomodada, ela foi despertando, abriu os olhos, levou um susto. Ela tinha entrado no quarto. "Letícia", ele disse. "Vim te acordar para fazer amor. Como você sempre quis, de manhã. Vim para que você dance para mim. Afinal, nunca dançou para mim." Não tentou nada. Só disse. Uma vez, Lenira me perguntou: Chegou a reparar no olhar dele?

— Ela contava essas coisas? O que havia entre vocês?

— Nada.
— Nada?
— Eu é que pergunto: chegou a reparar no olhar dele?
— Sou de reparar em olho de homem?
— Ela dizia que tinha medo... e se sentia atraída... parecia um homem bom... mas não dizia coisa com coisa... ela achava que ele nunca foi louco.
— O que era então?
— Ela acha que ele morreu de amor. Me disse ainda uma coisa engraçada. Lenira era piradinha, não era?
— Disse que tem gente que parece viva, mas já morreu, recusou a vida!

Depositaram o caixão no solo pedregoso, seco. Os dois suavam. O céu estava coberto de nuvens pretas. O mormaço abafava tudo, as flores nos túmulos estavam secas, ficavam semanas, até as famílias renovarem, nos dias de visita. Os homens ficaram em silêncio, enxugando o rosto com uma ponta das camisetas com logotipo da Instituição. A poeira encardia as vestimentas.

— Só falta a gente ter de enterrar. Esses filhos-da-puta ficam fazendo economia. Lembra quando tinha três coveiros?
— Tudo o que temos a fazer é deixar na beira da cova. Depois, o Ricardão vem e enterra. Ele teve de ir à cidade, foi comprar a revista para se inscrever no Show do Milhão.
— Eu tomava agora uma cerveja gelada. Se a Lenira ainda trabalhasse aqui, ia convidá-la.
— Porra, como era boa! Dizia que foi o paciente mais estranho que ela tratou. Acho que ela estava apaixonada por ele também.
— Ninguém é louco de se apaixonar por um sujeito daquele. Nem era louco. O que era? Ia e vinha. Ia e vinha.
— Quem sabe da vida é a vida! Ele a chamava de Letícia.
— Letícia?

374

— Escrevia cartas para ela. Exigia respostas. Isso no começo, depois se acalmou. Um dia, contente, mostrou a ela uma carta. Estava feliz.

— Então, ela respondeu. Ele estava apaixonado por ela. Claro que estava. Quem não se apaixonava pela Lenira? Aquele riso, aquele jeito de sentar e cruzar as pernas.

— Que nada. Ele escreveu a resposta dela. Escreveu como se fosse ela. Escreveu o que gostaria de ouvir dela. Logo depois, ela avisou que ia se aposentar.

— Está inventando tudo isso! Como sabe?

— Eu fuçava nas coisas dele, mexia em tudo.

— Quando?

— Ele saía de vez em quando no meio da tarde e voltava às cinco e meia.

— E por que Lenira vai se aposentar? Não tem tempo de serviço.

— Essa gente se arranja. Num lugar como este, os anos são contados em dobro. Pelo grau de periculosidade. Ao menos é o que ela dizia.

— Quantos anos tinha?

— A Lenira?

— Não. Ele.

— Quem sabe? Perderam as fichas, o registro de nascimento.

— Do que estamos falando? Não dizemos coisa com coisa. Estamos confundindo as pessoas. Que puta misturada. Lenira, Letícia. Quem é quem? Quem era o quê?

— Foda-se! Puta calor! Aonde vamos enterrar? Tem de ser logo, vai chover.

— Mandaram colocar no canto. Sozinho no fundão.

— Estão acostumados a ser sozinhos.

— Não tem importância, a estrada vai passar por cima do cemitério.

375

— Que nome a gente põe?
— Nenhum. Nem tem cruz, o marceneiro sumiu, arranjou emprego na cidade.
— Como se chama quem não tem nome?
— O nome não está nesse cartão que a Lenira deu?
— Nem olhei, está no envelope. Disse que era para pregar na cruz.
— Então é o nome... cadê a cruz?
— Merda! Não tem.
— Foda-se. Vê o cartão.

O ser humano tem de ligar todas as suas antenas na atitude de alguém que quer permanecer

— Não entendi porra nenhuma!
— Antenas... de televisão? Rádio Antena 1?
— Ele via uma televisãozinha de merda naquele quarto.
— O sujeito tinha mesmo surtado. Pregar isso na cruz?
— Melhor ir com ele, se ficar fora a chuva vai foder tudo.
— Vamos nos mandar! É sábado, tenho de jogar na Mega Sena acumulada.
— E nem tomei ainda a minha Caracu com ovos.

Enfiaram o cartão por uma fresta do caixão entre as tábuas vagabundas.

Largaram o caixão na beira da cova e se afastaram, escarrando grosso sobre as tumbas e passando a manga das camisetas nos rostos empapados de suor.

376

Se non
puó tenere
il tutto,
il nulla
é la vera
perfezione

Daumier, o crítico, em *Oito e meio,* de Fellini, 1962

De que vale o horizonte se estou no beco?

Letícia repensando Manuel Bandeira

Tênue lembrança que ocorreu ao homem cujo caixão espera o coveiro sob a chuva colossal que alagou tudo, transformou o cemitério em lamaçal. O coveiro não virá, é noite. Não perguntem como tal pensamento pode estar aqui. Basta saber que está. É bom conviver com um enigma que nunca será resolvido. Já o cartão com a frase do Gianni Ratto (86 anos, agora em 2002) molhou, a tinta dissolveu, a frase desapareceu. O corpo molhado e a roupa ensopada incomodam muito, mas nada há para se fazer. Dos alto-falantes de um bingo clandestino na vizinhança vem o som de Frank Sinatra cantando *My Way*.

Obras do Autor

Depois do Sol, contos, 1965
Bebel Que a Cidade Comeu, romance, 1968
Pega Ele, Silêncio, contos, 1969
Zero, romance, 1975
Dentes ao Sol, romance, 1976
Cadeiras Proibidas, contos, 1976
Cães Danados, infantil, 1977
Cuba de Fidel, viagem, 1978
Não Verás País Nenhum, romance, 1981
Cabeças de Segunda-Feira, contos, 1983
O Verde Violentou o Muro, viagem, 1984
Manifesto Verde, cartilha ecológica, 1985
O Beijo não Vem da Boca, romance, 1986
O Ganhador, romance, 1987
O Homem do Furo na Mão, contos, 1987
A Rua de Nomes no Ar, crônicas/contos, 1988
O Homem Que Espalhou o Deserto, infantil, 1989
O Menino Que não Teve Medo do Medo, infantil, 1995
O Anjo do Adeus, romance, 1995
Strip-tease de Gilda, novela, 1995
Veia Bailarina, narrativa pessoal, 1997
Sonhando com o Demônio, crônicas, 1998
O Homem que Odiava a Segunda-Feira, contos, 1999
O Anônimo Célebre, romance, 2002

Projetos especiais

Edison, o Inventor da Lâmpada, biografia, 1974
Onassis, biografia, 1975
Fleming, o Descobridor da Penicilina, biografia, 1975
Santo Ignácio de Loyola, biografia, 1976
Pólo Brasil, documentário, 1992
Teatro Municipal de São Paulo, documentário, 1993
Olhos de Banco, biografia de Avelino A. Vieira, 1993
A Luz em Êxtase, documentário, 1994
Itaú, 50 anos, documentário, 1995
Oficina de Sonhos, biografia de Américo Emílio Romi, 1996
Addio Bel Campanile: A Saga dos Lupo, biografia, 1998

IMPRESSÃO E ACABAMENTO:
YANGRAF Fone/Fax: 6198.1788